Wolfgang Sewald

Der Ruf des Einhorns

Sewald, Wolfgang
Der Ruf des Einhorns
Bramsche, Dana Verlag 1999

1. Auflage Oktober 1999

Titelbild und Illustrationen
Christian Turk

Herstellung: Fuldaer Verlagsanstalt, Fulda

Inhalt gedruckt auf säure- und chlorfreiem
Werkdruckpapier

ISBN 3-931335-08-9

Inhalt

Dunkle Nebel, die schwer über dem Wasser hingen, zitterten in gespannter Erwartung, als habe etwas Furchterregendes seine kalte Hand nach ihnen ausgestreckt.

Ein silberner, metallisch schimmernder Strahl durchbohrte zischend die Nacht, die jetzt, kurz vor dem Morgengrauen, am dunkelsten war. Wie eine drohende Ahnung schoß er durch das ruhige Schild des Wassers und glitt lautlos in die Tiefe, zerteilte die Flüssigkeit mit unwiderstehlicher Kraft und gelangte an die für jedes lebende Wesen unsichtbare Pforte der Welten. Der Strom der Zeit öffnete sich. Der Große Weber des Schicksals erbebte und begann in freudiger Erregung einen neuen Faden auf den kosmischen Webstuhl zu ziehen.

Ein bernsteinfarbener Wirbel war unter der düsteren Oberfläche des Llyn de Lac, des Andersees, zu erkennen. Das Land ringsum erwachte aus der Starre seines traumlosen Schlafs und lauschte gebannt den Worten aus der Tiefe, die nur für seine Ohren bestimmt waren. Worte eines mahnenden dunklen Gesangs, der eine neue Zeit ankündigte:

„Nichts wird bleiben, wie es war“, sagte er. „Jemand wird kommen, der die alte Ordnung ins Wanken bringt. Wird er auch den Sieg davontragen? So weit kann niemandes Auge in die Zukunft sehen. Doch so sicher wie ein Tag auf den nächsten folgt, so wird sein starker Arm das Gewebe der Macht erzittern lassen.“

Ein Windstoß kräuselte die düstere Fläche des Sees. Das hohe Schilf an seinem Ufer raschelte. Es klang wie das heimliche Wispern von Geistern. Der krächzende Schrei einer Eule hallte durch die Nacht.

Und dann schien der Untergang der Welt heraufzuziehen. Die Wolken ballten sich zusammen, bildeten ein spiralförmiges, sich nach Innen drehendes Rad, beängstigend in seiner Lebendigkeit. Der Wind nahm zu und schwoll auf Orkanstärke an. Selbst die mächtigsten Bäume ächzten und stöhnten unter seiner unbarmherzigen Wucht. Armdicke Äste zersplitterten mit lautem Krachen, und die Luft war erfüllt von wirbelnden Blättern und Zweigen.

Doch seltsam war, daß die grauen Nebelschwaden davon unberührt blieben. So, als befänden sie sich an einem Ort absoluter Ruhe, lagen sie bewegungslos über dem See, während um sie herum die Welt im Chaos versank. Blitze zerteilten den Nachthimmel mit ihrem gleissenden Licht, dem kurz darauf ein ohrenbetäubendes Donnern folgte, das nur langsam verebbte.

Unterhalb des Nebels entstand ein zweiter Wirbel, und dieser war aus den Wassern des Llyn de Lac geformt. Sich um ihre eigene Mitte drehend, standen die beiden gewaltigen Wirbel sich wie Zwillingskreisel gegenüber.

Plötzlich ließ das Unwetter nach. Nichts blieb als vollkommene Stille. Ein Mythos, entstanden aus dem Geist des Lebens, würde neu geboren werden, um den geheimsten Wünschen der Menschen Gestalt zu geben. Die gigantischen Wirbel dehnten sich immer weiter aus, wanden sich mit zunehmender Geschwindigkeit um ihre eigene Achse. Schneller und immer schneller. Und dann, wie von der Sehne eines gewaltigen Bogens entlassen, schoß ein blauleuchtender Strahl aus der Mitte des Himmelswirbels in den Kern des Seewirbels und verband sie auf diese Weise, drang weiter vor durch Wasser und Stein bis in das flüssige Zentrum der Erde. Dort verharrte er, bis die Dunkelheit ihn umhüllte und ihn in ihrem Reich willkommen hieß.

Und der feurige Atem der Erde nahm sich des blauen Lichtes an, formte es und gab ihm die Gestalt, die in längst vergangenen Tagen in den Legenden der Menschen besungen worden war.

Schließlich trat Sie hervor, deren Name die Große Mutter ist, und hauchte dem Wesen mit ihren Lippen den Sinn seines Daseins ein. Sie verabschiedete es mit den Worten: „Du sollst mein Bote der Wahrheit sein, auf daß alle Verblendeten zu ihr zurückfinden können. Denn nur die Wahrheit befreit das Herz, welches sich schon verloren glaubte. Doch nur wer dem Blick deiner klaren Augen standhält, wird sie auch ertragen können

Das Wesen, gewoben aus den Mächten der Erde, des Feuers, des Wassers, der Luft und der immerwährenden Nacht, neigte sein edles Haupt, und die Flammen der Erdmutter umzüngelten es, liebkosten es zärtlich. Dann verwandelte sich alles in reines weißes Licht, welches die düsteren Schatten verschlang, so als stünde das Wesen inmitten der Sonne. Für einen Moment hielt die Welt den Atem an. Dann war alles vorbei.

Die Wirbel lösten sich auf, schienen sich in ihren eigenen Ursprung zu verschlingen, und nichts erinnerte mehr an das wilde Toben der Natur. Die Welt war so friedlich, als sei nichts geschehen.

Nur am östlichen Ufer des Sees, dort, wo sich eine kleine Bucht unter die Kronen ausladender Buchen schmiegte, bewegte sich etwas. Mit den Hufen im sandigen Ufer scharrend, warf das Geschöpf den wunderschönen Kopf auf und nieder. Das Spiel der Muskeln am schlanken Hals und an den kraftvollen geschmeidigen Flanken war gleich den Wellen des Meeres, die im Mondlicht an das Ufergestade rollen, und das lange, spiralförmige Horn auf seiner Stirn schimmerte wie polierter Obsidian.

Weit hinaus in die Welt hallte sein stolzes lautes Wiehern, als es in die Höhe stieg, mit den Hufen die Luft zerteilte, um dann geschmeidig in der Finsternis des Waldes unterzutauchen. Und es klang, als wolle es der Welt zurufen: Ich bin es, das schwarze Einhorn. Euer Wunsch ist in Erfüllung gegangen. Nichts wird so bleiben, wie es war. Ich bin der Bote der Wahrheit und werde nicht eher ruhen, bis meine Bestimmung erfüllt ist.

Genau in dem Augenblick, als das Einhorn unter den dichten Baumkronen verschwand und die Pforte der Welten sich zu schließen begann, um den Eingang zu versiegeln, schoß etwas durch den Spalt.

Ein Wesen der Schattenwelt.

Giftgrüne Augen funkelten aus tiefliegenden Höhlen. Unter hochgezogenen Lefzen zeigte sich ein fürchterliches Gebiß, Geifer rann an den dolchartigen Zähnen herab, und sein Atmen ähnelte dem Zischen einer Schlange, die zum Angriff übergeht. Geschmeidig wie eine riesenhafte Katze aus der Urzeit machte es sich an die Verfolgung.

Ein gewaltiger Donnerschlag krachte und ließ die Erde erzittern, als die Bestie unter dem grünen Dach des Waldes mit der Dunkelheit verschmolz.

Ein Schatten unter Schatten.

Unsichtbar.

Selbst für das geübte Auge des Jägers.

Die Hüterin der Schwelle

Alissa schoß hoch. Ihr Kopf fühlte sich an, als sei er von einem gewaltigen Donnerschlag erschüttert worden. Ihr Atem ging stoßweise, kalter Schweiß stand auf ihrer Stirn und klebte ihr langes Haar in breiten Strähnen an den Schläfen fest. Sie hatte einen Alptraum gehabt, und schreckenerregende Bilder zogen an ihrem inneren Auge vorbei. Bilder von mächtigen Wirbeln, die den Himmel aufrissen und die Erde erzittern ließen. Vor Angst wie gelähmt, bemühte sie sich, die Dunkelheit mit ihren Augen zu durchdringen. Vorsichtig suchte sie die hölzerne Bettumrandung und atmete erleichtert auf. Etwas Bekanntes und Beständiges an den Fingerkuppen zu spüren beruhigte ungemein. Noch immer zutiefst schockiert von ihrem Traum, wankte sie mit bloßen Füßen zum Fenster und zog die schweren Vorhänge beiseite. Das fahle Licht eines aufziehenden neuen Morgens erhellte den Raum. Es reichte, um die finsteren Schatten, die auf ihrer Seele lagen, so weit zu vertreiben, daß Klarheit langsam in ihren Verstand zurückkehrte. Die Kälte der Fliesen kroch ihr die Beine hinauf und hatte eine wohltuende, erfrischende Wirkung.

Am See war alles ruhig. Sein dunkles Wasser schimmerte im matten Licht einer wolkenverhangenen Sonne und nichts deutete auf etwas Ungewöhnliches hin. Und doch, irgend etwas stimmte nicht, stimmte ganz und gar nicht. Obwohl alles den Anschein von tiefem Frieden vermittelte, spürte Alissa es mit jeder Faser ihres Körpers. Etwas war geschehen, etwas, für das sie im Augenblick noch keine Erklärung hatte, für das sie aber eine Erklärung finden würde. Sie wußte, daß ihre tiefste Sehnsucht einen Widerhall in der unendlichen Weite dort draußen gefunden hatte - einen Widerhall, der nicht unbedingt ihrem größten Wunsch zu entsprechen schien. Was immer das auch letzten Endes bedeuten mochte. Der Blick ihrer sanften blauen

Augen glitt über das im Dunst aufsteigender Nebelschwaden nur schemenhaft zu erkennende Wasser. Oder bist du einfach nur verrückt geworden und spinnst dir wieder einmal etwas zusammen, wie Onkel Ansgar immer behauptet? Sie schmunzelte. Ihr Onkel wohnte nicht weit entfernt in einem kleinen Dorf, das eingebettet zwischen Hügeln am Ende eines langgestreckten Tales lag. Er regte sich jedesmal fürchterlich auf, wenn sie ihm von Elfen und Zwergen und sonstigen Wesenheiten erzählte, so als gebe es sie tatsächlich. Dann drohte er ihr immer mit dem erhobenen Zeigefinger und schallt sie eine dumme Närrin, die sich gefälligst um die wirklich wichtigen Dinge im Leben kümmern solle, als sich mit solch einem Unsinn zu beschäftigen.

Dabei war ihr Onkel ein sehr abergläubischer Mensch. Seien es nun schwarze Katzen, die von der falschen Seite seinen Weg kreuzten, oder Wolkengebilde, die Ungewöhnliches heraufzubeschwören schienen, sei es Freitag, der dreizehnte, oder was auch immer. Ständig war er auf der Hut vor geheimnisvollen Begebenheiten, deren Aussagekraft sich ebenfalls jeglicher Beweisgrundlage entzogen, was ihn allerdings in seiner Meinung über Naturwesen nicht im geringsten berührte. Die waren ausnahmslos Humbug, während seine Sichtweise dem gesunden Menschenverstand entsprang, wie er zu behaupten nicht müde wurde. Manchmal war es nicht einfach mit ihm, aber da Alissa das Thema nur selten zur Sprache brachte und er ansonsten ein freundlicher Mann war, kamen sie im großen und ganzen gut miteinander aus.

Eine Weile blieb sie noch am Fenster stehen, bis die Kälte unangenehm wurde und die Beine auszukühlen begannen. Sie zog sich an und beschloß, ihrer besten Freundin Pola einen Besuch abzustatten. Leise schlich sie durchs Haus, um ihre Eltern nicht zu wecken, die am Wochenende gern etwas länger im Bett liegen blieben. Sie schrieb eine kurze Nachricht, damit sie sich keine Sorgen machten, wenn sie sie nicht in ihrem Zimmer vorfanden, und schlüpfte lautlos aus dem Haus.

Heftige Windstöße ließen den Rock um ihre Beine flattern und wirbelten ihr schulterlanges blondes Haar gehörig durcheinander. Sie warf noch einen letzten Blick auf den See, bevor sie sich in Richtung Wald aufmachte. Es war ein uralter Wald mit mächtigen, jahrhundertealten Bäumen, die vielen Unwettern getrotzt hatten. Kaum daß sie unter ihr lichtschluckendes Dach getreten war, blieb sie stehen und spähte angestrengt den schmalen Pfad entlang, der sich in einer weitgezogenen Schleife langsam höher wand. Und richtig, ihre Augen hatten sie nicht getäuscht. Sie erkannte Pola, die in großen Sprüngen auf sie zueilte.

„Was ist los?“ fragte sie neugierig, als sie kurz darauf einander herzlich umarmten. „Ich wollte gerade zu dir.“

„Ich hatte einen fürchterlichen Traum“, antwortete Pola unumwunden und fuhr unruhig mit den Fingern durch das kurzgeschnittene dunkle Haar, welches das Grün ihrer Augen noch hervorhob.

„Du auch?“

„Was soll das heißen, du auch?“

Für mehrere Augenblicke standen sie sich gegenüber und sahen aus wie lebendige Fragezeichen. Dann lachte Alissa, obwohl ihr eigentlich nicht danach zumute war.

Sie hockten sich ins weiche morgenfeuchte Laub.

Pola brach als erste die Stille.

„Es war so“, begann sie, „als würde die Welt untergehen. Als würde ein einziger Sturm alles mit sich reißen und zerstören. Große Wirbel waren am Himmel und ... und irgendwie auch im Wasser. Und dann war da ein Laut, ganz unheimlich, als würde ein Pferd wiehern und doch klang es auch wieder ganz anders. Ich weiß gar nicht, wie ich es dir beschreiben soll.“

„Das brauchst du nicht“, entgegnete Alissa. „Mein Traum war genauso. Haargenau so. Aber“, fuhr sie nachdenklich fort, „das ist doch unmöglich. Ich habe noch niemals gehört, daß zwei Menschen genau den gleichen Traum geträumt haben. Das ist doch verrückt. Meinst du, wir sind verrückt?“

Pola nahm einen Zweig zwischen Daumen und Zeigefinger und stocherte im Waldboden herum. Schließlich zerbrach sie ihn und warf ihn in ein nahestehendes Gebüsch.

„Also“, antwortete sie langsam, als bedenke sie jedes einzelne Wort, „ich halte weder dich noch mich für verrückt. Andererseits glaube ich auch nicht, daß dieser Traum keine Bedeutung hat. Welche, ist mir allerdings völlig schleierhaft. Außerdem war da noch etwas.“

„Was meinst du?“

„Ich weiß nicht genau. Es war ... Ja. Es war wie ein Ruf.“

„Das stimmt“, entgegnete Alissa nachdenklich. „Jetzt, wo du es sagst, erinnere ich mich. Es war unheimlich. Vielleicht sollten wir noch mit jemand anderem darüber sprechen."

„Wenn du damit deine oder meine Eltern oder vielleicht sogar deinen Onkel Ansgar meinst, vergiß es. Die glauben doch nur, daß wir nicht mehr alle Tassen im Schrank haben. Nein! Das ist keine gute Idee."

„Aber irgend etwas müssen wir doch tun", beharrte Alissa. „Mir ist ganz komisch bei dem Gedanken, daß etwas Wichtiges geschehen ist und wir überhaupt keine Ahnung haben, was los ist."

„Warte doch erst einmal ab, Lissi", sagte Pola und benutzte mit Bedacht ihren Kosenamen, „es ist schließlich noch nicht aller Tage abend, wie dein Vater immer zu sagen pflegt."

„Komm." Mit einem Satz war Alissa auf den Beinen. „Laß uns einen Spaziergang machen. Vielleicht fällt uns dabei was Brauchbares ein."

„Ja", nickte Pola, „die Idee gefällt mir schon besser."

Sie streckte ihrer Freundin die Hand entgegen und ließ sich hochziehen. Nachdem beide sich das feuchte Laub aus den Kleidern geklopft hatten, machten sie sich auf den Weg. Die Sonne war jetzt bereits so stark, daß sie die Nebelschwaden auflöste und ihre Strahlen wie honigfarbene Lichtsäulen durch das dichte Blattwerk der Baumkronen fielen.

Für eine Weile gingen die beiden schweigend nebeneinander her und ließen sich von der schönen morgendlichen Stimmung verzaubern. Nichts war zu hören außer ihren Schritten. Hin und wieder flatterte ein Vogel, aufgeschreckt durch ihre Anwesenheit, laut zeternd zwischen den Bäumen davon.

„Hast du noch mehr geträumt?" fragte Alissa, als sie an eine Weggabelung kamen. „Ich meine, hattest du deutliche Bilder im Kopf?"

„Ich weiß nicht genau", antwortete Pola. „Ich versuche die ganze Zeit mich zu erinnern, aber es ist, als würde sich etwas in mir weigern, die Erinnerung klarer werden zu lassen."

„Das ist ja komisch. Mir geht es genauso." Alissa blieb stehen und schaute nach links, dann nach rechts. „Wohin?"

„Nach rechts", schlug Pola vor.

Einen Moment schien Alissa unentschlossen, dann sagte sie: „Einverstanden."

Gerade als sie sich in Bewegung setzen wollte, faßte Pola ihren Arm und flüsterte mit geschlossenen Augen. „Jetzt kommt etwas. Ich ... ich sehe etwas Schwarzes in meinem Kopf ...“

Das sehe ich auch die ganze Zeit, dachte Alissa, hütete sich aber, es laut auszusprechen.

„... Es ist so verwirrend. Es bewegt sich so schnell ...“ Der Griff von Polas Hand wurde fester, die Finger krallten sich tiefer in den Stoff von Alissas Kleid. Doch obwohl sie Schmerz empfand, gab sie keinen Ton von sich. Ihr war klar, daß Pola kurz davorstand, eine wichtige Entdeckung zu machen. Allerdings wäre es nicht schlecht, dachte sie, wenn sie sich damit beeilen würde.

„Ich glaube, es ist ein Pferd. Nur ... Nein. Aber das ... das ist doch nicht möglich.“

„Was denn?“ drängte Alissa. „Was ist nicht möglich?“

„Das ... das Pferd ist kein Pferd. Es hat ein ... Es ... es ist ein Einhorn. Ein schwarzes Einhorn.“

Normalerweise hätte Alissa ihre Freundin nur ungläubig angestarrt, aber jetzt war das anders. Ihr war, als breche eine Mauer in ihrem Kopf zusammen und etwas Unbekanntes öffne die Tür zu einer Welt, die bisher im Verborgenen gelegen hatte. Plötzlich waren die Bilder überdeutlich in ihrem Geist. Das schwarze Einhorn. Auch sie selbst hatte davon geträumt. Oder war es mehr als nur ein Traum? Aber das konnte nicht sein. Die Bilder lösten sich auf und hinterließen nichts als eine graue Nebelwand, die alles verschluckte.

Doch das war nicht von Bedeutung. Wichtig waren das schwarze Einhorn und der Umstand, daß sie und Pola gleichzeitig davon geträumt hatten. Aber was machte das alles für einen Sinn? Hatte es überhaupt einen? Sie richtete ihren Blick gen Himmel, als hoffe sie, von dort eine Antwort zu bekommen. Aber sie sah nur die sich behäbig im Wind schaukelnden Baumkronen und das ständig wechselnde Spiel von Licht und Schatten.

Pola lockerte den Griff um ihren Arm und sah ihr verstört in die Augen. „Was geschieht mit uns? Was geht hier vor?“

Alissa zuckte mit den Achseln.

„Ich weiß es nicht. Ich habe wirklich keine Ahnung. Und langsam“, fuhr sie leiser sprechend fort, „bekomme ich Angst.“ Sie schaute sich um, doch da war niemand zu sehen. Trotzdem war ihr nicht wohl. Irgend etwas lag in der Luft. Und wieder erinnerte sie sich an den Ruf. Wie ein unsichtbarer Pfeil bohrte er sich in ihre Brust, berührte ihr Herz, war wie eine Aufforderung. Aber wozu?

„Wir sollten umkehren", schlug Pola vor, der unvermittelt ein Schauer den Rücken entlanglief. „Hier geht es nicht mit rechten Dingen zu."

„Du hast recht", nickte Alissa bestätigend. „Laß uns erst einmal frühstücken. Mit vollem Bauch sieht die Welt gleich anders aus."

Sie lachte, weil sie gerade einen Lieblingssatz ihres Onkels wiedergegeben hatte. Außerdem tat das Lachen gut, es löste die angespannte Stimmung. Sie nahm Polas Hand, und gemeinsam machten sie sich auf den Rückweg, erleichtert, diesen Entschluß gefaßt zu haben.

Doch sie kamen nicht weit. Wie vom Donner gerührt, hielten sie in der Bewegung inne. Da war etwas hinter ihnen. Und dieses Etwas hielt sie gefangen. Angst schlug wie eine Meereswoge über ihnen zusammen, so schnell und überraschend, daß sie keine Möglichkeit hatten, sich dagegen zu wappnen. Die Hände ineinander verschränkt, waren sie nicht in der Lage, sich zu rühren. Alissa wollte sich umdrehen, aber ihr Körper reagierte nicht. Es war, als unterliege er einem anderen als ihrem eigenen Willen. Schweiß trat ihr auf die Stirn, und sie wagte kaum zu atmen. Die Angst steigerte sich noch, und sie begann zu zittern, versuchte zu schreien, aber der Laut blieb ihr in der Kehle stecken. Sie fühlte sich wie eine lebende steinerne Statue, die auf Gedeih und Verderb einer unsichtbaren Macht ausgeliefert ist.

Dann, so als fließe Wasser aus einem geborstenen Damm, ließ die Umklammerung nach. Ganz langsam drehten die beiden sich gleichzeitig um und erstarrten erneut in der Bewegung, diesmal vor ungläubigem Staunen. Nicht einmal vierzig Fuß entfernt stand das schwarze Einhorn und beobachtete sie. Bei diesem Anblick verflog ihre Angst so rasch, wie sie gekommen war.

Alissa stieß unwillkürlich einen Schrei des Entzückens aus.

Ihr Traum war Wirklichkeit geworden. Dort stand das Einhorn und sah sie an.

„Kneif mich, Pola", flüsterte sie, „ich muß wissen, daß es wahr ist."

Ihre Freundin tat ihr den Gefallen.

„Aua", schimpfte Alissa und grinste.

Das edle Geschöpf trat augenblicklich mehrere Schritte zurück und tänzelte auf der Stelle, fast als sei ihm die Lautstärke von Alissas Stimme unerträglich. Es neigte den Kopf und schnaubte. Doch es klang nicht bedrohlich, eher vorsichtig.

„Mein Gott, bist du schön", hauchte Alissa. „Wenn das mein Onkel sehen könnte.“ Sie trat vor und ging langsam auf das schwarze Einhorn zu. Liebe entbrannte aufs heftigste in ihr und füllte ihr Inneres wie eine wärmende Flamme, die jede Faser des Herzens reinigt. Sie strahlte wie ein Stern am Nachthimmel. Lächelnd streckte sie die Hand nach vorn, um diesem wunderbaren Geschöpf zu zeigen, daß sie gute Absichten hatte, daß es ihr vertrauen konnte.

Das Einhorn tänzelte weiter auf der Stelle, und je näher sie kam, desto unruhiger wurde es.

„Bleib“, sagte Alissa sanft. „Bitte bleib. Ich möchte dich berühren, über deinen schlanken Hals streichen. Ich möchte dir nahe sein. Bitte, geh nicht weg.“ Sie verharrte und wartete geduldig, um das Einhorn nicht zu verscheuchen. Minuten strichen vorüber, Minuten, die sie nutzte, um das herrliche Wesen genau zu betrachten. Alles an ihm war überirdisch, zu schön für diese Welt. Jede Bewegung der Muskeln war wie ein Tanz mit der Natur, gleich einem Paar, das in traumwandlerischer Harmonie zueinanderfand. Sie schaute in die Augen, die perlmuttfarben schimmerten und in denen silberne Punkte leuchteten, wie ein Kranz aus Sternenstaub. Doch dann senkte sie den Blick. Sie war noch nicht stark genug, um zu ertragen, was sie im Auge des Einhorns sah.

Aber sie war glücklich, nahm allen Mut zusammen und schritt vorwärts, weiter und noch weiter.

Sie war nur noch fünf Schritte vom Einhorn entfernt, und ihr war, als verschmelze sie mit dem wunderbaren Wesen. Das schwarze Geschöpf wurde ganz ruhig, so als habe es begriffen, daß ihm von diesen beiden Mädchen keine Gefahr drohte. Und dann geschah das, was Alissa und auch Pola, die im Hintergrund blieb, sich inständigst wünschten. Es kam auf sie zu. Den edlen Kopf ein wenig nach vorn gebeugt, trat es vor, bis Alissa ihre Hand an den Hals legen konnte. Ein wohliger Schauer durchströmte sie. Ihr war, als läge sie nach dem Schwimmen mit feuchter Haut in der heißen Sonne. Und gleichzeitig war es ein unbeschreibliches Gefühl von Geborgenheit, so als komme sie nach einer langen und entbehrungsreichen Reise nach Hause. Sie warf den Kopf zurück, atmete tief ein, senkte die Lider und genoß den Augenblick. Ein seltsames Gefühl, als ob sie im träge dahingleitenden Wasser eines Flusses aus Licht treibe. Leichtigkeit und Freude durchströmten sie. In Gedanken fühlte sie sich losgelöst und zeitlos verbunden mit allem, was sie umgab. Sie war eins mit den Bäumen, dem riesigen Wald, den Vögeln, den Tieren ringsum, dem Wasser, selbst mit der Luft und der Erde unter ihren Füßen. Sie war kein einzelnes Wesen, sondern Teil eines Ganzen. Alissa sah die Verbindung der Dinge untereinander auf neue Weise, hielt sich gleichzeitig für unbedeutend und allwissend.

Sie sah durch die Augen der Natur, durch die Augen eines Baumes oder eines Schmetterlings. Eine gleichzeitig schreckenerregende und wunderbare Erkenntnis. Für einen Hauch von Ewigkeit ließ sie sich in einen Vogel hineingleiten, sah die Welt durch seine Augen, glitt auf seinen ausgebreiteten Flügeln dahin, bis sie es nicht mehr ertragen konnte. Die Eindrücke waren zu ungewohnt, zu atemberaubend.

Dann spürte sie etwas. Eine Hand. Polas Hand, die sich in ihre legte und ihr es damit erleichterte, in die alltägliche Welt zurückzukehren. Das Licht, das sie durchströmt hatte, verschwand in der Erde. Alissa riß die Augen auf und wandte sich Pola zu. Und während sie ihrer besten Freundin ihr Erlebnis mitteilte, liefen ihr angesichts des unbegreiflichen Wunders Tränen die Wangen hinab.

Polas Aufmerksamkeit war so sehr auf ihre Freundin gerichtet, daß sie anfangs nicht bemerkte, wie weiche Nüstern ihren Arm entlangstrichen. Das Einhorn schnappte mit den Lippen seines Mauls nach ihrem Ärmel und zog sie in seine Richtung. Dann ließ es sie los, drehte sich auf der Hinterhand, trabte ein kurzes Stück davon, blieb wieder stehen und wartete.

Als die beiden Mädchen sich nicht rührten, kam es noch einmal zurück und wiederholte sein Tun.

„Alissa. Sieh mal."

„Was ist?" Ihre Freundin hatte sich wieder gefangen.

„Ich glaube, das Einhorn möchte, daß wir ihm folgen."

Alissa wischte sich mit dem Handrücken über die feuchten Wangen. „Bist du sicher?"

„Ja."

„Dann los."

„Warte mal", bremste Pola den Tatendrang ihrer Freundin, „wir können doch nicht einfach hinter dem Einhorn herlaufen. Wir wissen doch überhaupt nicht, wo es uns hinführt. Außerdem werden unsere Eltern sich Sorgen machen, wenn wir nicht bald zurückkommen."

„Du machst dir viel zu viele Gedanken. Hast du es gestreichelt?"

„Nein. Es hat mich kurz mit den Nüstern angestubst ..."

„Schade“, unterbrach Alissa sie, „sonst wüßtest du, daß wir von ihm nichts zu befürchten haben.“

„Hm“, entgegnete Pola, immer noch unsicher.

„Komm schon“, drängte Alissa. „Kannst du dir wirklich vorstellen, daß ein so schönes Wesen etwas Hinterhältiges plant?“

Dieser Gedanke überzeugte Pola. Aber da war noch etwas anderes. Es war der Ruf des Einhorns, der jeglichen Widerstand auflöste.

„Na gut“, antwortete sie, „wenn ich dem Braten allerdings nicht mehr traue, kehre ich sofort um.“

„Meinetwegen. Einverstanden.“

„Geh“, rief Pola dem Einhorn zu, „wir folgen dir.“

Und damit überschritten sie die Schwelle in eine andere Welt und bemerkten es nicht.

Zwei Stunden gingen sie jetzt schon hinter dem schwarzen Wesen her und kamen dabei in Bereiche des Waldes, die sie nicht kannten. Alissa, die immer noch in ihrem Glücksgefühl schwelgte, schien das nicht zu beunruhigen; bei Pola sah das anders aus. Immer häufiger warf sie verstohlene Blicke in die Umgebung und versuchte, das Gewirr der ineinander verfilzten Büsche zu durchdringen. Das schwarze Einhorn zügelte seine Geschwindigkeit und führte die beiden vom kaum noch erkennbaren Pfad hinunter, durch einen ausgedehnten, mit toten Fichten bestandenen Wald; die braungelben Skelette der Bäume waren bis auf ein paar Äste, die wie verkrüppelte Finger in den Himmel wiesen, und gelegentlichen Moosbewuchs kahl. Immer wieder entdeckten sie die Leichen verwesender Vögel. Massen von Käfern hockten dichtgedrängt auf abgestorbenen Baumstümpfen, in einer letzten Bewegung im Todeskampf erstarrt. Pola war schaurig zumute, und eigentlich, war ihr klar, hätten sie längst umkehren sollen. Aber da war etwas Mächtiges um sie herum, etwas das ihre Gedanken beeinflußte und sie immer weiter in seine Richtung lenkte.

Nach einer Weile hatten die beiden Mädchen fast vergessen, woher sie kamen und was sie hierhergebracht hatte. Marionetten gleich folgten sie einem lautlosen Ruf, der ihre Herzen gefangennahm und sie nicht mehr losließ. Sumpfgras streifte ihre Füße, die Luft wurde wärmer, war schwer von Feuchtigkeit und trug den üblen Geruch der Verwesung in sich. So offen das Gelände auch war, bot der Himmel doch nur wenig Helligkeit. Eine dichte Wolkendecke hing drückend tief über dem Boden, und grauweiße Nebelschwaden zogen zwischen den stehengebliebenen Stämmen hindurch, die aussahen wie gigantische schwarze Zahnstocher.

Die Sicht wurde zunehmend schlechter. Pola hielt nach wie vor die Augen offen, obwohl Alissa einen unbesorgten Eindruck machte. Fast schien es ihr, als nehme ihre Freundin die Umgebung nicht wahr, als weile sie in ihrer eigenen Welt, in die nichts besorgniserregendes eindringen konnte. Aber das Schlimmste war eine lähmende Trägheit, die direkt aus dem Boden in ihre Glieder stieg und ihre Antriebskraft, ihren Lebenswillen, aufsaugte wie ein Schwamm. Immer häufiger stolperten die beiden, und einmal schlug Alissa der Länge nach auf den Boden. Doch selbst das konnte sie nicht beirren. Pola, die gleich zu ihrer Freundin gesprungen war und ihr wieder auf die Füße half, hatte dabei das Einhorn völlig außer acht gelassen. Als sie sich aufrichtete und es suchte, war es verschwunden, so als habe der morastige Untergrund es binnen weniger Sekunden verschlungen.

„Einhorn“, rief sie. „Einhorn. Wo steckst du?“ Doch kein Laut war weit und breit zu hören und der Nebel wurde immer dichter. Angst schnürte ihr wie ein kalter Ring aus Eisen die Brust ab. Sie wollte um Hilfe schreien, aber sie hatte keine Kraft. Die Trägheit war jetzt nicht nur in ihren Körper, sondern auch in ihr Gemüt eingedrungen.

„Alissa“, sagte sie gähnend, wobei sie sich den Handrücken vor den Mund hielt. „Alissa. Hörst du mich?“

„Ja“, vernahm sie die kaum wahrnehmbare Antwort.

„Das Einhorn ist fort.“

„Was soll das heißen?“

„Na, daß es weg ist, verschwunden. Einfach abgehauen.“

„Willst du damit sagen ...?“

„Ja! Wir sind allein. Wir ...“

Was immer sie auch hatte sagen wollen, es ging unter in einem schauerlichen Heulen, das ihnen das Blut in den Adern gefrieren ließ.

„Was war das?“ Alissas Stimme zitterte.

„Keine Ahnung. Aber laß uns sofort von hier verschwinden.“

Die Furcht weckte noch einmal neue Kräfte. Hand in Hand stürzten sie sich in den dichten Nebel. Es war fast unmöglich zu erkennen, an welchen Stellen der Boden zwischen den brackigen Pfützen fest war und an welchen er nur aus einer trügerischen Decke aus Wasser- und Schlingpflanzen bestand.

„Willst du wirklich noch weiter dort hinein?“

„Wir müssen, Alissa. Wir müssen“, entgegnete Pola, nun der Verzweiflung nahe. Und wie zu ihrer Bestätigung erklang erneut das tiefe bedrohliche Heulen. Und es klang näher als zuvor. Für einen Moment sah sie in ihrer Phantasie lange dolchartige Reißzähne, an denen der Geifer hinunterlief, und giftgrüne mordlüsterne Augen. Dieses Bild versetzte ihr einen Schock und raubte ihr den Mut. Sie erstarrte.

„Was ist los?“ Alissa packte ihre Schultern und rüttelte sie kräftig. „Pola. Was ist los?“

„Ich ...“ Im nächsten Moment spürte sie brennenden Schmerz auf der Wange. Ihre Freundin hatte ihr eine Ohrfeige verpaßt. „Tut mir leid“, sagte Alissa. „Aber wir haben jetzt keine Zeit für so was. Wir müssen schleunigst von hier verschwinden.“

„Aber wohin?“ Polas Augen funkelten zornig.

„Ich weiß es nicht. Nur weg. Schnell!“

Das Heulen kam immer näher, und schon glaubten sie den fauligen, ekelerregenden Atem des Ungeheuers im Nacken zu spüren. Sie drangen immer weiter in die sumpfige Welt ein.

Plötzlich blieb Alissa stehen. Eine rätselhafte Ahnung überkam sie, und ein eisiger Schauer lief ihr den Rücken entlang. „Warte, Pola“, stieß sie keuchend hervor, der Erschöpfung nahe, „wir dürfen nicht weitergehen.“

„Wa... warum nicht“, stammelte ihre Freundin. „Wir müssen das Einhorn finden.“

„Das Einhorn?“ murmelte Alissa bitter. „Das Einhorn hat uns doch in diese verdammte Lage gebracht. Nein. Wir müssen hierbleiben. Ich glaube, daß jeder weitere Schritt unseren sicheren Tod bedeutet.“

„Wenn du meinst“, antwortete Pola, als sei ihr das im Grunde völlig gleichgültig. Sie ließ sich auf der Stelle nieder. „Ich kann sowieso nicht mehr. Ich bin fix und fertig. Mir tut jeder Knochen im Leib weh.“ Sie rollte sich auf dem Boden zusammen und war Sekunden später eingeschlafen.

Alissa versuchte unterdessen die milchige Nebelsuppe mit ihren Augen zu durchdringen. Aber das war unmöglich. So fügte sie sich in ihr Schicksal, hockte sich neben ihre Freundin auf die kalte Erde und weinte. Sie fühlte sich einsam, verloren und verraten. Sie hatte dem Einhorn vertraut und es hatte sie schmählich hintergangen. Die Enttäuschung saß tief und der Schmerz darüber schnitt wie ein scharfes Messer in ihr Herz. Warum, fragte sie sich immer wieder, warum? Sie wünschte sich, daß alles nur ein Traum sei, der bald ein Ende hatte, aber andererseits war ihr klar, daß, wollten sie ihrem Verfolger entkommen, alles erst seinen Anfang nahm. Was da allerdings seinen Anfang nahm, das würde sich erst zeigen müssen.

Mit der Zeit wurden ihrer Augenlider immer schwerer. Zuerst fiel ihr Kopf nach vorn, dann sanken die Arme an den Seiten herab, bis schließlich der letzte Widerstand zusammenbrach und sie in die verlockenden Arme des Schlafes trudelte. Das einzige, was sie noch mitbekam, waren zerstreute, ungeordnete Bilder eines finsteren Schattens, der sie verfolgte und dessen Absichten nicht zu entschleiern waren. Dessen Absichten sie auch nicht kennen wollte.

Als Alissa am kommenden Morgen die Augen öffnete und ihre steifen Glieder bewegte, wäre es um Haaresbreite um sie geschehen gewesen. Ohne sich dessen bewußt zu sein, hatten sie sich direkt an den Rand eines lotrecht abfallenden Abgrunds schlafen gelegt, und ihr wurde ganz schwindelig bei der Vorstellung, was hätte geschehen können, wenn sie sich im Schlaf hin und her gewälzt hätte. Eine falsche Bewegung, und sie wäre auf dem Grund einer Schlucht, der mit bloßem Auge nicht zu erkennen war, zerschmettert worden.

„Pola." Alissa schüttelte ihre Freundin so lange, bis sie, wenn auch widerwillig, die Augen aufschlug.

„Was ist denn? Laß mich schlafen."

„Beweg dich nicht."

„Was?" Pola schaute zur Seite und wurde kreidebleich. Der gähnende Abgrund tat seine Wirkung. Hastig krabbelte sie auf allen vieren in Sicherheit.

„Mein Gott", keuchte sie entsetzt, „das... das..."

„Das war mehr Glück als Verstand."

„Das wollte ich sagen. Mein Gott", wiederholte sie sich, „ich darf mir gar nicht vorstellen ..."

„Dann tu es auch nicht."

Pola warf ihrer Freundin einen überraschten Blick zu. „Was ist denn los?" Sie rieb sich die schlaftrunkenen Lider. „Welche Laus ist dir denn über die Leber gelaufen?"

„Welche Laus ist dir denn über die Leber gelaufen", äffte Alissa sie nach. „Das weißt du doch besser als ich."

Pola, die immer noch weit davon entfernt war, wach zu sein, rappelte sich langsam hoch.

„Ich verstehe kein Wort."

„Du hast uns doch diesen Mist eingebrockt", sagte Alissa wütend, „du hast doch gesagt, daß der Traum etwas zu bedeuten hat. Du..."

„Was? Jetzt mach aber mal halblang", entgegnete Pola aufgebracht. „Schließlich warst du es, die unbedingt hinter dem schwarzen Einhorn herwollte, und du warst es auch, die gesagt hat, daß wir nichts zu befürchten haben."

Ihre Blicke trafen sich, und eine Weile rangen sie lautlos miteinander. Ärgerlich trat Alissa gegen einen kleinen Stein, der über den Rand kullerte und in den Abgrund fiel. „Ich bin wütend", schimpfte sie. „Wütend auf mich selbst, weil ich auf diese ... diese Kreatur hereingefallen bin. Ich will nach Hause." Sie hockte sich auf den Boden, zog die Knie an die Brust und vergrub den Kopf zwischen den Armen. Ein Bild des Jammers und der Erkenntnis, daß sie sich in eine schier hoffnungslose Lage gebracht hatten.

Pola, die im ersten Moment zu ihrer Freundin gehen wollte, um sie in den Arm zu nehmen, überlegte es sich anders und wandte sich der Schlucht zu. So schnell war sie nicht bereit, Alissas Vorwürfe zu verzeihen. Die Hände in den Taschen ihres Rocks vergraben, schaute sie in die gähnende Tiefe des Abgrunds. Die großartige Schauerlichkeit des Anblicks jagte ihr ein eisiges Frösteln den Rücken entlang. Über den gesamten Horizont klaffte die Erde in einem Riß, der so breit war, daß an eine Durchquerung überhaupt nicht zu denken war. Außerdem waren die Wände viel zu steil, um einen Abstieg wagen zu können.

Pola legte sich auf den Bauch und kroch vorsichtig bis an den Rand. Benommen starrte sie in die Finsternis hinunter, die bis ins Innerste der Erde zu reichen schien. Selbst wenn wir wüßten, dachte sie verzweifelt, in welche Richtung wir von hieraus gehen müßten, um zurückzukehren, ist es nicht möglich. Wir sind schon zu weit vorgedrungen. Wir hätten dem Einhorn niemals folgen dürfen, machte sie sich selbst schwere Vorwürfe. Sie nahm einen faustgroßen Stein und schleuderte ihn mit aller Kraft so weit hinaus, wie sie konnte. Er fiel und fiel, bis ihn die Finsternis verschlang. Sie lauschte angestrengt, aber kein Ton, kein Geräusch des Aufpralls drang an ihr Ohr.

Plötzlich spürte sie, daß ihre Freundin sich neben sie legte. Sie sahen einander an.

„Es tut mir leid", sagte Alissa. „Ich habe mich blöd benommen."

Sie umarmten sich lächelnd, waren froh, daß der dumme, sinnlose

Streit damit ein Ende hatte.

„Und was tun wir jetzt?“ fragte Pola, als sie sich wieder voneinander gelöst hatten und schweigend in die Tiefe starrten.

Alissa zuckte nur mit den Achseln. So hilflos hatte sie sich noch nie zuvor in ihrem Leben gefühlt.

„Vielleicht kann ich euch zu Diensten sein“, hörten sie eine unbekannte, leicht spöttische Stimme hinter ihnen. Sie wirbelten herum.

„Wer bist du denn?“ fragte Pola, während die beiden Mädchen sich eiligst vom Rand des Abgrunds entfernten, um notfalls in einer besseren Verteidigungsposition zu sein.

„Im allgemeinen nennt man mich Geerdina, die Schreckliche.“ Sie öffnete den Mund zu einem breiten Grinsen. Die Zahnlücke in ihrem Oberkiefer machte ihrem Namen wahrlich alle Ehre. Überhaupt, dachte Alissa, dieser Name paßt zu ihr. Noch nie in ihrem Leben hatte sie eine häßlichere Gestalt gesehen. Sie war auf der Hut und wollte nicht noch einmal in die Falle tappen. Die beiden betrachteten die Frau genauer. Um den Kopf trug sie ein dunkelgrünes Tuch, das nur das Gesicht freigab. Ansonsten war sie in ein braunes wollenes Kleid gehüllt, das auch schon bessere Tage gesehen hatte. Es war an vielen Stellen geflickt und machte einen schäbigen, verwahrlosten Eindruck. Auf dem Rücken trug sie einen ledernen Beutel, der ähnlich einem Rucksack an Schultergurten befestigt war.

„Kommt zu mir, ihr beiden“, säuselte die Alte. „Ich will euch ein Geheimnis anvertrauen.“

„Ein Geheimnis?“ fragte Pola mißtrauisch und rührte sich nicht von der Stelle.

„Jawohl“, kicherte Geerdina blöde, so als habe sie nicht mehr alle Sinne beisammen, „ein großes Geheimnis.“ Sie neigte den Kopf ein wenig zur Seite und blinzelte einfältig. Dann zwinkerte sie den Mädchen zu und tat so, als wolle sie ihnen etwas mitteilen, das nur für ihre Ohren bestimmt war.

„Ihr dürft mich Geerdina nennen, wie meine Freunde“, sagte sie leise, hinter vorgehaltener Hand. „In Wahrheit, müßt ihr wissen, bin ich die Hüterin der Schwelle.“

„Hüterin der Schwelle?“ Alissa schaute Pola an und beide brachen in Gelächter aus. „Welche Schwelle soll das denn sein?“

Die Alte winkte sie näher heran. „Der Schwelle in die ...“ Sie hielt bewußt einen Moment inne. „„... Anderwelt. Aber psst.“ Sie legte mit

Verschwörermiene den Finger auf die Lippen. „Keine Silbe zu irgend jemand."

Die beiden verstanden kein Wort und waren überzeugt, daß die Alte dem Schwachsinn verfallen war oder sich auf ihre Kosten einen derben Scherz erlaubte.

„Wie ich sehe, glaubt ihr mir kein Wort. Nun gut. Wer nicht hören will, muß fühlen. Heftet euch an meine Fersen." Wie aus dem Nichts hielt sie plötzlich einen langen Wanderstab in der Hand und ging los. Als sie bemerkte, daß die beiden Mädchen nicht die geringsten Anstalten machten ihr zu folgen, sagte sie: „Nun. Wie ist es? Wollt ihr hier Wurzeln schlagen? Ihr könnt mir vertrauen. Es gibt keinen Weg zurück. Es gibt niemals einen Weg zurück. Es gibt nur einen Weg nach vorn." Sie strahlte über das häßliche, von tiefen Falten durchzogene Gesicht. „Ihr habt den gleichen Traum geträumt und erkannt, daß Träume mehr sind als nur Schäume. Auch wenn euch immer etwas anderes erzählt worden ist. Nun müßt ihr nur noch den Mut aufbringen, die Folgen zu tragen."

„Woher weißt du das? Außerdem haben wir erst kürzlich jemandem unser Vertrauen geschenkt und sind auf übelste Weise hereingelegt worden", antwortete Pola.

„Ich weiß, mein Kind. Ich weiß genau, wovon du sprichst." Sie strich sich mit ihren dürren Fingern über die Wange. „Manchmal sind die Dinge anders, als sie scheinen. Und man muß vertrauen, obwohl es das letzte ist, was man will. Außerdem, so leid es mir tut, habt ihr keine andere Wahl, als euch an meine Fersen zu heften. Außer Ihr möchtet gern hierbleiben und warten, bis der finstere Schatten euch verschlingt." Sie schüttelte den Kopf. „Keine besonders verlockende Aussicht, wenn meine werte Meinung von Belang ist."

„Wer oder was ist der finstere Schatten?" fragte Pola. Ihre Hände waren plötzlich feucht geworden.

„Das Heulen", antwortete Geerdina, „erinnert euch an das Heulen."

Dann schwieg sie und Pola war sicher, daß ihre runzelige Haut bleicher, blasser geworden war; so als fürchte sie sich sehr.

„Sollte euch der finstere Schatten erwischen", sagte sie leise, „wäret ihr lieber tot als lebendig, das könnt ihr mir glauben."

Sie glaubten es und waren gern bereit, ihr zu folgen.

Stunden über Stunden gingen sie am Rand des Abgrunds entlang, ohne daß sich die Landschaft veränderte. Sie erklommen Berghänge und steile Felsengrate, stiegen mühselig hinauf und hinunter, aber stets sahen sie nichts als ferne Gebirge, hinter denen weitere Bergketten lagen. Ein kalter Wind fegte über die gezackten messerscharfen Felsen, der zwar den Nebel vertrieb, aber eine eisige Beklemmung hervorrief. Und nichts Lebendes war zu entdecken, nicht einmal eine Ameise oder wenigstens eine Eidechse. Mit der Zeit sank Polas und Alissas Laune auf den Tiefpunkt, und am liebsten hätten sie sich niedergehockt und sich geweigert, auch nur noch einen Fuß vor den anderen zu setzen. Aber sie hatten keine Wahl. Obwohl es ihnen mißfiel, waren sie Geerdina auf Gedeih und Verderb ausgeliefert. Die häßliche Alte warf ab und an einen Blick über die Schulter und setzte dann unbeirrt ihren Weg fort.

Schließlich, die Sonne begann den Rand des Horizonts im Westen zu berühren, hatten die beiden genug.

„Was soll das, Hüterin der Schwelle?" schimpfte Pola. „Wo bringst du uns eigentlich hin? Hier ist doch nichts als nackter Fels. Wenn wir nicht bald einen warmen Unterschlupf finden, holen wir uns den Tod."

„Geerdina", antwortete die Alte.

„Geerdina?"

„Ihr könnt mich Geerdina nennen."

„Ja, ich weiß", brummte Pola ärgerlich, „das hast du schon gesagt. Aber ich will nicht. Das klingt mir viel zu vertraut."

Die Alte lächelte. „Ich werde euch noch so vertraut werden", entgegnete sie, „daß ihr euch eines Tages fragt, ob ihr überhaupt schon mal jemandem wirklich vertraut habt."

„Was soll denn dieser Schwachsinn schon wieder?" seufzte Alissa, die sich nichts sehnlicher als ein kuscheliges weiches Bett und ein warmes Essen wünschte.

Gerade als Alissa wütend mit dem Fuß auftreten wollte, um ihrem Wunsch auf diese Weise Nachdruck zu verleihen, hörten sie ein hohes herzzerreißendes Jammern und Klagen, das ihnen durch Mark und Bein fuhr.

„Was war das?" entfuhr es den Mädchen wie aus einem Mund, und schlagartig war jeder Gedanke an Hunger und Schlaf vergessen.

„War das der finstere ...?" fragte Pola mit angstbelegter Stimme.

„Nein. Dieses Klagen ist einer der Gründe, warum ihr hier seid", sagte die Hüterin der Schwelle, und ihre Stimme klang sehr traurig.

„Dieses Klagen steht hinter dem Ruf des Einhorns."

Den Mädchen lief erneut ein eisiger Schauer über den Rücken, und am liebsten wären sie Hals über Kopf davongerannt. Aber wohin? Am Morgen hatten sie den Rand des Abgrunds verlassen und mittlerweile jegliches Richtungsempfinden verloren. Die Sonne begann jetzt in befremdlicher Schönheit hinter den fernen Bergen unterzugehen und die Welt in ein Zwielicht zu tauchen, welches die unheimliche Stimmung noch verstärkte. Und wieder erklang das hohe schaurige Klagen, noch lauter und eindringlicher diesmal. Fast, als spüre das Wesen, daß jemand in der Nähe war und es aus seinem unsäglichen Leid befreien konnte.

„Nein!" wehrte Alissa ab. „Ich gehe keinen Schritt weiter. Ich will da nicht hin. Ich bin doch nicht verrückt."

„Du mußt", antwortete die Alte leise und die Mädchen spürten, daß es kein Entrinnen gab. Kalte Furcht lähmte sie.

„Kommt jetzt" forderte Geerdina die Mädchen auf, und zu ihrer Überraschung stellten Pola und Alissa fest, daß ihre Körper sich in Bewegung setzten und es überhaupt keine Rolle spielte, ob sie das wollten oder nicht.

Geerdina führte sie einen Pfad entlang, der sich durch mehrere steil aufragende Felswände schlängelte. Das Gefühl für Zeit verlor sich bei jedem Schritt etwas mehr, und als sie schließlich vor dem Eingang einer großen Höhle standen, hätten sie nicht zu sagen vermocht, ob Minuten oder Stunden vergangen waren.

Erneut zerteilte der herzzerreißende Schrei die Stille der Nacht. Nah und unerbittlich. Entsetzt hielten die Mädchen ihre Hände vor die Ohren.

Die Alte nahm darauf keine Rücksicht. Erbarmungslos drängte sie die beiden vorwärts, immer tiefer hinein in das dunkle Labyrinth eines phantastisch anmutenden Tropfsteingewölbes. Trotz ihrer Furcht waren die Mädchen von dem Anblick wie verzaubert. Lichtquellen, deren Ursprung sich allenfalls erahnen ließ, schufen bizarre Schattengebilde: Gesichter und wunderliche, verzerrte Gestalten, die einer anderen Welt entsprungen sein mußten. Manche schienen Grottenolmen zu ähneln, andere wiederum hatten Fratzen wie aus einem gruseligen Märchen.

Je tiefer Alissa und Pola in die Höhle drangen, desto schauriger war ihnen zumute. Immer wieder warfen sie ängstlich Blicke in alle Richtungen und waren fast sicher, daß hinter einem Tropfstein ein bösartiges Wesen auf sie lauerte, um ihrem Leben ein Ende zu setzen. Auch Geerdinas Anwesenheit, die vor ihnen ging, wirkte keineswegs beruhigend.

Dann veränderte sich etwas. Es war ein kaum merklicher Unterschied in der Temperatur. Es wurde wärmer. Nach einer Weile standen ihnen sogar Schweißtropfen auf der Stirn.

Plötzlich waren ihre Augen von Helligkeit geblendet. Erschrocken hoben sie die Hände vors Gesicht, und als sie sie langsam sinken ließen, glaubten sie ihren Sinnen nicht trauen zu können.

Vor ihnen, im matten Schein eines riesigen Gewölbes, lag – ein Vogel. Ja, ein Vogel und er war sehr groß. Alissa stieß einen Schrei der Überraschung aus und preßte danach die Lippen so fest aufeinander, als sei sie sich bewußt, etwas wirklich Schlimmes getan zu haben.

Aber das Wesen rührte sich nicht. Es war tot oder schien dem Tod zumindest nahe zu sein.

„Wer ... wer ist das?“ flüsterte Alissa. „Und was ist mit ihm?“

„Das“, antwortete Geerdina mit schwankender trauriger Stimme, „ist der Phönix, der Vogel der Unsterblichkeit.“

„Aber er stirbt doch. Wie kann das sein? Wie kann der Vogel der Unsterblichkeit sterben?“

Geerdina zuckte nur hilflos mit den Achseln. „Ich weiß es nicht. Es ist ... ein Unglück, ein fürchterliches Unglück.“

Pola ging langsam auf den riesigen Vogel zu.

Auf Höhe seines Kopfes blieb sie stehen und schaute auf das geschlossene Lid. Kummer nahm ihr Herz gefangen. Er war so schön. Selbst jetzt, da der nahende Tod die Strahlkraft seines vielfarbigen Federkleides zu einem matten Abglanz hatte verkommen lassen. Ihre Angst löste sich bei diesem Anblick auf und verwandelte sich in ein Gefühl tiefer Verbundenheit. Sie wußte, ohne es erklären zu können, daß sie einem geheimnisvollen, sagenumwobenen Wesen begegnete, das mehr war als ein gewöhnlicher Vogel, viel mehr.

Plötzlich hob sich das Lid und sie blickte in ein rundes Auge, groß und tief wie der Grund des Meeres. Im ersten Moment wollte sie zurückweichen, doch dann hielt sie dem Blick des Wesens stand. Und sie erkannte den trüben Schleier, der über dem Auge des Phönix lag.

„Wer bist du?“ hörte sie eine Stimme in ihrem Kopf.

„Ich heiße Pola“, antwortete sie ganz leise, „und bei mir sind meine

Freundin Alissa und Geerdina, die Hüterin der Schwelle."

„Alissa? Die Hüterin der Schwelle?"

Pola glaubte ein mildes Lächeln in seinem Auge zu sehen. Aber das konnte genausogut eine Täuschung sein.

„Was willst du hier? Bringst du mir das Feuer des Lebens?"

„Welches Feuer? Ich weiß nichts von einem Feuer des Lebens."

„Dann muß ich sterben, Pola Menschenkind. Du bist doch ein Menschenkind?"

„Ja."

„Nur das heilige Feuer kann mich retten. Ich selbst habe nicht mehr die Kraft, es zu entfachen. Ich bin zu schwach. Ich brauche ein Kind, ein Menschenkind. Ich brauche dich." Die Verbindung zwischen ihnen drohte abzubrechen.

„Aber was ist passiert?" fragte Pola mit zitternder Stimme. Plötzlich war ihr die Vorstellung, daß dieses herrliche Wesen sterben sollte, unerträglich. Sie mußte unbedingt etwas dagegen unternehmen.

„Ich weiß es nicht. Es ist einfach geschehen, Menschenkind." Jedes Wort war eine Qual für den Phönix. „Ich weiß nur, daß der sichere Tod auf mich wartet, wenn niemand das Feuer entfacht und zu mir bringt."

Pola drehte sich verzweifelt um. Alissa und Geerdina starrten sie ungläubig an.

„Was ist los?"

„Das wollte ich dich gerade fragen", antwortete die Hüterin der Schwelle. „Es hat ausgesehen, als habe er mit dir gesprochen."

„Das hat er auch", entgegnete sie, nun sicher, daß es tatsächlich die Stimme des Phönix gewesen war.

„Was hat er gesagt?"

„Ich muß das Feuer des Lebens finden. Nur so kann sein Leben gerettet werden."

„Das Feuer des Lebens? Was ist das?" fragte Alissa verdutzt.

„Das Feuer des Lebens", wiederholte Geerdina murmelnd, als spreche sie zu sich selbst, „das hat er gesagt?"

„Ja", antwortete Pola ungeduldig. Das herrliche Wesen konnte jeden Moment den letzten Atemzug tun und dann, so glaubte sie zu wissen, wäre etwas Wunderschönes, ja Lebenswichtiges, für immer verloren. Nicht nur für diese Welt, sondern auch für die Welt der Menschen. Das durfte nicht geschehen. Sie war, stellte sie überrascht fest, bereit, ihr Leben dafür auf's Spiel zu setzen.

C. TURK

„Wo können wir das Feuer finden? Kannst du uns dabei helfen, Geerdina?“

„Nein.“ Sie schüttelte enttäuscht den Kopf. Ihr faltiges Gesicht schien noch einmal um Jahre gealtert zu sein. „Ich höre zum ersten Mal davon. Ich ... ich bin immer noch verwirrt. Du bist die erste, mit der er geredet hat. Ein wirklich gutes Zeichen.“

Trotzdem wirkte sie nicht besonders erfreut. Ihr Kopf sank nach vorn, als sei er eine gar allzu schwere Last.

„Und wie ist es mit dem schwarzen Einhorn? Könnten wir von ihm erfahren, wo das Feuer des Lebens zu finden ist?“ drängte Alissa.

„Vielleicht“, erwiderte die Alte, und Hoffnung glomm in ihren grauen Augen, als sie den Kopf hob.

Langsam ging Pola noch einmal zum Vogel Phönix und strich sanft mit ihrer Hand über sein ausgeblichenes Gefieder. Im selben Augenblick berührte etwas Machtvolles ihr Herz. Etwas, das eine Sehnsucht weckte, ein Verlangen der Seele, für das sie keine Worte hatte.

Ich werde die Worte finden, dachte sie. Ich muß sie finden. Denn ihr war sofort klar, daß die fehlenden Worte ein Schlüssel zur Rettung des Vogels waren. Es muß doch jemanden geben, der uns dabei hilft. Das kann doch nicht so schwer sein.

„Pola.“ Alissas Stimme holte sie aus ihren Gedanken.

„Ja? Was ist?“

„Laß uns gehen. Hier können wir nichts mehr tun.“

„Aber wohin sollen wir uns wenden?“ fragte sie verzweifelt. „Selbst Geerdina hat gesagt, daß sie nicht weiß, wo das Feuer des Lebens zu finden ist. Wo sollen wir nur mit der Suche beginnen?“

„Ganz so hoffnungslos stehen die Dinge nicht“, mischte die Alte sich ein. „Jetzt, da ihr da seid, tun sich neue Möglichkeiten auf. Der Vogel der Unsterblichkeit hat zu dir gesprochen, Pola, und das bedeutet, daß die Dinge in Bewegung geraten. Ich weiß jetzt, wohin wir gehen. Wir werden Zachäus einen Besuch abstatten.“

„Zachäus?“ fragten die Mädchen wie aus einem Mund.

„Zachäus ist der größte Zauberer weit und breit und ...“

„Wenn er der größte Zauberer weit und breit ist, warum hat er dem Phönix dann nicht längst geholfen?“ unterbrach Alissa sie.

„Das hat er versucht. Aber der Vogel hat nicht mit ihm gesprochen. Er hat, wie gesagt, mit niemandem gesprochen, und darum war selbst Zachäus nicht in der Lage, etwas für ihn zu tun. Aber da wir dank Pola wissen, was ihm fehlt, sieht die Sache anders aus. Kommt jetzt“, forderte sie die beiden auf, „wir dürfen keine Zeit verlieren.“

Sie kramte eine Weile in ihrem Beutel und holte eine kleine Sturmlaterne und etwas Öl hervor. „So“, sagte sie, als die Laterne brannte und einen heimeligen Lichtschimmer verbreitete, „los gehts.“

Bevor sie die Grotte verließen, warf Pola noch einen letzten Blick zurück und schwor sich, alles Menschenmögliche zu tun, um das Feuer des Lebens zu finden.

Zachäus Zauberhand

Draußen war es stockfinster. Ohne die Laterne hätten sie bis zur Morgendämmerung warten müssen. So aber gingen sie dicht hintereinander, Geerdina vorn, Alissa in der Mitte und Pola am Ende des kleinen Zuges.

Viele Stunden wanderten sie durch eine Landschaft, deren Umrisse nur bis zum fahlen Rand des Lichtscheins zu erkennen waren. Was dahinterliegen mochte, entzog sich ihrer Kenntnis, und Geerdina – die einzige, die etwas darüber hätte sagen können - schwieg beharrlich.

Endlich, als der erste zarte Schimmer der Sonne über den Horizont blitzte, konnten sie im Licht des neuen Morgens ein Haus erkennen. Es lag tief unter ihnen in einem verschlafenen Tal, dessen steile Hänge dicht mit Kiefern und Tannen bewachsen waren. Dicke weiße Rauchwolken quollen aus dem Schornstein in den Himmel und bildeten seltsame Muster. Mal formten sie sich zu einem Drachen, der dann plötzlich mit unglaublicher Geschwindigkeit durch die Luft zischte und verpuffte, ein anderes Mal zu einem Schwarm Gänse oder zu einem mächtigen Adler. Pola und Alissa standen am Rand einer Felskante und schauten begeistert zu.

„Zachäus scheint sich wieder mal zu langweilen“, sagte Geerdina. „Dann hat er nichts als Blödsinn im Kopf.“

Alissa zeigte ins Tal hinunter und rief: „Seht nur. Das ist unglaublich.“

Alle schauten zum Haus. Eine riesige Qualmwolke stieg aus dem Schornstein. Geerdina schüttelte nur den Kopf und murmelte Unverständliches.

Sie vernahmen ein lautes Rumoren und Klappern, das in ein hohes Zischen und Pfeifen überging. Im nächsten Moment sahen sie eine Gestalt aus dem Haus stürzen. Es gab einen fürchterlichen Knall und der Schornstein löste sich mit ohrenbetäubendem Krachen in seine Bestandteile auf. Die einzelnen Teile schossen in alle Himmelsrichtungen und die Gestalt brachte sich mit einem Hechtsprung hinter einem Felsbrocken gerade noch rechtzeitig in Sicherheit.

„Und das soll der größte Zauberer weit und breit sein?"

„Jawohl, Alissa", antwortete Geerdina, „manchmal geht halt der Übermut mit ihm durch, und seine Zauberei gleitet ihm ein wenig aus den Händen."

„Ein wenig aus den Händen ist gut", lachte Pola. „Der kann froh sein, daß ihm nicht das ganze Haus um die Ohren geflogen ist."

„Kommt", sagte die Alte, ohne in ihr Lachen einzustimmen, „laßt uns ins Tal hinuntersteigen."

Der Abstieg gestaltete sich schwierig. Immer wieder mußten sie steile Abschnitte bewältigen, die ihre ganze Aufmerksamkeit beanspruchten. Ein Fehltritt konnte hier unweigerlich den Tod bedeuten.

Aber schließlich hatten sie es geschafft. Mit einem letzten Sprung landeten sie im weichen Gras einer mit Primeln bewachsenen Wiese. Vom Zauberer war nichts zu sehen. Anscheinend befand er sich wieder im Inneren seines windschiefen Hauses und untersuchte den angerichteten Schaden.

Windschiefes Haus, dachte Alissa, war eine sehr wohlmeinende Beschreibung dessen, was sie erblickten. Die Giebel neigten sich zu beiden Seiten gefährlich weit nach vorn, und daß sie nicht zu Boden stürzten, schien der natürlichen Schwerkraft der Erde zuwiderzulaufen. Alles an diesem Haus war schief und schräg. Die Fenster, die Eingangstür, die Holzschindeln auf dem Dach, ja selbst die wenigen Blumenkästen. Und doch, stellte Alissa mit Erstaunen fest, fügte sich alles irgendwie zu einem harmonischen Bild zusammen.

„Hallo, Geerdina", hörten sie im nächsten Moment eine hüstelnde Stimme. Sie drehten sich um und sahen eine schlanke hochgewachsene Gestalt hinter einem Gebüsch hervorkommen. Über und über mit Staub bedeckt, sah diese aus, als sei sie gerade einem Mehlfaß entstiegen.

„Hallo, Zachäus", antwortete die Alte und brach in schallendes Gelächter aus. „Bist du nicht langsam zu alt für solche Spielereien?"

Der Zauberer klopfte sich den Staub aus den Kleidern, bis er genug davon zu haben schien. Lässig schnippte er mit Daumen und Mittelfinger, und schon sah er aus, als habe er sich gerade erst gebadet und frische, saubere Kleider angelegt. Er schnippte ein weiteres Mal, und zu Alissas und Polas Verblüffung flogen aus allen Richtungen Steine herbei, und wenige Sekunden später sah der Schornstein so aus, als sei nichts geschehen.

Zufrieden grinsend kam er näher und sagte: „Liebe Geerdina, würdest du uns bitte vorstellen."

Sie deutete mit dem Zeigefinger auf die Mädchen.

„Die Menschenkinder, Pola und Alissa."

Sie deutete auf den Mann.

„Zachäus Zauberhand. Der Größte in seinem Fach."

„Wohl wahr, wohl wahr", bestätigte er schamlos, „und was wahr ist, soll auch wahr bleiben."

Pola lächelte, trat einen Schritt vor und reichte ihm die Hand. Dann tat Alissa es ihr gleich.

„Da der Förmlichkeiten nun Genüge getan wurde", sagte der Zauberer, „ist es mir eine große Ehre und Freude, euch zu einem Umtrunk einzuladen."

„Ein heißer Tee tut es auch, Zachäus."

„Wie du meinst, Geerdina. Wie du meinst."

Als sie es sich in der Wohnstube an einem Tisch gemütlich gemacht hatten, der lediglich drei Beine hatte, von denen eines auch noch kürzer als die anderen war, sagte die Hüterin der Schwelle: „Der Phönix hat gesprochen."

Vor Schreck wäre dem Zauberer beinahe die Teekanne aus der Hand gefallen. „Das ist ja wunderbar", rief er laut. „Und mit wem, wenn man fragen darf?"

„Mit Pola."

„Soso." Er stellte die Kanne auf den Tisch und reichte vier Tassen, Milch und Honig. Dann setzte er sich und betrachtete die Mädchen eine Weile schweigend.

„Außergewöhnlich", sagte Zachäus Zauberhand nach reiflicher Überlegung. „Wirklich außergewöhnlich."

Pola hatte seinen Blick erwidert und war auch nicht der forschenden Neugier ausgewichen. Amüsiert betrachtete sie sein langes weißes Haar, das ihm bis auf die Schultern fiel, und den ebenso langen Bart. Er ist wirklich ein Zauberer, wie er im Buche steht.

„Was hat der Phönix zu dir gesagt?" fragte er sie und schnippte eine dicke Fliege beiseite, die sich ärgerlich brummend davonmachte.

GTURK '99

„Er hat gesagt“, antwortete Pola ohne zu zögern, „daß ich ihm das Feuer des Lebens bringen muß, sonst stirbt er.“

„Das Feuer des Lebens“, wiederholte der Zauberer und verfiel erneut ins Grübeln.

„Hast du davon schon mal gehört?“ mischte sich Geerdina ein, als sie schließlich die Geduld verlor.

Zachäus nickte bedächtig. „Ja. Das habe ich. Aber das ist lange, sehr lange her.“

„Nun spann uns nicht auf die Folter. Sag schon! Wo und wann?“

„Das war beim letzten Treffen der Zauberer, am Silberhöhlenpaß, nicht weit von der Todesspitze.“

„Was ist denn die Todesspitze?“ fragte Alissa. „Ist das ein Berg?“

„So ist es“, nickte der Zauberer. „Er heißt so, weil bisher niemand lebend von einer Besteigung zurückgekehrt ist. Er ist ständig von einer bleigrauen Wolkenmasse umgeben, die, wenn man in sie hineingeht, wahrscheinlich zum Tod führt. Einige Narren haben es natürlich trotzdem versucht. Man hat nie wieder von ihnen gehört.“

„Das ist ja schrecklich“, sagte Pola. „Ist das der Ort, wo man das Feuer des Lebens findet?“ Sie war blaß geworden.

„Das kann ich nicht sagen“, antwortete der Zauberer. „Damals, immerhin liegt das Treffen schon über ein Jahrzehnt zurück, ist viel darüber gemutmaßt worden, aber ich kann mich nicht entsinnen, daß einer meiner Berufskollegen behauptet hätte, er wüßte, wo es zu finden sei.“

„Bist du wirklich der größte Zauberer weit und breit?“

„Ohne Zweifel, Alissa. Aber warum willst ...?“

„Dann mußt du doch wissen, wo das Feuer zu finden ist. Oder zumindest, wo man suchen muß.“

Zachäus Zauberhand schmunzelte. „Ich muß schon sagen“, nickte er. „Deine hohe Meinung von Zauberern gefällt mir wirklich sehr. Vor allen Dingen, da ich mich frage, woher sie stammen mag. Kennst du viele?“

„Nur dich“, antwortete Alissa kleinlaut. „Aber ich habe viel über sie gelesen“, versuchte sie sich in ein besseres Licht zu rücken.

„Gelesen. Soso. Nun, wie auch immer“, sagte er und stand auf. Die Hände hinter den Rücken verschränkt, ging er auf und ab und dachte nach.

Pola rutschte mit jeder dahinstreichenden Minute unruhiger auf ihrem Stuhl hin und her. Es machte sie ganz kribbelig, daß nichts unternommen wurde. Und das, obwohl alle wußten, daß der Phönix jeden Moment sterben konnte. Wie kann man da nur so ruhig bleiben, fragte sie sich. Gerade als sie sich zu Wort melden wollte, sagte der Zauberer: „Ich habe eine Idee."

Gott sei dank, dachte sie. Das wurde aber auch Zeit.

„Wir werden Grimbart aufsuchen."

„O nein", stöhnte Geerdina, „muß das sein?"

„Jawohl", sagte der Zauberer bestimmt, „das muß sein. Soweit ich mich erinnere, war er damals derjenige, der des öfteren vom Feuer des Lebens sprach. Er ist der einzige, der uns weiterhelfen kann."

Alissa beugte sich zur Hüterin der Schwelle und fragte leise: „Wer ist Grimbart?"

„Ein fürchterlicher Zeitgenosse, so hat man mir zumindest berichtet. Immerzu übelster Laune. Ich kann mich nicht entsinnen, in den vergangenen Jahren gehört zu haben, ihm sei auch nur ein einziges müdes Lächeln in sein zerknittertes Gesicht getreten. Aber man behauptet, daß er eine Menge weiß. Er ist der König der Zwerge. Er und sein verschrobenes Volk wohnen fünf Tagesmärsche von hier und ..."

„Fünf Tagesmärsche", rief Pola entsetzt, „so lange wird der Vogel nicht durchhalten."

„Das kann niemand wissen", widersprach der Zauberer, „er ist das Symbol der Unsterblichkeit. Er ist zäher als wir alle zusammen. Da wett` ich drauf." Er hielt ihr die Hand entgegen. „Komm. Schlag ein."

„Ich wette nie."

Zachäus Zauberhand riß staunend die Augen auf und konnte nicht glauben, was er da gehört hatte.

„Ihr Menschen seid wirklich seltsame Gestalten. Und Mädchen scheinen dabei noch eine Klasse für sich zu sein."

„Das ist mir egal", schrie Pola aufgebracht. Die Sorge um den wunderbaren Vogel übermannte sie. Mit einem Ruck schnellte sie hoch, und der Stuhl polterte krachend zu Boden. „Ich will endlich etwas tun", schimpfte sie. „Wir können doch nicht nur rumsitzen und reden. Laßt uns aufbrechen. Reden können wir auch unterwegs."

„Tatendrang. Jawohl. So werde ich dich von jetzt an nennen", sagte der Zauberer, den ihr Wutausbruch nicht im geringsten zu beeindrucken schien. „Pola Tatendrang. Das paßt zu dir."

„Meinetwegen, Herr Zauberer. „Nenn mich, wie du willst. Aber laßt uns sofort losgehen, sonst werde ich noch verrückt."

„Beruhige dich, Pola", sagte Geerdina und legte ihr beschwichtigend die Hand auf die Schulter. „Es geht gleich los."

Beschämt darüber, daß sie sich hatte gehenlassen, starrte Pola auf ihre Füße und schwieg.

Eine knappe Viertelstunde später waren sie tatsächlich reisefertig. Der Zauberer hatte sich einen weiten nachtblauen Umhang umgelegt. Auf dem Kopf trug er einen hohen, nach oben spitz zulaufenden, breitkrempigen Hut in der gleichen Farbe. In der rechten Hand hielt er einen langen weißen Stab, der ihn an Höhe noch ein gutes Stück überragte. Er sah wirklich sehr beeindruckend aus und schien sich dessen auch bewußt. Er drehte sich einmal im Kreis, wobei sich der Umhang bauschte und dabei glitzerte, als sei er mit Tausenden silbernen Sternen besetzt.

„Na", sagte er, „das macht was her, nicht wahr."

Die Mädchen lächelten nur. Pola allerdings war sehr verwundert darüber, daß der Zauberer solch ein eitler Mann war.

„Du hältst mich für einen Angeber, nicht wahr?" sagte Zachäus Zauberhand und blickte ihr tief in die Augen. Pola hatte den Eindruck, als lese er in ihren Gedanken wie in einem offenen Buch. „Aber du täuschst dich. Bei Grimbart muß ich im vollen Ornat erscheinen, sonst neigt er dazu, mich nicht ernst zu nehmen. Er hält sehr auf standesgemäße Kleidung. Immerhin ist er der König der Zwerge. Eure", fuhr er naserümpfend fort, „wird ihm nicht besonders zusagen. Sie hat weder Stand noch Klasse."

Die Mädchen schauten verstört an sich hinunter und waren schlichtweg sprachlos.

Geerdina kicherte.

„Laßt uns endlich aufbrechen", sagte sie, „es wird schon gehen. Grimbart wird euch nicht gleich in die Drachengrube werfen lassen."

„Drachengrube?" entfuhr es Alissa.

„Jawohl", lächelte die Hüterin der Schwelle und zuckte übermütig mit den Augenbrauen, „er soll ganz eigentümliche Vorstellungen über Haustierhaltung haben. Wenn es nur Drachen wären, könnte man noch ein Auge zudrücken und es als eine Art seltsame Eigenart oder Verschrobenheit bezeichnen, aber da sind noch andere Wesen. Mir wird jetzt schon ganz schaurig zumute, wenn ich nur an sie denke."

Alissa glaubte ein schelmisches Glitzern in Geerdinas Augen wahrgenommen zu haben. Aber bevor sie etwas sagen konnte, drängte der Zauberer sie zum Aufbruch. Plötzlich schien er es eilig zu haben.

„Sag mal“, hatte sie noch eine letzte Frage. „Warum zauberst du uns nicht einfach zum König der Zwerge? Dann wären wir doch sofort da?“

„Genau“, unterstützte Pola sie.

Zachäus Zauberhand schlug sich mit der flachen Hand gegen die Stirn. „Das ich nicht selbst darauf gekommen bin. Entschuldigt. Wir Zauberer müssen immer so viel im Kopf behalten, daß wir den Blick für das Offensichtliche hin und wieder verlieren. Also“, sagte er, „versuchen wir es.“ Er schloß die Augen. Mehrere Minuten regte er sich nicht. Dann öffnete er sie wieder und schaute bekümmert, ja erschöpft drein. „Es geht nicht“, gab er nur ungern zu.

„Warum nicht?“ hakte Pola nach.

„Ich weiß es nicht. Es ist, als stünde ich vor einer schwarzen Mauer, die all meine Kraft aufsaugt wie ein trockener Schwamm das Wasser. Geradezu unheimlich.“

„Versuch es noch mal“, drängte Alissa ihn.

„Nein. Es hat keinen Zweck. Ich weiß es.“

„Aber ...“

„Nein! Ich bin lange genug Zauberer, um zu wissen, wo meine Grenzen liegen. Wir werden wohl oder übel den beschwerlicheren Weg nehmen müssen. Und jetzt will ich nichts mehr davon hören.“

Damit machte er sich ohne ein weiteres Wort auf den Weg, und den anderen blieb nichts übrig, als ihm zu folgen.

„Und das soll der größte Zauberer weit und breit sein“, grummelte Pola vor sich hin und fügte sich nur widerwillig in ihr Schicksal.

Als sie auf einer Anhöhe standen, warf Zachäus Zauberhand einen letzten Blick zurück und murmelte unverständliche Worte in seinen langen Bart.

„Was tut er da?“ fragte Pola leise.

„Er versiegelt das Haus, damit sich keine ungebetenen Gäste dort einnisten“, antwortete Geerdina. „Das tut er immer, wenn er auf Reisen geht.“

„Ah so“, staunte Pola. „Man sieht aber gar nichts.“

„Natürlich nicht. Ihr müßt es euch wie eine unsichtbare Wand vorstellen, die jeden daran hindert, nahe genug an das Haus heranzukommen. Man wird dann wie von einem Nebel eingehüllt, der einem einflüstert weiterzugehen, so als sei das Haus gar nicht vorhanden."

„Nicht schlecht", mischte Alissa sich ein. „Kann er uns verraten, wie man das macht?"

„Er kann schon, aber er wird es nicht tun. Zauberer sind äußerst pingelig, wenn es um ihre Kunst geht, und schweigsam wie ein Grab. Hin und wieder nehmen sie Lehrlinge auf und unterweisen sie. Aber nur, wenn die Zeichen eindeutig sind. Sozusagen Hinweise einer höheren Macht, die nur sie selbst zu entschlüsseln verstehen."

„Gibt es auch weibliche Zauberer?"

„Natürlich", entrüstete Geerdina sich, so als sei die Frage eine Zumutung. „Frauen können sehr gute Zauberinnen sein. Sie sind beweglicher als Männer. Wenn du verstehst, was ich meine."

„Nein."

„Das habe ich mir gedacht. Ich wollte damit sagen, daß sie nicht so engstirnig sind und nicht so versessen darauf, einen tollen Eindruck zu hinterlassen."

Zachäus Zauberhand, der alles schweigend mitangehört hatte, warf ihr einen zornigen Blick zu, sagte aber nichts, so als sei jede Erwiderung unter seiner Würde. Statt dessen wirbelte er schwungvoll herum und setzte sich an die Spitze der kleinen Gruppe.

Schon bald hatten sie das Tal hinter sich gelassen und kamen in eine liebliche Gegend mit sanft geschwungenen Hügeln, die mit weißen und blauen Glockenblumen bewachsen waren, deren Köpfe sich im Wind wiegten.

Pola und Alissa hatten jedoch keine Muße, sich der Schönheit der Natur zu widmen. Sie hatten erhebliche Mühe, mit dem Zauberer Schritt zu halten, der mit seinen langen Beinen ein hohes Tempo vorlegte, ohne auf die Mädchen Rücksicht zu nehmen.

Gegen Mittag waren sie völlig außer Atem und ihre Füße brannten. Doch das schien Zachäus, der ab und an einen Blick über die Schulter warf, nicht zu beirren. Er drosselte die Geschwindigkeit um keinen Deut, sondern bewegte sich unaufhörlich vorwärts, wie ein Uhrwerk, das man nie aufziehen muß.

„Wenn wir nicht bald eine Pause machen", beschwerte Pola sich nach Ablauf einer weiteren Stunde, „breche ich auf der Stelle zusammen."

Der Zauberer blieb augenblicklich stehen, so als sei er gegen eine Wand geprallt. Fast wäre Geerdina ihm in die Fersen getreten.

„Was ist denn mit dir“, schimpfte sie, „warum bleibst du stehen?“

„Psst“, sagte der Zauberer, „sei still.“ Er neigte den Kopf ein wenig zur Seite und lauschte.

Dann hörten es alle. Ein langes, Gänsehaut erzeugendes Heulen, das einem durch Mark und Bein fuhr.

„Der finstere Schatten“, murmelte Geerdina und fuhr sich nachdenklich mit dem Finger über die ledrige faltige Haut ihres Gesichts. Fast schien es, als habe sie ein schlechtes Gewissen.

„Warum hast du mir nichts davon gesagt?“ Die Augen des Zauberers blitzten zornig auf.

„Ich habe nicht mehr daran gedacht. Tut mir leid.“

„Tut mir leid. Das ist alles?“ Er schüttelte ungläubig den Kopf. „Die Menschenkinder haben ein Schattenwesen mit in unsere Welt gebracht, und dir fällt nichts Besseres ein. Das ist nicht zu glauben.“ Plötzlich machte Zachäus Zauberhand den Eindruck, als wachse er. Seine Erscheinung wirkte gar ein wenig bedrohlich, als ein starker Wind aufkam und seinen Umhang bauschte. Pola und Alissa schauten gebannt der Auseinandersetzung zu. „Du hättest das verhindern müssen“, sagte der Zauberer. „Du bist die Hüterin der Schwelle.“

Plötzlich sah Geerdina müde aus. Als könne sie sich kaum noch auf den Beinen halten. „Ich weiß“, verteidigte sie sich mit schwacher Stimme. „Ich war abgelenkt und es ging alles so schnell. Das schwarze Einhorn ...“

„Keine Ausflüchte, Geerdina. Ich werde das im Rat zur Sprache bringen müssen. Wenn du deiner Aufgabe nicht mehr gewachsen bist, müssen wir eine neue Hüterin der Schwelle finden. Vielleicht bist du zu alt dafür.“

Sie warf ihm einen flehentlichen Blick zu.

„Sieh mich nicht so an. Du weißt, daß ich dich sehr schätze. Aber du weißt auch, was auf dem Spiel steht. Jetzt müssen wir uns nicht nur um das Feuer des Lebens kümmern, sondern haben auch noch einen mörderischen Feind im Nacken. Schade“, seine Erscheinung verminderte sich wieder auf die normale Größe, „eigentlich hatte ich rasten wollen. Aber unter diesen Bedingungen müssen wir uns noch mehr beeilen.“

Die Mädchen hörten es mit Schrecken. Nichts lag ihnen momentan so am Herzen, wie wenigstens einige Minuten ihre müden Beine im weichen Gras ausstrecken zu können. Andererseits war ihnen klar, daß der Zauberer recht hatte. Sie mußten weiter.

Plötzlich kam Pola eine Idee.

„Kannst du den finsteren Schatten nicht einfach in Nichts auflösen? Du bist doch, wie du behauptest, ein großer Zauberer."

„Schattenwesen sind gefährlicher als eine Grube voller Giftschlangen und schlauer als alle Drachen zusammen. Die kann niemand mit einem Fingerschnippen ins Jenseits befördern. Nein. Es kann uns alle vernichten, auch mich. Niemand kann wissen, welche Macht hinter ihm steht, und im Augenblick verspüre ich nicht im geringsten den Wunsch, es herauszufinden." Zachäus schaute besorgt in die Richtung, aus der das Heulen gekommen war. „Nein. Wir müssen weiter. So leid es mir für euch tut. Aber wir haben keine Wahl."

Der Weitermarsch wurde für Pola und Alissa zu einer harten Herausforderung. Der Nachmittag verstrich quälend langsam, und Geerdina war schweigsam und in sich gekehrt. Die Abfuhr des Zauberers machte ihr sehr zu schaffen. Sie wußte, daß er es gut meinte, aber das half ihr wenig. Seit langer Zeit war sie nun die Hüterin der Schwelle und hatte ihre Aufgabe immer getreulich erfüllt. Nie hatte es Grund zur Klage gegeben, aber dieses Mißgeschick war unverzeihlich. Es bedrohte ihre Welt, schlimmer noch, Zachäus hatte nicht übertrieben. Es konnte sie alle vernichten. Ist deine Zeit abgelaufen, fragte sie sich, bist du wirklich zu alt? Sie versank immer tiefer in düstere, beklemmende Gedanken. Wie schnell die Dinge sich doch wenden konnten. Erst war sie der festen Überzeugung gewesen, die Menschenkinder seien ihre Rettung und es gebe eine Möglichkeit, dem Phönix das Leben zu erhalten. Jetzt jedoch war sie zermürbt und niedergedrückt. Hoffnung war in zweifelnde Angst umgeschlagen, die nagende Angst, den Wettlauf gegen die Mächte der Finsternis zu verlieren und auf ewig in ihren tödlichen Rachen gefangen zu werden. Ein eisiger Schauer lief ihr den Rücken entlang. Und du bist schuld, machte sie sich schwere Vorwürfe. Hättest du besser aufgepaßt, wäre das nicht geschehen.

Ein Kampf auf Leben und Tod

Als die Schatten länger wurden, hielt der Zauberer inne und ließ den Blick über die weite Graslandschaft schweifen. Nirgends war ein Unterschlupf zu entdecken oder wenigstens eine kleine Baumgruppe, die ihnen Schutz für die Nacht bot. Wie grüne Meereswogen lagen die Hügel in der sich verdunkelnden Umgebung. Letzte goldene Strahlen funkelten an den Spitzen der Gräser die von innen zu leuchten schienen.

Aus der Ferne erklang wieder das entsetzliche Heulen, näher diesmal. Das Schattenwesen hatte sich an ihre Fersen geheftet und sein Abstand verringerte sich. Als Alissa den sorgenvollen Blick des Zauberers sah, bekam sie Angst. Zuerst hatte sie Zachäus Zauberhand für einen einfältigen Trottel gehalten, aber seit der Zurechtweisung Geerdinas hatte sich dieses Bild schlagartig geändert. Er hatte große Macht, das war ihr klar, und darum fürchtete sie sich um so mehr. Wenn dieser Mann schon nicht wußte, wie die Dinge standen, was sollten sie dann erst tun. Ihr Magen verkrampfte sich. Der totalen Erschöpfung nahe, hakte sie sich bei Pola unter, die wiederum dankbar ihren Kopf an Alissas Schulter lehnte. Ihre beste Freundin bei sich zu wissen tat gut. Mehr als das. Es gab Alissa die Kraft, sich der Furcht zu stellen.

Nein, dachte sie, so leicht gibst du nicht auf. Was immer dieses widerwärtige Schattenwesen auch vorhaben mag, ich werde es ihm so schwer wie nur möglich machen.

„Geerdina“, wandte sich der Zauberer an die Hüterin der Schwelle.

„Was ist?“ Die alte Frau hörte sich müde an.

„Du darfst dich jetzt nicht gehenlassen. Die Dinge sind, wie sie sind, und solange keine Entscheidung im Rat getroffen worden ist, hast du weiterhin die Verpflichtung, dein Amt zu erfüllen.“

Geerdina wollte aufbrausen und sich gegen diese erneute Zurechtweisung wehren. Sie fühlte sich zutiefst in ihrer Würde verletzt, aber ihr fehlte die Kraft.

„Rede nicht um den heißen Brei herum. Was willst du? Worum geht es?“

„Wir müssen die Menschenkinder auf den Schultern tragen. Wir dürfen nicht rasten, sondern müssen so schnell wie möglich zu Grimbart. Im Palast der Zwerge sind wir sicher. Hier im offenen Land sind wir schutzlos. Du mußt dich zusammenreißen.“

Ihr Gesicht verzog sich zu einer Grimasse die sie noch häßlicher machte.

„Wenn du meinst.“

„Das möchte ich aber nicht“, lehnte Pola das Angebot rundweg ab. „Wir sind viel zu schwer für euch. Das haltet ihr keine Stunde durch.“

„Das laß mal unsere Sorge sein“, entgegnete der Zauberer. „Und jetzt keinen Widerspruch mehr. Wir haben keine Zeit zu vergeuden.“

Zwei Minuten später hockten die Mädchen auf den Schultern der Erwachsenen; Pola auf Zachäus und Alissa auf Geerdina. Die Sonne versank mit einem letzten atemberaubenden Farbenspiel aus tiefem Violett, Karmesinrot und Gold am Horizont.

Die Kühle der Nacht bedrängte sie mit ihren klammen Fingern. Ein bleicher Mond stieg auf und spendete notdürftig Licht. Zuerst ging es so schnell wie tagsüber voran, dann fiel der Zauberer in einen Laufschritt. Pola krallte ihre Finger in seinen Umhang, um nicht zu Boden zu stürzen. Sie schaukelte heftig hin und her. Alissa erging es nicht anders, wie sie bei einem flüchtigen Seitenblick bemerkte.

Meile um Meile zog sich dahin, und weder der Zauberer noch die Hüterin der Schwelle schienen dabei müde zu werden. Pola fand das unheimlich. Das ging nicht mit rechten Dingen zu. Hier mußte Zauberei im Spiel sein.

„Es ist Zauberei im Spiel“, sagte Zachäus, während er unaufhörlich weiterlief. Pola wäre vor Schreck beinahe hinuntergefallen.

„Sag mal“, fragte sie, „kannst du meine Gedanken lesen?“

„Wie in einem aufgeschlagenen Buch“, antwortete der Zauberer. „Ihr Menschenkinder denkt so laut, daß es meilenweit zu hören ist. Ich muß mich schon sehr anstrengen, um es nicht mitzubekommen.“

„Das ist ja ...“ sie suchte nach einem passenden Wort, „... furchtbar.“

„Warum?“

„Weil ... weil man nichts vor dir verbergen kann.“

„Du darfst eben nicht so laut denken."
„Und wie macht man das?"
„Indem man leise denkt."
„Toller Ratschlag."
„Nicht wahr." Zachäus kicherte vergnügt. „Frag mich, und ich werde dir niemals eine Antwort schuldig bleiben."
„Sehr beruhigend. Wenn sie so ausfällt, kann ich darauf verzichten."
Der Zauberer lachte laut. Es klang gespenstisch in der Stille der Nacht, und wie zur Bestätigung ihres Gefühls ertönte das Heulen des Schattenwesens, so nahe, daß ihr Herz heftig schlug und Schweißtropfen auf ihre Stirn traten.
„Verdammt", fluchte der Zauberer und rannte los, als sei der Leibhaftige hinter ihm her. Geerdina blieb stetig neben dem großen Mann, als bereite es ihr nicht die geringste Mühe bei der enormen Geschwindigkeit mitzuhalten.
Stunde um Stunde zog vorbei, und selbst als der Morgen graute, machten sie nicht halt. Manchmal hatte Alissa gemeint, das Hecheln des sie verfolgenden Wesens deutlich hören zu können, aber es war wohl nur der Wind gewesen.
Endlich, gegen Mittag, die Sonne brannte heiß von einem wolkenlosen Himmel, hielten sie an und rasteten. Ungläubig schauten die Mädchen Zachäus und Geerdina an, die aussahen wie der frische Morgen. Nicht ein einziger Schweißtropfen klebte an ihrer Stirn, und sie atmeten so entspannt, als hätten sie einen Spaziergang gemacht.
Pola und Alissa hatten einen Bärenhunger und schlangen gierig alles in sich hinein, was der Zauberer im Gras ausbreitete: Brot, Käse, Nüsse und getrocknete Früchte, die herrlich schmeckten und Appetit auf mehr weckten. Doch Zachäus ließ sich auch durch traurige Blicke nicht erweichen, noch etwas herauszugeben.
„Wir müssen gut haushalten", sagte er, „dann wird es bis zu Grimbart reichen. Hier." Er reichte ihnen eine dunkelrote Stange.
Das süße Zeug war köstlich.
„So, wir müssen weiter", drängte der Zauberer zum Aufbruch. Viel zu früh für die Mädchen, die sich am liebsten auf der Stelle schlafen gelegt hätten. Sie waren verwundert, daß sie bisher so gut durchgehalten hatten und vermuteten, daß Zachäus auch für sie einen Zauber gewirkt hatte, ohne ihnen etwas davon zu sagen.
Gegen Abend änderte sich die Landschaft. Zuerst tauchten nur ver-

einzelt Bäume auf, verkrüppelte knorrige Eichen, die sich dem Wind, der stetig über die Grasebene fegte, trotzig entgegenstemmten. Dann wurde der Bestand dichter, und schließlich waren sie von mächtigen, uralten Baumriesen umgeben, die nur noch wenig Licht durchließen. Für eine Weile vergaß Alissa die Gefahr und genoß den Anblick des wunder schönen Waldes. Wie die Säulen einer Kathedrale strebten die Stämme dem Himmel entgegen, und ihre Kronen bildeten einen dunkelgrünen Baldachin, der sie an den Vorhang ihres Zimmers erinnerte.

Mit der Wucht eines Hammerschlags schlug die Erinnerung auf sie ein. Vater und Mutter, dachte sie. Mein Onkel und all die anderen werden sich bestimmt schon große Sorgen machen. Was tun wir hier? Wir müssen sofort zurück. Wie ein wildes Tier fiel die Angst über sie her, niemals nach Hause zurückzufinden und für immer in dieser unbekannten Welt bleiben zu müssen. Sie verlor das Gleichgewicht. In vollem Lauf krachten Geerdina und Alissa in einen Stechginsterbusch, dessen scharfe Blätter ihnen schmerzhafte Schnittwunden zufügten.

Alissa schrie laut auf. Der Schmerz und die Angst, sich etwas gebrochen zu haben, ließen sie wie betäubt liegenbleiben.

„Lissi", schrie Pola entsetzt, als Zachäus sie von den Schultern gleiten ließ. „Lissi. Was ist mit dir?" Ihre Freundin bewegte sich nicht und gab auch keinen Ton von sich, als Geerdina sich mühsam hochrappelte und sie sofort untersuchte.

Schließlich beugte sich die Hüterin der Schwelle vor und sagte zu Polas Freude: „Keine Angst. Sie lebt. Ihr Atem geht normal. Ich glaube, sie ist ohnmächtig."

„Bin ich nicht", stöhnte Alissa und versuchte aufzustehen. Aber die Arme versagten den Dienst. Schmerz pochte in ihrer linken Schulter, und sie war überzeugt, sich das Gelenk ausgekugelt zu haben.

Währenddessen war der Zauberer ein Stück des Weges zurückgegangen. Die tödliche Gefahr rückte mit jeder Minute näher und jetzt auch noch das. Zachäus wußte seine eigenen Fähigkeiten sehr wohl einzuschätzen, und war unsicher. Vielleicht ist heute die Nacht, in der du beweisen mußt, was in dir steckt, dachte er. Vielleicht ist dies deine letzte Nacht. Also nimm dich zusammen und sammle deine Kräfte.

Das Licht des Mondes fiel durch das dichte Blätterwerk und spiegelte sich in seinen dunklen Augen, glomm darin wie ein schwelendes Feuer. Er war der größte Zauberer im Land, aber was bedeutete das.

Einmal war es bisher vorgekommen, daß ein Schattenwesen in ihre Welt eingedrungen war, und es hatte schlimme, ja verheerende Folgen gehabt. Nur durch die vereinte Kraft des Rates und den Zusammenschluß der Völker hatten sie letztlich gesiegt. Aber in diesem Augenblick war er allein. Geerdina und die Menschenkinder zählten nicht. Gegen dieses Wesen waren sie ihm keine Hilfe. Im Gegenteil.

Zachäus sah zum Mond. Er wußte, daß ein Kampf nicht mehr zu vermeiden war. Das Mißgeschick Alissas hatte ihnen die Möglichkeit der raschen Flucht genommen.

Der Entschluß des Zauberers stand fest. Er würde dem Feind entgegentreten und ihn zu einem Kampf auf Leben und Tod herausfordern. Denn darauf würde es zweifellos hinauslaufen. Er gab sich einen Ruck und ging zu den dreien, um seinen Stab zu holen.

„Wie geht es ihr?“ fragte er Geerdina.

„Sie hat Glück gehabt. Nichts gebrochen, nur Prellungen, Hautabschürfungen und nicht sehr tiefe Schnittwunden.“

„Gut“, nickte Zachäus zufrieden. „Glaubst du, ihr könnt den Weg allein fortsetzen?“

„Allein?“ Sie wandte sich ihm abrupt zu. „Und du? Was ist mit dir? Was hast du vor?“

Der Zauberer blickte ihr in die Augen und schwieg.

„O nein, Zachäus“, sagte sie schließlich, „das erlaube ich nicht. Es war mein Fehler, und darum werde ich das Schattenwesen aufhalten. Nein“, wehrte sie ab, „sag jetzt nichts. Ich bin mir im klaren darüber, daß ich sterben werde, aber ich kann euch zumindest helfen, einen ausreichenden Vorsprung zu gewinnen. Mit dir haben die Menschenkinder eine wirkliche Chance davonzukommen, mit mir, solltest du unterliegen, sind sie dem sicheren Untergang geweiht.“

Der Zauberer entgegnete lange nichts, sondern sah nur in ihre Augen. Er lächelte mild. Dann schüttelte er bedächtig den Kopf:

„Kommt nicht in Frage“, sagte er. „Ich weiß dein Angebot wirklich zu schätzen. Aber nein.“

„Bei der gehörnten Teufelsbrut“, zischte Geerdina zornig. „Sei nicht immer so ein gottverdammter Sturkopf. Wenn du bei dem Kampf untergehst, sind wir alle verloren.“

„Das weißt du nicht. Außerdem solltest du meinen Fähigkeiten etwas mehr Vertrauen entgegenbringen.“

„Soviel Vertrauen wie du selbst?“ erwiderte sie giftig. „Laß mich zumindest einen Teil meiner Schuld wiedergutmachen. Versuch doch wenigstens für einen Moment, dich in meine Lage zu versetzen."

„Das tue ich, Geerdina, und darum steht mein Entschluß fest. Ihr werdet gehen und ich bleibe."

„Du bist ein dreimal dämlicher Holzkopf", schimpfte die Hüterin der Schwelle aufgebracht, „mögest du in den tiefsten Tiefen ... Ach was." Im letzten Moment schluckte sie ihren Fluch hinunter und knurrte gereizt. „Bleib doch, wo der Pfeffer wächst."

„Das werde ich", lächelte der Zauberer, „es gibt schlechtere Orte zum Vermodern."

„Weißt du, was du bist", schrie sie wütend. „Ein unverbesserlicher Kindskopf, ein vermaledeiter trotziger Nichtsnutz. Kommt, ihr beiden", schnaubte sie den Mädchen zugewandt, „laßt uns machen, daß wir wegkommen. Hier haben wir nichts mehr verloren. Hier ist jedes weitere Wort überflüssig."

Pola und Alissa hatten den Streit gebannt verfolgt. Als ihnen allmählich klar wurde, was Zachäus vorhatte, wollten sie dagegen aufbegehren. Aber Geerdinas eisiger Blick ließ sie verstummen.

„Macht endlich, daß ihr fortkommt", drängte der Zauberer sie. „Ich will euch in Sicherheit wissen, wenn der Kampf beginnt." Er umklammerte seinen langen Stab mit beiden Händen und schaute sie an. Ohne ein Wort des Abschieds machten die drei sich auf den Weg. Geerdina kochte vor Wut, aber was konnte sie schon tun. Gegen Zachäus war sie machtlos, und in Wahrheit freute sie sich sogar ein wenig darüber, daß er - aus alter Freundschaft wie sie vermutete - bereit war sein Leben einsetzen, um ihres zu retten. Trotz ihres Ärgers wünschte sie ihm alles Glück der Welt. Er würde es bitter nötig haben. Sie alle würden es bitter nötig haben.

Als Geerdina und die beiden Menschenkinder im Dunkel des Waldes untertauchten, nahm der Zauberer beherzt seinen Stab in die rechte Hand und machte sich auf den Weg, dem namenlosen Schrecken entgegenzutreten. Sein Blick glitt die ineinanderverschlungenen Äste der Bäume hinauf. Im schwachen Licht des Mondes fühlte er sich überwältigt von der Bedeutung des Augenblicks, seiner Magie und seines Zaubers. Er war überrascht, wie sehr die Nähe des möglichen Todes seine Wahrnehmung veränderte, wie sie sich verdichtete und alles kristallklar erscheinen ließ.

Dann erfaßte ihn eiskaltes Grauen.

Es war eine Sache, Wahrsagungen zu machen, Kräutermittel herzustellen, Bannzauber auszusprechen oder Schornsteine zusammenzuflicken. Es war gefahrlos. Aber das, was sich hier anbahnte, war etwas völlig anderes. Ich muß verrückt geworden sein, dachte Zachäus, mich auf so etwas einzulassen. Er wollte sich umdrehen und gehen.

Und hörte etwas.

Eine Stimme. Ein Ruf wie aus weiter, weiter Ferne.

Das konnte nicht sein. Unmöglich!

Er spähte in die Finsternis, versuchte, etwas zu erkennen. Aber da war nichts. Der Zauberer machte einen Schritt, hörte die Stimme, erstarrte und lauschte. Die Nacht war still bis auf das leise Raunen der Bäume und das verstohlene Atmen des Windes. Das, so redete er sich ein, erklärte die unbekannte Stimme, die er zu hören gemeint hatte.

Erleichtert wandte er sich ab, um Geerdina und den Menschenkindern zu folgen. Er hätte sie gar nicht erst allein gehen lassen dürfen.

Und hörte die Stimme erneut.

Reglos, angespannt verharrte er. Dann sprach die Stimme zu ihm, weich und verführerisch, in einer alten, längst vergessenen Sprache.

„Dal Axãm. Ischt nuha."

Ein Zittern lief durch den Körper des Zauberers, von den Fußsohlen bis zur Schädeldecke. Seit Ewigkeiten hatte niemand diese Worte gesprochen. Worte der Macht, Worte, die der Seele der Großen Mutter entsprangen und die nur Eingeweihte kannten. Und noch einmal.

„Dal Axãm. Ischt nuha."

Starker Wind kam auf und brachte die Kronen der Bäume zum Schwanken. Zachäus Zauberhand neigte sein Haupt und sank langsam auf die Knie. Er wußte, daß er im Bann eines mythischen Wesens stand, das der Sage entstiegen und in seine Welt getreten war.

„Maxãm Dal", sagte er leise, ehrfurchtsvoll. *„Ahnún tscha."*

Die Stimme wurde kraftvoller, lauter, diesmal in der Sprache des Zauberers.

„Ich freue mich", sagte sie, „einem Kenner der wahren Sprache zu begegnen." Ihr Klang war betörend, so süß und schön, daß sie selbst Zachäus noch verzaubern konnte. Er vergrub seine Hände in der satten, duftenden Erde. Träume aus uralter Zeit stiegen auf und drangen in sein Bewußtsein, machten ihn wehrlos gegen den Ansturm der Erinnerungen. Es waren nicht seine Erinnerungen; es waren die Erinnerungen des Lebens selbst, aller Wesen, die in dieser und in allen anderen Welten lebten. Und noch ältere Erinnerungen, als Himmel und Erde sich zum ersten Mal vereinten und eine neue Wirklichkeit schufen. Der Zauberer wurde von seinen Empfindungen überwältigt, und Tränen liefen ihm die Wangen hinab.

Was geschieht mit mir, fragte er sich. Ich fordere den Tod heraus, und dann dies. So unverhofft und unerwartet.

„Der Feind ist nahe", sagte die Stimme und holte ihn in die Wirklichkeit zurück. „Wappne dich. *Maha Elãhin.*"

Dann war es still. Den Zauberer fröstelte. Er wußte, das Wesen war fort und es würde eine lange Nacht werden. Ein wenig erschöpft stand er auf und griff nach seinem Stab, der auf der Erde lag. Doch trotz der leichten Müdigkeit spürte er Zuversicht und Kraft. Er war einem uralten Wesen begegnet und das erfüllte ihn mit tiefem Frieden. Jetzt mochte geschehen, was geschehen mußte.

Nachdem er einige Minuten bewegungslos dagestanden hatte, ging er weiter. All die Ereignisse der langen Jahre seiner Lehrzeit zogen durch seinen Geist. Er dachte an Gerwulf, seinen Lehrmeister, der ihm alles beigebracht hatte, was er wußte. Sein Herz öffnete sich und Wärme durchströmte ihn. Oh, wie hatte er diesen Mann geliebt, seine ruhige, sanfte Art und seine schier unendliche Geduld. Zachäus schmunzelte. Er selbst war ein wahrer Heißsporn in seiner Jugend gewesen, ungeduldig und zum Jähzorn neigend. Aber die starke Hand seines Meisters hatte ihm mit der Zeit die Flausen aus dem Kopf getrieben und einen brauchbaren Zauberer aus ihm gemacht.

Plötzlich hörte er es Knacken und war auf der Stelle hellwach. Da war etwas, etwas Lauerndes, etwas durch und durch Böses, das ganz in der Nähe durch die Büsche schlich. Zachäus meinte die Gefahr förmlich riechen zu können. Seine Haare begannen sich aufzurichten, und er spürte zunehmende Erregung. Um besser geschützt zu sein, stellte er sich mit dem Rücken an einen mächtigen Baumstamm und wartete. Nirgends war ein Geräusch zu hören, selbst der Wind hatte sich gelegt, und kein Tier raschelte im Laub des Waldbodens.

Die Zeit, ein Naturereignis, das ihn bis zum heutigen Tage beschäftigte und fesselte, verlor sich, war fort, als habe es sie nie gegeben. Es gab nur noch Hier und Jetzt, die Gegenwart eines tödlichen Feindes, der jeden Moment über ihn herfallen konnte. Er hörte ein langgezogenes tiefes Grollen wie von einem riesigen Raubtier. Seine Muskeln spannten sich, doch das Grollen ertönte nicht wieder. Der Zauberer hielt den Stab fest in der Hand und richtete die Spitze nach vorn, um auf einen überraschenden Angriff sofort reagieren zu können. Er wartete. Nichts rührte sich.

Aber vielleicht, dachte er, hat das Schattenwesen es gar nicht auf mich abgesehen. Vielleicht ist es schon auf der Spur Geerdinas und der Menschenkinder. Es durchlief ihn heiß und kalt. Was sollte er tun? Unentschlossen versuchte er mit den Augen die Finsternis zu durchdringen, aber sosehr er sich auch mühte, er konnte nichts finden.

Schließlich war er sicher, daß das Schattenwesen ihn zum Narren gehalten hatte. Eile war geboten. Er raffte seinen Umhang, beugte sich hinunter, um den Rucksack aufzuheben, und erstarrte entsetzt in der Bewegung. Das Ungeheuer hatte genau den richtigen Augenblick für seinen Angriff abgewartet. Mit einem gräßlichen Fauchen sprang es den Zauberer von hinten an und grub seine messerscharfen Krallen in dessen ungeschützten Rücken. Zachäus schrie vor Schmerz und Wut laut auf. Das Gewicht der Bestie ließ ihn taumeln und zu Boden stürzen. Der Stab entglitt seinen Händen, während er verweifelt versuchte, unter Aufbietung aller Kräfte das schreckliche Wesen abzuschütteln. Doch die Krallen, lang wie Dolche, bohrten sich nur tiefer in sein Fleisch. Noch hatten sie ihm keine lebensgefährlichen Verletzungen zugefügt. Er wand sich hin und her und spürte den ekelerregenden, fauligen Atem der widerwärtigen Kreatur im Nacken. Mit einem wölfischen Knurren auf den Lippen holte der Zauberer aus und schlug mit dem Ellenbogen mit aller Kraft nach hinten. Er traf die empfindliche Nase. Das Wesen sprang mit einem klagenden Jaulen zurück. Der Zauberer war frei und nutzte die Gelegenheit, rollte sich blitzschnell zur Seite und hätte dabei fast seinen Stab zerbrochen. Sofort packte er danach und zog sich auf allen vieren kriechend in die schützende Dunkelheit des Waldes zurück. Jetzt war er wenigstens nicht mehr unbewaffnet. Sein Atem ging rasselnd, während er unter einem Gebüsch hockte und den nächsten Angriff erwartete. Aber das Wesen war schlau, hoffte darauf, daß dem Zauberer ein weiterer Fehler unterlief. Zachäus wagte keinen Laut von sich zu geben, obwohl die Wunden auf seinem Rücken höllisch brannten. Die hockende Positon schnürte ihm das Blut ab und lähmte seine Beine. Er mußte etwas unternehmen. Den Stab nach vorn gerichtet, stand er auf und spürte, wie die Macht in ihn eintrat. Die Macht der Zauberer. Die Macht, die das Leben selbst war und die er gelernt hatte, für sich zu nutzen. Zuversicht und Stärke kehrten zurück. Du bist ein Zauberer, schalt er sich, jetzt benimm dich auch endlich so.

Mutig trat er vor und ließ seine Kraft in den Stab fließen, in dem sie sich sammelte, um im entscheidenden Moment hervorzuschießen. So stark war sie, daß sie vorn an der Spitze als helles bläuliches Leuchten hervortrat. Immer größer wurde es, bis es in einem weiten Umkreis die Dunkelheit verscheuchte. Zachäus wußte, daß die Bestie in seiner Nähe war, bereit, ihm endgültig den Garaus zu machen.

„Ran Wach Nădar“, sagte er in der alten Sprache, so laut, daß es weithin hörbar war. Komm und zeige dich.

Als sich nichts rührte, wiederholte er die Worte. Diesmal streng, befehlend. Sie sollten eine Herausforderung sein.

Die Antwort war ein Knurren, das wie verhaltener Donner über den Boden rollte. Und dann tauchte das Wesen hinter einem Baumstamm auf, schwarz und düster wie die Welt, der es entstammte. Giftgrüne Augen funkelten ihn aus tiefliegenden Höhlen an, Geifer rann an den hochgezogenen Lefzen herab und tropfte auf die Erde.

„Kehre zurück“, sagte der Zauberer. „Dorthin, woher du gekommen bist. Diese Welt wird nur den Tod für dich bereithalten. Deinesgleichen ist hier nicht erwünscht.“

Das Schattenwesen senkte den Kopf, und das dunkelgrüne Feuer in seinen Augen schien den Zauberer verzehren zu wollen. Oder war es das Lachen einer durch und durch bösen Kreatur?

„Ich werde dich vernichten, Zauberer“, sagte es in die unheimliche Stille hinein. „Meine Macht ist so groß, daß ich dich wie eine Fliege zwischen meinen Pranken zerquetschen werde.“ Wie um seinen Worten Nachdruck zu verleihen, scharrte es mit den Krallen. „Du bist niederes Gewürm in meinen Augen, Abschaum“, stieß es verächtlich hervor, „du großer Zauberer. Sei bereit. Deine letzte Stunde hat geschlagen.“

„Dafür, daß du so mächtig bist“, antwortete Zachäus mit bewundernswerter Gelassenheit, „machst du ziemlich viele Worte.“

Ein gräßliches Fauchen war die Antwort.

„Nenn mir deinen Namen“, forderte er. „Oder hast du keinen?“

„Du bist gerissen“, erwiderte das pantherähnliche Wesen, „aber ich werde darauf nicht hereinfallen. Ich kenne deinen wahren Namen: Agomar. Und du weißt, was das bedeutet.“

Und ob der Zauberer wußte, was das bedeutete. Namen waren ein

Kennzeichen der Macht. Und gerade in der magischen Welt bedeutete es einen unschätzbaren Vorteil, wenn man den wahren Namen seines Feindes kannte. Wie ein Siegel konnte man die Schutzhülle seines Gegenüber zerreißen und das verletzliche Innere bloßlegen. Von einem Augenblick zum nächsten war das Selbstvertrauen des Zauberers dahin, schmolz wie Schnee in der Sonne. Woher wußte diese Kreatur seinen wahren Namen? Es gab ihm tatsächlich die Macht, ihn zu vernichten. Kalter Schweiß trat Zachäus auf die Stirn. Mit hingebungsvoller Hilflosigkeit ließ er sich in seine innere Mitte gleiten, dem Instinkt hinter dem dumpfen Schleier in seinem Kopf, und versuchte, dort einen Halt zu finden. Er ließ sich in die dunkle Leere fallen und gab alle Kontrolle über sein Tun auf, überließ sich dem, was kommen würde. Er war in jedem Fall verloren.

Agomar, wie lange war dieser Name nicht mehr ausgesprochen worden. Er hob den Kopf. Die Reißzähne der Bestie blinkten im fahlen Licht des Mondes. Sie war sich ihres Sieges gewiß, und sie hatte allen Grund dazu. Sie würde ihn in Stücke reißen. Die Gedanken überschlugen sich in seinem Kopf. Zachäus suchte nach einer Möglichkeit, dem Schattenwesen doch noch zu entkommen, aber er fand keine.

Langsam, geduckt, kam das Wesen näher, vorsichtig trotz seiner Überlegenheit. Der Zauberer, mit wahrem Namen Agomar, sah sein Schicksal besiegelt und war doch nicht willens, sich zu fügen. Wütend griff er seinen Stab und schleuderte der Kreatur blaues Feuer entgegen. Doch es war, als verpuffe es im Wind, sinnlos, reine Kraftverschwendung.

„O Agomar, o Agomar“, hörte er die grausame schneidende Stimme des Ungeheuers, „ich hätte mehr von dir erwartet. Nun werde ich deine Seele verschlingen und niemals, höre, niemals wirst du Frieden finden.“ Ein abgrundtief böses Lachen hallte durch die Nacht, und nur die stummen Bäume waren Zeuge. Alles Getier hatte sich in Löcher verkrochen, selbst die Raben waren geflohen.

Als der Zauberer dem Unausweichlichen gegenüberstand, schauderte er und sein Körper begann zu wanken. Übelkeit breitete sich in Wellen aus, und sein Mund war trocken. Kalter Zorn erfaßte ihn, als er den Stab in beide Hände nahm, um dem Monstrum damit den Schädel zu zerschmettern. Dann war es soweit. Der Länge nach auf den Waldboden gepreßt, wie ein Tiger vor dem Sprung, schnellte das

Schattenwesen mit ungeheuerlicher Geschmeidigkeit und Gewandtheit vorwärts, tauchte geduckt unter dem zu hastig geführten Schlag des Zauberers hinweg. Zachäus stolperte vorwärts und entging nur um Haaresbreite den mörderischen Klauen. Sofort wirbelte er herum und versuchte, den Nacken der Bestie zu treffen. Doch er war zu langsam.

Mit voller Wucht krachte der Stab gegen eine aus der Erde ragende Baumwurzel, und es war ein Wunder, daß er nicht zerbrach.

Zachäus wußte, das es nur eine Frage der Zeit war, wann er unterliegen würde, aber er wollte seine Haut so teuer wie möglich verkaufen. Außerdem dachte er an Geerdina und die Menschenkinder. Er mußte sein Möglichstes tun, um ihnen einen beträchtlichen Vorsprung zu verschaffen.

Endlose Minuten strichen die beiden im Kreis des blauen Lichts umeinander, abwägend und den Blick ineinander versenkt. Hin und wieder schlug das Schattenwesen mit seiner Pranke auf den Boden, fuhr die Krallen aus und ließ ein drohendes Knurren hören. Aber der Zauberer ließ sich nicht beirren. Wachsam behielt er jede Bewegung seines Feindes im Auge, nichts entging ihm.

Das erste Grau des Morgens war nicht mehr fern, da schien es die Geduld zu verlieren.

„Gib auf, Agomar“, sagte es, „und ich werde dir einen schnellen gnädigen Tod schenken.“

„Mich freiwillig dir Bestie übergeben“, lachte der Zauberer kalt, „niemals.“

„Gut. Du willst es nicht anders.“

Als sei bisher alles nur kindische Spielerei gewesen, sprang das Wesen so schnell, daß die Augen kaum folgen konnten. Im nächsten Augenblick nahm der Schmerz dem Zauberer fast den Atem, als eine der scharfen Krallen in seinen linken Oberarm schlug und eine tiefe klaffende Wunde in seinem Fleisch hinterließ. Er preßte die Lippen aufeinander, packte den Stab mit beiden Händen, wirbelte herum und legte all seinen Zorn, seine Verzweiflung, seine glühende Wut in diesen einen Schlag. Doch auch der ging daneben. Dies ist das Ende, dachte der Zauberer, als er der Länge nach auf die Erde stürzte. Er war lediglich noch dazu fähig herumzuwirbeln, dann war das Schattenwesen über ihm. Hilflos seinem grausamen Feind ausgeliefert, blickte er in die dunkelgrünen Augen. Dort waren nur unsäglicher Haß und eisige, tödliche Kälte zu entdecken.

„O Agomar, o Agomar“, wiederholte es mit einer Beiläufigkeit, die das Herz des Zauberers stocken ließ, „nun werde ich dir die Kehle durchbeißen und dein Blut, dein kostbares Zaubererblut trinken. Es wird meine Macht noch stärken, und schon bald wird deine Welt ganz dem Bann der Finsternis verfallen.“ Es hob den Kopf und heulte triumphierend seinen Sieg gen Himmel.

„Gorodin“, sagte es dann. „Mein Name ist Gorodin. Immerhin sollst du nicht unwissend verrecken, kleiner, harmloser Agomar.“ Es schien seinen Sieg auskosten zu wollen. Langsam, fast gemächlich, beugte es sich tiefer, öffnete sein Maul und zeigte sein fürchterliches Gebiß. Es würde seine Reißzähne in den Hals des Zauberers schlagen.

Agomar hatte mit seinem Leben abgeschlossen. Nichts konnte ihn mehr aus den Klauen des Ungeheuers befreien. Das sein Ende auf diese Weise kam, erschütterte ihn.

Plötzlich, völlig unerwartet, schoß das Einhorn aus dem Wald hervor und bohrte sein spitzes spiralförmiges Horn tief in die Flanke des Schattenwesens. Wie von Sinnen brüllte die Bestie vor Schmerz und Überraschung auf und schnappte wutentbrannt um sich. Doch seine Fänge zerrissen nur die Luft. Das Einhorn hatte sich schon zurückgezogen. Mit hocherhobenem Kopf und lautem hellem Wiehern forderte es Gorodin zum Kampf heraus.

Der Zauberer rappelte sich mühsam hoch und brachte sich hinter einer Eiche in Sicherheit. Er riß ein Stück Stoff aus seinem zerfetzten Umhang, band es sich um die Schulter und stöhnte vor Schmerz, doch die Blutung mußte gestillt werden. Danach schaute er auf den Platz, wo das Ungeheuer und das Einhorn sich gegenüberstanden.

Der erste Strahl der Sonne drang durch das dichte Blätterwerk der Bäume und funkelte in den perlmuttfarbenen Augen des geheimnisvollen sagenumwobenen Wesens. Winzige, silberne Punkte leuchteten darin wie ein Kranz aus Sternenstaub.

Komm, schien es zu sagen, komm und messe dich mit mir. Agomar spürte eine tiefe Freude aufsteigen. Er war nicht mehr allein in seinem Kampf. Plötzlich hatte er einen mächtigen Verbündeten an seiner Seite, und er mußte ihm helfen. Ächzend, geschwächt von seinem hohen Blutverlust, stemmte er sich mit dem Stab hoch und trat vor. Als das Schattenwesen erkannte, daß es von zwei mächtigen Gegnern gleichzeitig angegriffen wurde, wich es zurück. Dann stob es mit einem gewaltigen Satz über dichtstehendes Gebüsch davon. Das Einhorn wollte ihm folgen, doch Agomar hob die Hand.

„Bevor du auf den Flügeln des Windes davoneilst, Weltenwanderer, Licht meiner Seele, gewähre mir eine Bitte“, sagte er.

Das Fabelwesen stand still, nur seine herrlichen Flanken bebten unter der inneren Spannung.

„Nenne mir deinen Namen“, bat Agomar. Im nächsten Moment sah er beschämt zu Boden, als habe er etwas Ungehöriges gefordert.

Doch kurz darauf spürte er weiche Nüstern an seiner Brust. Er hob den Kopf und stand Auge in Auge mit dem Einhorn. Eine zugleich süße und schmerzliche Sehnsucht breitete sich in seinem Herzen aus, als ihm in Tiefen Einblick gewährt wurde, die kaum jemand zuvor gesehen hatte. Er sah die Wahrheit, den Kern, die Macht, die allem Leben innewohnte, und er begann unter dem Anblick zu taumeln. Wie ein Schilfrohr im Wind schwankte er hin und her. Ein sanftes dunkles Wiehern holte ihn in die Wirklichkeit zurück.

„Bitte“, sagte er, „nenne mir deinen Namen.“

Das Einhorn bewegte den Kopf auf und nieder, und der Zauberer hatte den Eindruck, als lächle es. Dann stupste es ihn ein weiteres Mal und sprengte übermütig, mit halsbrecherischer Geschwindigkeit davon.

Zurück blieb ein Zauberer, in dem die Sehnsucht loderte wie Feuer, und der hinnahm, was das sagenhafte Wesen ihn lehrte. Er war nicht bereit für den Namen. Noch nicht.

„*Dal Axãm. Ischt nuha* “, flüsterte er. Weile in Frieden.

Hraban, Sohn des Raben

Nachdem sie zwei Meilen gewandert waren, ohne ein Wort miteinander zu wechseln, wurde es Alissa zu dumm. Zornig stemmte sie die Fäuste in die Seiten, und blieb stehen.

„Was ist los?“ fragte Geerdina unwirsch. „Wir müssen weiter.“

„Das mag schon sein“, antwortete sie kühl, „aber es könnte mit besserer Laune geschehen.“

„Halt deinen vorlauten Mund“, fuhr die Hüterin sie an. „Du weißt ja nicht, wovon du sprichst.“

„Das weiß ich sehr wohl. Schließlich habe ich Ohren.“

„So? Na dann hör mal gut zu. Ich habe einen Fehler gemacht. Nicht irgendeinen, den man irgendwie zurechtbiegen kann. Ein Schattenwesen ist in diese Welt eingedrungen, und das ist bisher nur einmal geschehen. Und das hätte unsere Welt fast vernichtet. Nur indem alle zur Verfügung stehenden Kräfte gebündelt wurden, konnte es besiegt werden. Keine zwei Meilen entfernt steht mein bester Freund und wartet ganz allein auf dieses verfluchte Ungeheuer. Zachäus ist ein mächtiger und großer Zauberer, vielleicht wirklich der mächtigste Zauberer in dieser Welt. Aber was kann er schon ausrichten? Die Bestie wird ihn zerreißen, sein Blut trinken und seine Seele verdammen. Niemals wird er Frieden finden, sondern endlose Qualen erleiden. Und ich trage daran die Schuld.“

Sie schaute Alissa mit zornigen Augen an.

„Und da kommst du mir mit besserer Laune. Sei froh, daß du noch am Leben bist. Keiner weiß, wie lange es noch dauern wird. Wahrscheinlich kürzer, als du denkst.“

Alissa schaute bestürzt zu Boden.

„Es tut mir leid“, murmelte sie.

„Das sollte es auch“, entgegnete Geerdina hart.

„Jetzt ist es aber genug“, mischte sich Pola ein und legte den Arm um Alissa. Sie konnte es nicht ertragen, wenn man ihre beste Freundin zusammenstauchte. Erst recht nicht, wenn sie ihren Fehler eingestanden hatte.

„Wie geht es deinen Verletzungen? „Meinst du, du schaffst es noch einige Meilen?“ fragte Geerdina milder gestimmt.

„Ja“, antwortete Alissa knapp.

Gegen Morgengrauen hielten sie plötzlich inne. Der Wind trug ein beängstigendes Geräusch heran; ein langgezogenes, triumphierendes Geheul. Wie versteinert stand die Hüterin der Schwelle da. Kein Muskel regte sich in ihrem faltigen Gesicht.

„Zachäus hat verloren“, sagte sie schließlich, als sei jegliche Hoffnung geschwunden. „Er ist tot. Oder schlimmer als das.“

Jedes ihrer Worte traf die Mädchen wie ein Dolchstoß mitten ins Herz. Am liebsten wären sie auf der Stelle nach Hause gelaufen, aber der Rückweg war ihnen versperrt. So klammerten sie sich aneinander und versuchten sich gegenseitig Trost zu spenden. Alissa weinte bittere Tränen um den Zauberer. Sie hatte ihn liebgewonnen, und der Verlust ging ihr nahe. Pola war genauso zumute. Doch sie war aus anderem Holz geschnitzt und behielt ihren Kummer bei sich.

„Wir werden später um ihn trauern müssen“, sagte Geerdina. „Jetzt müssen wir laufen, was unsere Beine hergeben. Also auf, ihr beiden. Es geht ums nackte Überleben.“

Gegen Mittag des nächsten Tages lichtete sich der Wald und ging über in eine Vorgebirgslandschaft. Überall sprudelte und plätscherte Wasser; mal kreuzte es in Rinnsalen ihren Weg, mal schoß es in gewaltigen Kaskaden über vorstehende Gesteinsplatten in tiefe Schluchten, deren Grund sich in Finsternis verlor.

„Wir sind bisher gut vorangekommen“, sagte Geerdina, als sie auf einem Plateau stand und zurückschaute, „und der schreckliche Feind ist nicht in Sicht. Mit etwas Glück schaffen wir es bis zu Grimbarts Volk. Im Palast der Zwerge sind wir in Sicherheit. Wenigstens vorübergehend.“

„Ich kann aber nicht mehr weiter“, klagte Alissa, „wir müssen eine Pause machen. Sonst könnt ihr mich bald tragen oder müßt mich zurücklassen.“

„Bist du jetzt völlig verrückt geworden“, entrüstete sich Pola, „das kommt überhaupt nicht in Frage. Ich werde dich niemals allein lassen."

Alissa schaute sie dankbar an. „Vielleicht wirst du es müssen. Es macht doch keinen Sinn, daß wir alle sterben."

„Hör sofort auf mit dem blöden Gerede. Ich bleibe bei dir, egal was geschieht. Und damit basta!"

Die Hüterin der Schwelle lächelte, als sie die Mädchen betrachtete. Zum ersten Mal seit ihrem Streit mit dem Zauberer.

„Niemand wird zurückgelassen", sagte sie. „Entweder wir kommen gemeinsam durch oder keiner."

„Und wohin wollt ihr durchkommen, wenn man fragen darf?"

Geerdina wirbelte herum und ging in Kampfstellung. Alissa starrte sie verblüfft an. Eine solche Gewandtheit hatte sie der alten Frau nicht zugetraut. Ihre Häßlichkeit und das gebrechliche Gebaren schienen von ihr abzufallen, und zum Vorschein kam etwas Feuriges, durch und durch Wildes. Augen wie ein Luchs, dachte Alissa, und ja, ihre Erscheinung hatte plötzlich etwas Katzenhaftes.

Unterdessen ruhte Polas Blick auf dem Sprecher. Ein junger Mann ging mit gespanntem Bogen und aufgelegtem Pfeil auf die Hüterin zu. Er hatte gleich erkannt, daß sie ihm gefährlich werden konnte.

Er ist schön, dachte Pola trotz der Gefahr, als ihre Blicke sich trafen.

Jettschwarzes dichtes Haar fiel der kriegerischen Erscheinung bis weit über die Schultern. Dessen Fülle wurde nur von einem schmalen ledernen Band um die Stirn zusammengehalten. Seinen blauen wachsamen Augen, die unter dichten geschwungenen Brauen lagen, entging nichts. Die markanten Gesichtszüge waren wie versteinert, und das verlieh ihm etwas Maskenhaftes.

Sein Arm war ruhig und sicher, ein geübter Schütze, der sich keinen Fehlschuß leisten würde. Schon gar nicht auf so geringe Entfernung. Der Vorteil lag eindeutig auf seiner Seite, und darüber schien er sich auch im klaren zu sein.

Er kam einige Schritte näher und musterte eine nach der anderen. Dann entspannte er sich und senkte den Bogen ein wenig, so daß er nicht mehr auf Geerdina zielte, aber ihn trotzdem jederzeit benutzen konnte.

„Wohin wollt ihr durchkommen?" wiederholte er seine Frage. Ein kühler Windstoß strich um die Felsen und bauschte seinen moosgrü-

CTURK '99

nen Umhang, der ihm bis zu den Waden reichte.

„Was geht es dich an?“

Der Fremde lächelte herablassend.

„Dafür, daß ich dir jeden Augenblick meinen Pfeil ins Herz jagen kann, wagst du ziemlich viel.“

„Ich habe nichts zu verlieren. Also hält sich das Wagnis in Grenzen“, antwortete Geerdina.

Sein Gesichtsausdruck wandelte sich. Die Worte der Hüterin überraschten ihn.

„Bist du krank, Alte?“

„Nein“, entgegnete sie und lockerte ihre Körperhaltung, um ihm zu zeigen, daß sie ihn nicht mehr anzugreifen gedachte. „Wer bist du?“ fragte sie statt dessen. „Was treibt dich in diese gottverlassene Gegend?“

„Sag mir erst, wer du bist. Dann werde ich entscheiden, ob ich dir etwas zu sagen habe.“

„Ich bin Geerdina, die Hüterin der Schwelle, und das ...“

„Die Hüterin der Schwelle“, unterbrach er sie. „Von ihr habe ich gehört. Aber was tust du hier? Ich dachte, dein Platz ist in den Bergen, nahe der anderen Welt.“

„Das stimmt“, entgegnete Geerdina, die keinen Sinn darin sah, die Wahrheit zu verbergen. Er war ein Fremder, aber sicher keiner, der dem Schattenwesen diente. Wäre es anders, hätte er sie längst niedergestreckt. „Die Dinge haben sich verändert. Ein Schattenwesen ist in unsere Welt eingedrungen und ...“

Sein Gesicht erbleichte. „Wie konnte das geschehen?“

„Ich habe nicht aufgepaßt.“

Er blickte sie aus großen Augen an und schien nicht zu wissen, wie er darauf eingehen sollte.

„Und das sagst du so, als sei nichts geschehen?“

„Nein. Das sage ich nicht so dahin. Ich bin mir meiner Schuld bewußt, aber das ändert nichts an der Wirklichkeit.“

Er nickte. „Wohl gesprochen, Hüterin. Wenn man die Dinge nicht ändern kann, muß man sie annehmen und sein Bestes tun.“

„So jung und schon so weise“, antwortete sie spöttisch.

„Ich hatte einen guten Lehrer.“.

„So? Wie auch immer. Jetzt sag, wie ist dein Name?“

„Meine Name ist Hraban, Sohn des Raben“, erwiderte er stolz.

„Mein Volk lebt in den Tälern des Pamir, an der Grenze zu den ...“

„Ich weiß, wo es liegt. Was treibt dich hierher, so weit entfernt von deiner Heimat?“

„Der Stammesälteste hat mich beauftragt, Zachäus Zauberhand aufzusuchen, um ihm von beunruhigenden Ereignissen Nachricht zu bringen.“

„Welche Dinge sind das?“

„Die Nachricht ist nicht für deine Ohren bestimmt. Lediglich dem Zauberer soll ich Mitteilung machen und niemand anderem. Ich habe einen Schwur darauf geleistet. Also vergiß es.“

Geerdina nickte bedächtig.

„Du kannst umkehren“, sagte sie dann, „Zachäus lebt nicht mehr. Das Schattenwesen hat ihn vernichtet.“

„O Nein!“ entfuhr es Hraban. „Das sind wahrlich üble Nachrichten, Hüterin. Bist du sicher?“

Geerdina nickte.

„Hast du es mit eigenen Augen gesehen?“

„Nein. Das nicht.“

„Dann besteht noch Hoffnung.“

„Keine Hoffnung, junger Krieger. Dem Schattenwesen ist niemand allein gewachsen, mag er auch der größte Zauberer der Welt sein.“

Er starrte sie entsetzt an. Alle Kraft schien ihn zu verlassen und der Bogen senkte sich, bis der Pfeil auf die Erde wies.

„Mein Volk wartet auf eine Antwort. Der Stammesälteste war sicher, daß der Zauberer uns helfen würde.“

„Was ist denn los? Sprich“, forderte Geerdina ihn auf, „die Ereignisse entbinden dich von deinem Schwur.“

„Grausames geschieht“, sagte er nach einer Weile des Schweigens. „Männer, Frauen und Kinder sterben an Krankheiten, gegen die kein Heiler ein Mittel findet. Die Ernte verdorrt auf den Feldern oder geht unter in Regenschauern, wie sie niemand seit Menschengedenken erlebt hat. Tiere verfallen dem Wahnsinn und stürzen sich in Schluchten. Unsere Hunde greifen das Vieh an und zerreißen es – tollwütig, bestialisch. Alle sind wie von Sinnen, und jetzt kommst du mit der Botschaft vom Tod des Zauberers und der Rückkehr des Schattenwesens.“

Hraban wirkte verstört. „Es ist“, murmelte er leise, „als liege ein Fluch auf unserer Welt. Aber wer“, richtete er seine Augen auf Geerdina, „hat ihn ausgestoßen? Wer steckt dahinter?“

„Ich weiß es nicht“, antwortete sie mitfühlend. Seine Hilflosigkeit rührte ihr Herz. „Vielleicht liegt es daran, daß der Phönix im Sterben liegt.“

„Was sagst du da?“ Hraban wich zurück und funkelte sie an. „Bist du eine böse Hexe, die nichts als schlimme Botschaften überbringen kann?“ Er hob erneut den Bogen. „Ich werde dich töten, dunkle Brut. Du willst mich meines Mutes berauben, damit ich meine Aufgabe nicht erfüllen kann. Du bist eine Banshee, eine Ausgeburt der Hölle. Stirb auf der Stelle.“ Er spannte den Bogen.

„Halt! Warte!“ schrie Pola entsetzt. „Sie sagt die Wahrheit. Ich habe den Phönix gesehen und mit ihm gesprochen. Wir müssen das Feuer des Lebens zu ihm bringen. Dann kann er gerettet werden.“

„Das Feuer des Lebens? Was soll das sein? Wo kann man es finden?“

„Das wissen wir nicht. Zachäus Zauberhand wollte uns helfen es zu finden. Aber er ist vernichtet, und jetzt ist unsere letzte Hoffnung König Grimbart.“

„König Grimbart?“

„Der König der Zwerge.“

„Ah.“ Der junge Mann ließ den Bogen sinken. „Ich entsinne mich. Sein Name ist mir bekannt. Aber ich habe ihn bisher nicht kennengelernt.“

„Das kann sich ändern“, wagte Geerdina erneut das Wort zu ergreifen, „wir sind auf dem Weg zu ihm. Begleite uns, wenn du willst. Hilf uns, das Feuer des Lebens zu finden, dann ist deine Reise vielleicht doch nicht umsonst gewesen.“

Hraban schaute sie nachdenklich an. Ohne eine Miene zu verziehen, steckte er seinen Pfeil in den Köcher und schulterte den Bogen.

„Du da“, nickte er Pola zu. „Wie heißt du?“

„Ich heiße Pola. Und das hier“, sie wies auf ihre Freundin, „ist Alissa.“

„Pola und Alissa? Seltsame Namen. Wo ist eure Heimat?“

„Sie kommen aus der Welt der Menschen“, schnitt Geerdina den Mädchen das Wort ab. „Das schwarze Einhorn hat sie hierhergeträumt.“

„Nimm mich nicht auf den Arm“, entgegnete der junge Krieger unwirsch. „Das schwarze Einhorn ist nichts als eine Legende, die man kleinen Kindern in langen Wintern erzählt."

„Du täuschst dich. Es war eine Legende. Jetzt ist es Wirklichkeit. Ich hoffe, zu unserem Besten."

„Stimmt es, was sie sagt?" wandte er sich an die Mädchen.

„Ja", antworteten sie wie aus einem Mund.

„Du kannst also auch gute Nachrichten verbreiten, Hüterin. Denn eine solche ist es doch wohl, oder?"

„Wer kann das sagen", erwiderte Geerdina vieldeutig. „Immer war das Einhorn ein Künder des Wandels. Ich denke, es stehen uns einschneidende Veränderungen bevor. Wohin sie uns führen mögen, liegt im dunkeln. Zumindest für mich. Ich hoffe, es ist zu unser aller Vorteil."

„Sehr viel Angenehmes hast du wahrlich nicht zu berichten. Aber ich will nicht ungerecht sein. Was ..."

„Herzlichen Dank. Wirklich großmütig."

„Du kannst deinen Spott für dich behalten, Hüterin. Immerhin trägst du durch dein fehlerhaftes Verhalten ein Gutteil zu den Schwierigkeiten bei."

Geerdina blickte ihn finster an, sagte aber kein Wort. Sie war es leid, sich zu rechtfertigen. Sie trug die Schuld, und daran gab es nichts zu deuteln. Sollten sich die anderen darüber ein Urteil bilden. Sie mußten weiter, und zwar sofort. Sie hatten schon viel zuviel ihrer kostbaren Zeit vergeudet.

Obwohl es ihn weiterdrängte, stand der Zauberer noch eine lange Zeit an dem Ort, wo er nur knapp dem Tod entronnen war. Die Sonne ging auf, und das Licht fiel in dünnen elfenbeinfarbenen Linien durch das Blätterwerk der Bäume, so zart und rein wie ein von Elbenhänden gewobenes Tuch. Dort, wo eben noch das schwarze Einhorn gestanden hatte, war jetzt nur noch von Pranken und Hufen aufgewühlter Boden zu sehen. Noch schien es Agomar unfaßbar, daß er den Angriff des Schattenwesens überlebt hatte. Und die Sehnsucht, die der Blick in das Auge des Einhorns in seinem Herzen geweckt hatte, ebbte nur langsam ab, hinterließ ein beklemmendes nagendes Gefühl der Leere.

Die Umstände haben sich auf dramatische Weise für mich geändert, dachte der Zauberer. Jetzt kenne ich deinen wahren Namen, Schattenwesen. Das macht uns an Stärke noch nicht gleich, aber es rückt die Verhältnisse zurecht. Von jetzt an werde auch ich nur noch meinen wahren Namen verwenden. Agomar! Er spürte, wie allein das Wort ihn mit seinem längst verstorbenen Lehrmeister verband und wie sich ein unsichtbarer schützender Kokon um ihn legte. Die lange Linie der Zauberer, Generation um Generation, zog durch seinen Kopf. All die Namen, die er hatte auswendig lernen müssen: Ingolf, Gandur, Dermos und viele andere mehr. Sie waren Bestandteil seiner selbst. Und jetzt, in der höchsten Not und der größten Herausforderung, standen sie ihm zur Seite, bildeten jeder ein Glied in der Kette; einer Kette, die nicht fester und stabiler sein könnte, und sei sie auch aus dem härtesten Stahl der Berge geschmiedet.

'Höre', vernahm er die ruhige Stimme seines Meisters aus der Erinnerung, 'immer ist es die Nähe zum Tod, die unsere außergewöhnlichsten Fähigkeiten freisetzt. Darum suche ihn nicht, aber vermeide ihn auch nicht. Betrachte ihn als einen Begleiter, der dich Geheimnisvolles zu lehren weiß'.

„Wie recht du hast", murmelte Agomar leise, so als sei sein Meister anwesend.

Dann lächelte er und nahm seinen Stab in die Hand. Plötzlich zuckte ein brennender Stich durch seine Eingeweide und ließ ihn schwanken. Mit schmerzverzerrtem Gesicht drückte er die flache Hand vorsichtig gegen seinen Bauch. Für einen Moment wurde ihm schwarz vor Augen und er meinte, das Bewußtsein zu verlieren.

Mehrere Minuten blieb er so stehen und lauschte in sich hinein, dann ließ das Stechen nach. Aber erst als er wieder im Besitz seiner Kräfte war, folgte er Geerdina und den Menschenkindern. Eine Weile versuchte er zu ergründen, was da gerade geschehen war. Dann gab er auf, und schob es den schweren Verletzungen zu, die das Schattenwesen ihm zugefügt hatte.

Schon nach einer halben Meile mußte er erkennen, daß er die drei an diesem Tag nicht einholen würde. Die Wunden seines Körpers waren zu tief. Es war unmöglich, kraftvoll auszuschreiten oder gar in einen Dauerlauf überzugehen. Statt dessen wurde der Weg immer beschwerlicher, und je höher die Sonne stieg, desto müder wurde er. Es war, als niste ein schleichendes Gift in seinen Adern und sauge alle Kraft hinaus. Schweiß tropfte ihm von der Stirn, obwohl ihm kalt war und hin und wieder war sein Geist vernebelt oder dunkelgrüne Kreise nahmen seine Aufmerksamkeit gefangen.

Schließlich, gegen Mittag, konnte Agomar keinen Fuß mehr vor den anderen setzen. Ein kleiner Bach plätscherte in der Nähe, und er kroch auf allen vieren zum flachen Rand. Nur mit Mühe gelang es ihm, sein Gesicht mit der kühlenden Flüssigkeit zu benetzen. Er trank mehrere Schlucke vom erfrischenden klaren Wasser und fühlte sich etwas besser. Aber was ihm wirklich Sorgen bereitete, war der zunehmende Verlust seines Augenlichts. Die Welt war mehr und mehr nur noch ein beängstigendes Gemisch aus wirren Linien, die keinen Sinn ergaben. Es gab keine Formen mehr, keine Bilder oder festen Konturen, die seiner Wahrnehmung Halt geboten hätten. Natürlich konnte er sich nach wie vor alles sehr genau vorstellen, aber er konnte es nicht mehr sehen. Eine Weile versuchte er, sich das Geschehen mit seiner Erschöpfung zu erklären. Aber dann schlich sich Angst in sein Gemüt. Was geschieht mit mir? dachte er. Ich werde blind. Nein, stellte er zu seinem Entsetzen fest. Ich bin es schon. Das Schattenwesen, durchfuhr es ihn. Seine Krallen müssen vergiftet sein. Ein hinterhältiges Gift, das nur sehr langsam wirkt und dem Opfer das Augenlicht raubt. Damit ist es hilflos und eine leichte Beute. Er kroch über den Boden und spürte weiches Gras unter den Händen. Einen Augenblick lang war er der Verzweifelung nahe. Ein Zauberer, der nichts sah, war niemandem eine Hilfe. Ein solcher Zauberer brauchte selbst Hilfe; jemanden, der ihn führte. Wo ist mein Stab? Hektisch suchte er und war zutiefst erleichtert, als er ihn endlich fand.

Beruhige dich, dachte er immer wieder. Es nutzt keinem, wenn du dich gehenläßt.

Aber das war leichter gesagt als getan. Die neue Lebenslage kam so schnell und unerwartet über ihn, daß er nicht wußte, wie er damit umgehen sollte. Die Welt brauchte ihn dringender denn je, und er, der große Zauberer Agomar, war von einer Stunde zur nächsten ein Gefangener der Dunkelheit. So hatte das Schattenwesen auf heimtückische Weise doch noch den Sieg davongetragen. Wie versteinert hockte er im Gras und wurde von einer finsteren Wolke eingehüllt, die sich aus Sinnlosigkeit und tiefanhaltender Furcht zusammensetzte. Der Furcht, von einem Moment zum nächsten nutzlos geworden zu sein.

Die Brücke

Hraban übernahm wie selbstverständlich die Führung der kleinen Gruppe. Gegen Abend erreichten sie die Ausläufer einer Gebirgskette, deren schneebedeckte Gipfel noch in weiter Ferne lagen.

Das Gelände wurde immer schroffer und unwirtlicher. Kein Baum oder Strauch war weit und breit zu sehen, nur hoch oben am klaren blauen Himmel zogen Raubvögel ihre Kreise. Je weiter sie aufstiegen, desto kälter wurde es. Die Mädchen froren erbärmlich, und auch das stete Laufen half nicht.

Hraban nahm seinen schweren Umhang von den Schultern und gab ihn Pola, die ihn dankend entgegennahm, während Geerdina in ihrem Beutel wühlte und schließlich eine leichte wollene Decke hervorholte. Sie reichte sie Alissa. Hastig schlang das Mädchen sie um den ausgekühlten Körper. Sie fühlte sich elend und wäre am liebsten umgekehrt, um einen Unterschlupf zu suchen und vielleicht ein wärmendes Feuer zu entzünden.

Als die Sonne untergegangen war und sie mehr recht als schlecht durch das graue Zwielicht stapften, hob Hraban die Hand.

„Wir müssen schleunigst eine Höhle oder einen anderen schützenden Platz finden. Sonst holen wir uns den Tod."

„Den holt ihr euch sowieso", dröhnte eine dunkle Stimme. Alle schraken heftig zusammen. Doch sosehr sie sich auch anstrengten, sie konnten den Sprecher nicht entdecken. Hraban drehte sich langsam zur Seite und versuchte seinen Bogen zu nehmen und einen Pfeil aufzulegen.

„Laß es, wenn dir dein Leben lieb ist", warnte ihn die Stimme, „sonst bist du kalt und steif, bevor der Mond aufgegangen ist."

Hraban hielt sofort inne.

„Gut so, Bürschchen. Und jetzt nimm ganz vorsichtig mit der linken Hand den Bogen und leg ihn auf den Felsblock neben dir."

Hraban fügte sich. Wer konnte schon wissen, wieviele in der Finsternis lauerten. Trotzdem konnte er sich nur schwer von seiner Waffe trennen. Er fühlte sich nackt ohne sie, nackt und ausgeliefert.

„Jetzt zieh die Hosenbeine hoch."

„Was ...!"

„Mach, verdammt."

Als der junge Krieger dem Befehl nachkam, konnte man am rechten Bein ein Messer sehen, das mit Schlaufen an der Wade befestigt war.

„Habe ich es mir doch gedacht. Binde es los und leg es zum Bogen. Danach gehst du mehrere Schritte zurück. Und ihr drei gesellt euch gefälligst zu ihm", knurrte die Stimme Geerdina und die Mädchen an.

Als alles so war, wie der unsichtbare Sprecher gefordert hatte, sahen sie, wie eine Fackel entzündet wurde. Drei stämmige schwerbewaffnete Zwergenkrieger traten lautlos aus der Dunkelheit; ihre kurzen Streitäxte hielten sie kampfbereit in den Händen. Das flackernde Licht gab den Blick auf sie und auf einen Hund frei, der die Männer fast an Größe überragte.

„Mach Platz, Fulk", sagte einer der Zwerge, und das Tier gehorchte.

Den vieren war nicht wohl. Zwar stand das kleine Volk nicht gerade in dem Ruf, bösartig zu sein, aber man wußte nie, woran man bei ihnen war.

Der Sprecherzwerg musterte sie aus dunklen, fast schwarzen Augen. Seine wettergegerbte Haut sah aus wie die Rinde einer Baumwurzel, die seit Jahrzehnten der Witterung ausgesetzt war. Alle drei trugen Bärte, die ihnen bis zum Hosengürtel reichten und ebenso schwarz wie ihre Augen waren.

Pola behielt trotz der bedrohlichen Lage die Fassung und dachte: In dieser Welt gibt es nicht nur Bilderbuchzauberer, sondern auch Bilderbuchzwerge. Sie lächelte unwillkürlich und zog damit die Aufmerksamkeit auf sich.

„He, du. Was gibt es so blöde zu grinsen?"

„Äh, nichts", entschuldigte sie sich hastig. „Gar nichts."

„Hmpf", war die knappe Entgegnung, die alles mögliche bedeuten konnte. „Wer seid ihr?“ wandte er sich an Hraban. „Und was wollt ihr hier?“

Der junge Krieger atmete tief durch und nahm eine stolze Haltung ein. „Mein Name ist Hraban, Sohn des Raben. Ich entstamme dem Volk der Windreiter, das an den Grenzen des Pamir lebt.“

„Und? Was treibt dich hierher, nur in Begleitung einer häßlichen Alten und zweier halbwüchsiger Frauen, wie wir sie noch nie zuvor gesehen haben? Sprich mit aufrechter Zunge, Sohn des Raben, oder ich werde sie dir bei lebendigem Leib herausschneiden“, drohte er.

Noch einmal schilderte Hraban, was mit seinem Volk geschah und wie er erst vor kurzem auf Geerdina und die Mädchen gestoßen war. „Ich befand mich auf der Suche nach Zachäus Zauberhand, um ihn um Hilfe und Beistand zu bitten. Aber die Hüterin sagt, er sei tot, vernichtet von einem Schattenwesen, das sein Blut getrunken und seine Seele der ewigen Verdammnis preisgegeben hat“, schloß er.

„Zachäus Zauberhand tot? Unmöglich“, erwiderte der Zwerg mit finsterer Miene. „Er ist auch im Palast unseres Volkes ein bekannter und hochgeschätzter Mann.“ Verärgert stampfte er mit seinem klobigen eisenbeschlagenen Schuh auf den Boden. „Du willst mich zum Narren halten, aber das soll dir schlecht bekommen. Bindet ihn“, befahl er seinen Begleitern. Hraban schätzte in Windeseile seine Chancen ab. So einfach wollte er es ihnen nicht machen. Doch dann sah er, wie der Anführer der Zwerge ein kurzes schmales Messer aus der Innentasche seines Wamses fischte und die im Feuerschein funkelnde Spitze zwischen Daumen und Zeigefinger legte. So konnte er es ihm jederzeit entgegenschleudern und eine schwere, gar tödliche Wunde zufügen. Zähneknirschend gab der junge Krieger auf und ließ sich die Hände auf den Rücken binden.

„Was soll das?“ schnaubte Geerdina wütend und ging einen Schritt vor. Der riesige Hund fletschte die Zähne und stieß ein tiefes kehliges Knurren aus. Doch sie ließ sich davon nicht beeindrucken. „Ich heiße Geerdina, und ich bin die Hüterin der Schwelle“, fuhr sie fort. „Dieser Name sollte dir ein Begriff sein, Zwerg. Außerdem reicht es mir langsam. Es ist bitterkalt, und ich habe keine Lust mehr, auf eure Begriffsstutzigkeit Rücksicht zu nehmen.“

„Hüte deine vorlaute Zunge, Weib“, grollte der Zwerg. „Du sprichst mit Bardulf, dem Hauptmann der königlichen Garde.“

„Dann höre, Bardulf“, entgegnete sie bissig. „Ein Schattenwesen ist in unsere Welt eingedrungen. Ich denke, du verstehst, was das bedeutet. Zachäus Zauberhand ist tot, ob dir das gefällt oder nicht, und der Phönix stirbt. Wir waren auf dem Weg zu Grimbart, eurem König, als ihr uns unnötigerweise aufgehalten habt, und ich verlange, daß du uns auf der Stelle zu ihm führst. Nach Aussage des Zauberers ist er der einzige, der uns vom Feuer des Lebens berichten kann und ..."

„Was scheren uns eure Angelegenheiten, und woher weiß ich überhaupt, daß du die Wahrheit sprichst, Alte?"

„Was meinst du, warum ich mich durch dieses verdammte Gebirge quäle", schrie sie aufgebracht, „zum reinen Vergnügen wohl kaum."

Bardulf knurrte etwas Unverständliches in seinen langen Bart und schien unsicher, was er tun solle. Brachte er sie zum König und es stimmte, was sie sagte, konnte er mit einer Beförderung rechnen. Log sie aber, konnte auch ein Rangverlust dabei herauskommen. Er hatte schon manches Mal mitansehen müssen, wie ein hochrangiger Zwerg sich plötzlich beim Fußvolk widerfand und auf alle Annehmlichkeiten verzichten mußte.

Andererseits konnte er sich die Schwierigkeiten auch vom Halse schaffen, indem er die vier in eine tiefe Felsspalte werfen ließ, wo ihre Knochen in der Finsternis vermoderten. Kein Hahn würde nach ihnen krähen. Aber, grantelte er, du bist ein Zwerg und kein Schlächter. Außerdem würden seine Begleiter nicht mitspielen. Die Anweisungen Grimbarts waren eindeutig. Reisende, die durch das Gebiet der Zwerge zogen, sollten kontrolliert und, falls verdächtig, gefangengenommen werden. Und die hier waren verdächtig, mehr als das.

Plötzlich erschien ihm die Lage in einem besseren Licht. Er nickte zufrieden.

„Bringt sie zur Höhle", brummte er.

Zehn Minuten später lagen die Mädchen, Geerdina und Hraban dicht zusammengedrängt auf dem mit getrockneten Moosen bedeckten Boden einer kaum mannshohen Höhle. Mehrere Fackeln verbreiteten ein angenehmes Licht und gaben sogar ein wenig Wärme. Pola und Alissa kuschelten sich eng aneinander.

„Was hältst du von ihnen?" flüsterte Alissa.

„Ziemlich bärbeißig", antwortete Pola ebenso leise. „Scheinen nicht gern etwas mit anderen zu tun haben zu wollen."

„Brr", schüttelte Alissa sich, „wenigstens ist es nicht mehr so kalt. Ich dachte schon, ich friere fest, wenn das Gerede nicht bald ein Ende hat.“ Sie legte die Arme um ihre Freundin und schloß die Augen. Im Hintergrund konnte sie die Stimmen der Zwerge hören, und es dauerte nicht lange, bis sie eingeschlafen war.

Obwohl Pola genauso erschöpft war, bekam sie kein Auge zu. Sie mußte an den Phönix denken, der jetzt einsam und verlassen in der großen Höhle lag und mit jedem Tag mehr von seiner Kraft verlor. Ihr wurde angst und bange bei der Vorstellung, daß er ohne Beistand dahinsiechte und daß er voller Hoffnung darauf wartete, von ihnen gerettet zu werden. Vielleicht war er ja auch schon tot. Der Schreck fuhr ihr mit ungeahnter Wucht ins Herz. Wie sollten sie jetzt, ohne Zachäus, ihre Aufgabe erfüllen? Geerdina war hauptsächlich mit sich selbst beschäftigt, und überall stießen sie auf Mißtrauen. Nicht ganz, gestand sie sich ein. Hraban zumindest schien ihnen zu glauben, oder versuchte es wenigstens.

Ihre Gedanken schweiften zu dem jungen Krieger. Von Anfang an hatte sie sich zu ihm hingezogen gefühlt. Er war aufrichtig, und sie glaubte etwas an ihm zu erkennen, wie sie es bei niemandem gesehen hatte: Edelmut. Ja, Edelmut war das richtige Wort, und diese Eigenschaft sagte ihr sehr zu. Dann wanderten ihre Gedanken wieder zum Phönix, und es dauerte noch eine ganze Weile, bis auch sie mit pochendem Herzen und Kummer in der Seele einschlief.

Früh am Morgen, es war noch dunkel in der Höhle, wurden sie unsanft geweckt.

„He, ihr da. Aufstehen!“ rief einer der Zwerge und entfernte sich.

Alissa kam gähnend hoch und rieb sich die Augen. „Viel zu früh“, murmelte sie, „ich könnte schlafen und schlafen.“

„Du könntest mir statt dessen auch die Fesseln lösen“, bat Hraban. „Ich habe schon kein Gefühl mehr in den Händen.“

Sofort war sie wach und schaute verstohlen um sich. Die Zwerge waren nicht da. Sie kroch zu ihm und löste den straffen Knoten.

„Danke“, sagte der junge Mann mit einem Lächeln und rieb sich die steifen Arme. „Das war höchste Zeit.“

„Warum tun sie das mit dir?“

„Weiß der Teufel, warum Zwerge etwas tun oder nicht. Wahrscheinlich wollten die Mistkerle kein Wagnis eingehen. Ich hoffe“, fuhr er fort, „sie sind wenigstens so anständig, uns etwas zu essen zu geben. Ich habe einen Bärenhunger.“

Als im selben Moment ein köstlicher Duft in ihre Nasen stieg, zwinkerte er ihr zu und lachte. Damit weckte er Geerdina, die hochfuhr und verärgert blinzelte.

„Was ist los?"

„Nichts", beruhigte Alissa sie, „wir haben nur einen Scherz gemacht."

„Dann scheint es euch ja bestens zu gehen", murrte sie und legte sich wieder hin.

Eine halbe Stunde später waren alle am Eingang der Höhle versammelt und bekamen frisch aufgebrühte Suppe, in der dicke Fleischbrocken schwammen, und zusätzlich ein Stück dunkles graues Brot in die Hand gedrückt. Unter den gegebenen Umständen geradezu ein Festmahl. Sie bedankten sich artig, ernteten jedoch lediglich stumme Blicke und ein knappes Kopfnicken.

Die Mädchen bemerkten erst jetzt, wie wenig sie in den letzten Tagen zu sich genommen hatten. Die vergangenen Ereignisse hatten sie ihren Hunger völlig vergessen lassen. Dafür schlug er am heutigen Morgen um so unbarmherziger zu.

Zum Schluß wischten die beiden jeden übriggebliebenen Tropfen Flüssigkeit mit Brotresten aus dem Topf und waren immer noch weit davon entfernt, sich satt zu fühlen. Aber zumindest hörte das Magenknurren auf. „Verschwindet jetzt!" scheuchte Bardulf sie zur Seite. „Da ist nichts mehr zu holen." Er nahm den schweren gußeisernen Topf, als sei er leicht wie eine Feder, und trug ihn in die Höhle. Hraban schaute ihm hinterher und konnte seine Achtung dabei nicht verbergen. Außerdem war er verwundert darüber, daß keiner der Zwerge etwas dazu sagte, daß er keine Fesseln mehr trug. Anscheinend fühlten sie sich sicher und waren der Überzeugung, daß ein unbewaffneter Mann ihnen sowieso keinen Schaden zufügen konnte. Wenn ihr euch da nur nicht täuscht, dachte er, und ein seltsamer Glanz trat in seine Augen, ein Glanz, den nur Pola bemerkte. Sie hatte ihn aus den Augenwinkeln beobachtet. Als er zu ihr herübersah, blickte sie schnell zu Boden. Aber Hraban bekam es trotzdem mit. Er betrachtete sie eine Weile neugierig, dann ließ er den Blick über die schier endlose Gebirgslandschaft schweifen. Im Osten stand die runde Scheibe der Sonne und es sah aus, als löse sie sich nur zögerlich vom Horizont.

Fünf Minuten später hatten alle die Sachen gepackt, und es ging einen schmalen Bergpfad entlang, der die erste Stunde keine großen Steigungen oder Abstiege mit sich brachte. Die beiden Zwerge, deren

Namen sie nicht kannten, bildeten die Vorhut und Bardulf mit Fulk, dem riesigen Hund, das Ende der Gruppe. Hin und wieder äugten Murmeltiere aus ihren Bauten und verschwanden mit einem schrillen Pfeifton, wenn sie ihnen zu nahe kamen. Einmal sahen sie auch eine Steinbockfamilie, die mit unglaublicher Gewandtheit eine fast senkrechte Bergflanke erkletterte und ihrer Sicht entschwand. Ansonsten jedoch bewegten sie sich durch eine karge Landschaft, deren Rauheit und Stille einen ganz eigenen Zauber schuf. Die Luft war klar und frisch, und der unaufhörliche Wind schien dazu beizutragen, daß der Geist ein wenig mehr zur Ruhe kam. Alissa warf einen Blick über die Schulter und schaute in Geerdinas faltiges Gesicht, das um Jahre verjüngt zu sein schien. Alissa lächelte und richtete den Blick wieder nach vorn. Und das war auch notwendig.

Einer der Zwerge hob die Hand und sagte laut: „Gath." Was wohl soviel wie Halt bedeuten sollte. Der Pfad endete abrupt. Sie standen vor einer etwa hundert Fuß langen und vielleicht vier Fuß breiten, aus armdicken Hanfstricken erbauten Brücke, auf denen Bohlen lagen. Weit unter ihnen schoß ein breiter Fluß mit erschreckender Gewalt und Schnelligkeit durch einen tiefen Gebirgseinschnitt. So tief war er, daß das Tosen und Brausen des Wassers hier oben kaum zu hören war. Pola wich entsetzt zurück. Sie hatte schon immer Höhenangst gehabt, und das hier ließ ihr augenblicklich Schweiß auf die Stirn treten.

Bardulf drängte sich an ihnen vorbei und sprach mit den anderen Zwergen. Dann wandte er sich ihnen zu.

„Grodwin", er deutete auf den Zwerg neben ihm, „wird als erster hinübergehen. Dann Fulk und danach die beiden." Er wies auf Pola und Alissa. „Dann Fradu, danach der Sohn des Raben und schließlich du, Hüterin. Ich selbst werde als letzter gehen."

Voller Furcht beobachteten die Mädchen, wie Grodwin die hin und her schwankende Brücke überquerte. Als er in der Mitte kurz innehalten mußte, weil der seitliche Schwung der Bohlen zu stark wurde, hielt Pola den Atem an und schloß die Augen. Sie konnte nicht hinsehen. Das schaffst du nie, dachte sie. Du wirst straucheln und in die Tiefe stürzen.

Sie öffnete die Augen und bekam gerade noch mit, wie der Zwerg sicher das andere Ende der Brücke erreichte und ihnen kurz darauf zuwinkte. Als nächster kam der große Hund. Mit sicherem Schritt trat er von Bohle zu Bohle und legte die Strecke doppelt so schnell wie

C.TURK '94

Grodwin zurück. Jetzt waren sie dran.

„Komm“, sagte Alissa aufmunternd und reichte ihrer Freundin die Hand. Sie wußte um Polas Höhenangst und bedauerte, daß es keinen anderen Weg gab.

„Ich kann nicht, Lissi. Meine Beine sind wie gelähmt.“

„Du mußt. Bardulf wird schon ungeduldig.“

Geerdina trat zu ihnen. „Was ist los?“

„Pola hat Höhenangst“, antwortete Alissa für ihre Freundin. „Sie traut sich nicht auf die Brücke.“

„Ich werde euch begleiten“, bot sie an. „Die Seile sind stark genug, um unser aller Gewicht zu tragen. Zu dritt wird es leichter gehen.“

„Was redet ihr da“, brummte Bardulf gereizt. „Macht, daß ihr vorankommt.“

„Ein wirklich herzallerliebstes Kerlchen“, sagte Geerdina leise und dann lauter, so daß der Zwerg sie verstehen konnte: „Eines der Menschenkinder hat Höhenangst. Wir werden zu dritt hinübergehen.“

„Hm. Na gut. Meinetwegen. Und nun macht endlich.“

Danach trat er wieder hinter die Gruppe und zog seine Streitaxt aus der ledernen Schlaufe an seinem Hosenbund. Er traute dem jungen Krieger nicht. Und Vorsicht war allemal besser. Als Hraban das sah, konnte er sich ein Lächeln nicht verkneifen. Sie fürchteten ihn und das war gut so.

Alissa ging voran und hielt dabei Polas Hand, während Geerdina um Armeslänge hinter ihnen blieb. So konnte sie jederzeit eingreifen, falls etwas schiefzulaufen drohte. Pola schloß die Augen und hielt sich krampfhaft an ihrer Freundin fest. Keinesfalls wollte sie in den Abgrund schauen. Panik durchflutete sie in heißen Wellen und ihr wurde schwindelig.

„Setz langsam einen Fuß vor den anderen“, versuchte Alissa sie zu beruhigen. „Wir schaffen das. Ich bin bei dir und passe auf dich auf.“

Pola nahm allen Mut zusammen und machte vorsichtig einen Schritt. Die Bohle bewegte sich leicht hin und her. Ihr Atem flatterte, und ihr Herz hämmerte wild in der Brust. Mein Gott, hilf mir, betete sie. Ich muß hier rüber. Ich muß. Sie ging einen weiteren Schritt und noch einen. Und mit jedem fühlte sie sich sicherer. Geerdina berührte sie immer wieder leicht an der Schulter, um ihr zu zeigen, daß sie da war. Pola entspannte sich mehr und mehr, und sie hatte das Gefühl, bald an der gegenüberliegenden Seite anzukommen. Sie atmete erleichtert auf und ging langsam weiter.

Und da geschah es.

Genau auf der Mitte der Brücke, an ihrem tiefsten Punkt, fauchte plötzlich ein heftiger Windstoß durch die Schlucht und schüttelte das Gewebe aus Hanf und Holz. Geerdina und Alissa verloren den Halt und griffen nach den hüfthohen Seilen, die den seitlichen Schutz gegen einen Sturz in die Tiefe bildeten. Damit verloren sie die Verbindung zu Pola, die wild mit den Armen rudernd um sich schlug und einen gellenden Schrei ausstieß.

Hraban, der alles genau verfolgte, wollte ihr zur Hilfe eilen, aber Bardulf hob drohend die Streitaxt.

„Du kannst nichts für sie tun. Wenn du jetzt gehst, riskierst du, daß die Seile reißen und ihr alle in die Tiefe stürzt."

Der junge Krieger mußte ihm widerwillig zustimmen, trotzdem war es für ihn kaum zu ertragen, nichts tun zu können. Gebannt blickte er auf das Geschehen.

„Laß dich fallen", schrie Geerdina. „Auf die Knie. Geh auf die Knie und kriech weiter."

Aber Pola hörte sie nicht. Es war, als würde jemand sie rufen. Eine dunkle Stimme, verlockend und ruhig, und sie sagte: Spring. Spring und deine Angst ist zu Ende. Pola taumelte und ihre hilflosen, fieberhaften Versuche, einen Halt zu finden, brachte auch die anderen in immer größere Schwierigkeiten.

„Laß dich fallen", schrie Geerdina aus Leibeskräften, als sie erkannte, daß Pola sie und Alissa mit in den Abgrund ziehen würde. „Um Himmelswillen, laß dich fallen."

Aber sie hörte die Hüterin nicht. Wie trunken wankte sie hin und her, während Alissa Geerdinas Anweisung folgte und alles daransetzte, mit den Händen das Bein ihrer Freundin zu umfassen. Mit Grauen sah sie, wie Pola das Gleichgewicht verlor und ihr Körper sich langsam zur Seite neigte. Eine weitere Bö gab ihr den letzten Stoß. Niemand vermochte in diesem Moment zu sagen, ob sie freiwillig sprang oder eine Macht von außen auf sie einwirkte.

„Neeiin! Neeiin!" schrie Alissa. „Bleib bei mir." Aber sie war machtlos. Mit weitaufgerissenen Augen mußte sie mitansehen, wie ihre beste Freundin endgültig den Halt verlor, eine Sekunde in der Luft zu stehen schien, fiel, und – mit beiden Armen am Halteseil hängenblieb. Wie ein nasser Sack baumelte Pola in der Luft, wild mit den

Beinen strampelnd, während das Seil ihr in die Achseln schnitt. Der brennende Schmerz war es, der sie zur Besinnung brachte. Während sie an einem Seil zwischen Leben und Tod hing, hörte sie plötzlich eine Stimme. Es war der Phönix. Ihn hätte sie aus Tausenden anderer Stimmen herausgehört. So eindringlich war seine Stimme, daß sie selbst die Angst übertönte. „Fürchte dich nicht", sagte er. „Du hast meine Seele berührt, Menschenkind, und ich habe deine Tapferkeit gesehen. Fürchte dich nicht! Sieh der Angst ins Gesicht. Tu es jetzt!"

Pola öffnete die Augen und senkte den Kopf. Tief unter ihr rauschte das Wasser. Für einen Moment wollte erneut die Panik über ihr zusammenschlagen, doch dann bekam sie sich in den Griff. Fürchte dich nicht, hallten die Worte des Phönix wieder und wieder durch ihren Geist. Vorsichtig zog sie die Beine hoch und stemmte die Füße gegen eine Bohle. Ihr Blick traf sich mit Alissas. Sie reichte ihrer Freundin zitternd die Hand, und gemeinsam gelang es ihnen, sie aus dem Gefahrenbereich zu ziehen. Eine Minute später lag Pola schwer keuchend und der Länge nach ausgestreckt auf der Brücke. Alissa liefen Tränen der Freude und Erleichterung über die Wangen, und sie merkte es nicht einmal.

„Komm jetzt", sagte sie sanft. „Laß es uns schnell hinter uns bringen."

Auf allen vieren krochen die Mädchen und Geerdina bis ans Ende, wo sie von Grodwin mit einem anerkennenden Lächeln in Empfang genommen wurden. Tief atmend und befreit auflachend fielen die Mädchen sich in die Arme, während die Hüterin stumm dahockte, den Kopf auf den Knien, und allen Geistern der Welt dafür dankte, noch zu leben.

„Tu das nie wieder", sagte Alissa glücklich lächelnd und strich Pola liebevoll durchs Haar. „Mach mir nie wieder solche Angst. Versprichst du mir das?"

„Ich werde mein möglichstes tun", antwortete Pola und dachte an den Phönix. Jetzt wußte sie, daß er noch nicht gestorben war. Tote redeten nicht. Und er hatte ihr geholfen, obwohl er selbst kaum noch genug Kraft hatte. Seltsame Wege geht das Leben, dachte sie. Im nächsten Augenblick schlug die Erkenntnis wie ein Blitz in ihrem Bewußtsein ein. Der Phönix, das Symbol der Unsterblichkeit, war auf eine unerklärliche Weise eins mit ihr. Sie hatten einander berührt und waren, vielleicht auf ewig, miteinander verbunden. Ja, sie würde es fühlen, wenn er starb. Aber noch lebte er, und dieser Gedanke ließ die Hoffnung in ihr erstrahlen wie eine Sonne, die nicht mehr untergehen wollte.

Grimbart, König der Zwerge

Schließlich waren alle heil und gesund am anderen Ende der Brücke angekommen. Hraban neigte sich zu Pola hinunter und legte ihr anerkennend die Hand auf die Schulter.

„Das war sehr mutig“, sagte er lächelnd, „und ist gerade noch mal gutgegangen.“

„Wir müssen weiter. Das Ganze hat uns unnötig Zeit gekostet.“

Hraban sah Bardulf an, und ihm lag eine scharfe Antwort auf den Lippen, aber er schluckte sie hinunter und nickte nur.

Das Gelände blieb unwegsam, und immer wieder mußten sie gefährliche Stellen überwinden; kurze Steilhänge oder schräge Bergflanken, deren loses Gestein unter ihren Füßen wegzurutschen drohte.

Am späten Nachmittag gelangten sie an eine Felsennase, die eine beeindruckende Rundumsicht erlaubte. Unter ihnen waren die ersten Ausläufer der Zwergenstadt zu sehen. Wie Bienenwaben klebten die Häuser an den ockerfarbenen Felswänden, dabei waren sie mühsam aus dem harten Granit geschlagen worden. Und doch wirkte alles irgendwie leicht, fast schwerelos. Auf der langen dunkelblauen Kopfsteinpflasterstraße herrschte reges Leben. Schwarzbärtige, knorrig wirkende Gestalten standen in Gruppen beisammen und redeten miteinander. Wuchtige stabile Karren, hochbeladen mit unterschiedlichen Handelswaren, holperten, gezogen von zahmen Steinböcken, dem Palast des Königs entgegen, der auf einer Anhöhe lag. Bardulf führte die Gruppe zu einer Treppe, die zur Stadt hinabführte.

Als die Mädchen den Palast des Königs aus der Nähe betrachteten, stießen sie bewundernde Rufe aus, die Bardulf sichtlich mit Stolz erfüllten. Und das zu Recht. Am Ende des Kopfsteinpflasters erhob sich wie ein bläulich schimmerndes Monument das Schloß, das mit der Schönheit eines sternenübersäten Nachthimmels zu wetteifern schien.

Während die vier den Zwergen folgten, wurden sie aus finsteren Gesichtern gemustert. Für Alissa war es ein Spießrutenlauf, der ihr Angst einflößte. Sie waren hier nicht willkommen, soviel war klar. Doch diese Blicke, glaubte sie zu spüren, waren nicht nur mißtrauisch, sie waren geradezu feindselig. Sie beschloß, das Volk der Zwerge nicht besonders zu mögen. Wenn hier alle so waren, gab es bestimmt nichts zu lachen.

Wie um ihre Gedanken zu bestätigen, traten zwei in schwere Rüstungen gekleidete Zwerge aus einem aus weißem Marmor erbauten Wachhaus, das einen auffallenden Gegensatz zum blauen Hintergrund bildete. Bardulf verneigte sich und schwieg. Anscheinend war es Sitte, daß der Wachhabende zuerst das Wort ergriff.

Der für Zwerge große, stämmige Mann baute sich gebieterisch vor ihnen auf.

„Welche Meldung habt Ihr zu machen?“

„Wir waren in den Bergen“, antwortete Bardulf, ohne sich von der herrischen Art beeindrucken zu lassen, „nahe der Landesgrenze, als wir auf die vier stießen, die ihr hinter mir seht, Hauptmann Frodwolf. Ich denke, sie haben Dinge zu berichten, die für den König wichtig sein dürften.“

„Was für den König von Wichtigkeit ist oder nicht, habt Ihr nicht zu entscheiden, Bardulf. Also“, er legte seine breite Hand auf den Griff der Streitaxt und betrachtete die kleine Gruppe mit forschendem Blick. Pola wich zurück, als Frodwolfs Augen sie musterten. Der gestrenge Ausdruck darin behagte ihr nicht.

Bardulf, der mit einem solchen Empfang gerechnet zu haben schien, begann ohne Umschweife.

„Dieser hier“, sagte er und wies auf Hraban, „ist ein junger Krieger aus dem Osten. Sein Volk lebt in den hohen Tälern des Pamir und wird, wie er berichtet, von schlimmen Unglücksfällen heimgesucht. Die alte Frau an seiner Seite behauptet, die Hüterin der Schwelle zu sein. Sie erzählt, daß Zachäus Zauberhand von einem Schattenwesen getötet worden sein soll und ...“

„Wenn das zutrifft“, unterbrach Frodwolf ihn grimmig, „ist das wahrhaft eine schlechte Nachricht.“

„Und diese“, fuhr Bardulf fort, „sollen Menschenkinder sein. Was ich allerdings für unglaubwürdig halte. Wie das meiste andere auch.“

„Wie bereits gesagt“, entgegnete Frodwolf, und seine Stimme klang einen Hauch eisiger, „was Ihr glaubt, ist nicht von Belang. Wir werden sie zum König bringen. Er wird wissen, was davon zu halten ist. Allerdings“, knurrte er leise und sich an die vier wendend, „solltet ihr gelogen haben, ist euer Leben keinen Pfifferling mehr wert. In den Steinbrüchen werden immer Leute gebraucht. Überlegt genau, was ihr sagt.“ Er hob eine Augenbraue und grinste hämisch.

„Es gibt nichts zu überlegen“, antwortete Geerdina. „Führt uns zu Grimbart, anstatt hier weiter Maulaffen feilzuhalten.“

„Für dich, Alte, immer noch König Grimbart“, fuhr Frodwolf sie unwirsch an, „und halte dein loses Mundwerk im Zaum. Du bist hier beim Zwergenvolk. Hier herrschen Höflichkeit und Achtung im Umgang miteinander“, maßregelte er sie.

„Das scheint allerdings nur für Zwerge zu gelten“, entgegnete Geerdina, die nicht bereit war, sich den Mund verbieten zu lassen. „Wir zumindest sind bisher nicht in den Genuß solcher Freundlichkeiten gekommen.“

Frodwolf warf ihr einen verärgerten Blick zu und drehte sich ohne ein weiteres Wort um.

„Folgt ihm“, drängte Bardulf sie, als sie unentschlossen stehenblieben, „er bringt euch zum König. Ich werde hier seinen Platz einnehmen.“

Sie gingen eine geschwungene Treppe hinauf und gelangten auf einen Vorhof des Palastes, der die räumliche Wahrnehmung zu sprengen schien. Die einzelnen Gestaltungselemente waren so angeordnet, daß das Auge keinen festen Halt fand. Ausdehnungen verschoben sich; Höhe, Tiefe und Weite waren wie außer Kraft gesetzt, und doch wohnte allem eine auf den ersten Blick nicht erkennbare Harmonie inne. Und inmitten all dieser verwirrenden Anordnungen standen Kunstwerke von unvergleichlicher Schönheit. Tiere, wie sie in den Bergen vorkamen: Adler, Steinböcke, Murmeltiere, Bären und die großartigste Figur von allen, ein in schwarzen Marmor gehauenes Einhorn. Ein Vorderbein erhoben, stand es auf einem mehrere Fuß hohen Sockel und wirkte so lebendig, als springe es jeden Moment herab und trete ihnen entgegen. Die Farbe der anderen Figuren erinnerte die Mädchen an Lapislazuli, und doch war das dunkle Blau tiefer, durchscheinender. Als sei es von silbernen spinnwebartigen Fäden durchzogen, die ihm eine Leichtigkeit verliehen, welche die wuchtigen Maße der Statuen aufzuheben schien.

Geerdina hatte aus vielen Erzählungen und Berichten von Grimbarts Palast gehört, aber die Wirklichkeit übertraf alle Vorstellungen. Wie berauscht wandelte sie durch den steinernen Garten, umgeben von einer Schönheit, die das Herz beglückte und sie sich um Jahre verjüngt fühlen ließ.

Wie paßt das mit der grobschlächtigen Art der Zwerge zusammen? fragte sie sich. Wer so etwas erschuf, konnte doch unmöglich ein stures grimmiges Herz haben. So jemand mußte von einem begnadeten Geist beseelt sein. Sie schaute den Mädchen in die Augen und lächelte, als sie den verzauberten Ausdruck darin sah. Und selbst Hraban, der junge Krieger, schien davon nicht unberührt zu sein. Der Glanz in seinen Augen sprach Bände.

„Folgt mir“, sagte Frodwolf und trat durch einen hohen Rundbogen, dessen Reliefarbeiten einen in der Bewegung erstarrten Wasserfall darstellten und in denen funkelnde Edelsteine glitzerten. Die Stimme des Zwergs schien Geerdina wie ein dunkler Mißklang in dieser Welt, so als gehöre diese Grobheit nicht hierher, als beschmutze sie die Gegenwart von etwas Erhabenem.

Die langen Gänge ließen an Kostbarkeit nichts zu wünschen übrig. Der aus rosafarbenem Granit belegte Boden zu ihren Füßen, mit wunderbaren Einlegearbeiten aus grauem und schwarzem Marmor, war ein wandelnder Untergrund der Geschichte des Zwergenreiches.

Jedesmal, wenn sie eines der schweren, hochaufragenden Tore aus dunklem Eichenholz durchschritten, veränderten sich Farbe und Form des Bodens und kunstvoll verlegte Mosaiken erzählten in Bildern über die einzelnen Abschnitte des zähen Bergvolkes. Viele Schlachten waren dort abgebildet; Schlachten gegen wilde Völker, die die Zwerge hatten unterwerfen und versklaven wollen. Doch bis zum heutigen Tag hatte niemand sie unter seine Herrschaft zwingen können. Die Zwerge waren immer ein freies Volk gewesen und zu Recht stolz darauf, dachte Geerdina. Eher werden sie sterben, als Diener eines fremden Herren zu sein. Langsam begann sie Verständnis für ihre rauhe Art zu entwickeln.

Beim neunten Tor gebot Frodwolf ihnen Halt.

Nur wenige Meter entfernt standen Palastwachen in voller Rüstung und regten sich nicht. Man konnte den Eindruck gewinnen, sie seien in Stein gehauen wie alles andere. Doch dann trat einer vor, grüßte sie zackig und öffnete einen Flügel, der sich lautlos in den schmiedeeisernen Angeln bewegte. Nacheinander traten sie in den Thronsaal des Königs. Überrascht stellte Geerdina fest, daß der Raum dem, was sie erwartet hatte, nicht im geringsten entsprach. Er war weder gewaltig noch besonders prunkvoll hergerichtet. Alles strahlte eine heimelige Gemütlichkeit aus. Ein großes Feuer prasselte im Kamin und verströmte behagliche Wärme. Davor stand ein breiter, mit dunkelrotem Samt bespannter Ohrensessel. An den Wänden hingen dicke, meisterlich geknüpfte Teppiche, und in manchen Nischen der aus großen Sandsteinen erbauten Mauern brannten Kerzen. Und wohin das Auge blickte – Bücher; mächtige Folianten neben Stapeln von Papierrollen und dicke lederne Einbände zwischen vergilbenden Blättern, die aussahen, als würden sie jederzeit in ihre Bestandteile zerfallen. Sonst war nichts und niemand zu sehen.

„Bringt meinen Gästen Stühle, Frodwolf. Damit sie es sich gemütlich machen können“, hörten sie plötzlich eine weiche, wohlwollende, von der Ruhe des Alters getragene Stimme.

„Wie Ihr wünscht, mein König“, antwortete der Angesprochene ergeben und verneigte sich in Richtung Kamin.

Kurz darauf hatte er seinen Auftrag erledigt und Geerdina, als Älteste, trat vor, um den König zu begrüßen. Sie ging um den Ohrensessel herum, neigte den Kopf – und hielt mitten in der Bewegung inne. Mit weitaufgerissenem Mund starrte sie verblüfft auf den König und brachte kein einziges Wort heraus. Der lachte schallend und bat sie dann höflich, Platz zu nehmen.

Die Hüterin der Schwelle war, auch nachdem sie sich gesetzt hatte, noch immer zu verblüfft, um ein einziges Wort herauszubekommen. Vor ihr saß ein Zwerg mit kurzen, nebelgrauen Haaren und buschigen Brauen in der gleichen Farbe. Sein ganzes Gesicht war von Lachfalten durchzogen, und er machte den Eindruck eines Mannes, dem der Schalk im Nacken saß und für den Heiterkeit beileibe kein Fremdwort war. Die blauen Augen leuchteten frohgemut; und wie bei Zwergen üblich, beherrschten eine große knollige Nase und ein dichter Bartwuchs den mittleren und den unteren Teil des Gesichts.

Nachdem auch die anderen sich niedergelassen hatten, schenkte ein Diener Wein und Obstsaft ein und zog sich zurück.

„Gute Frau“, sagte der König schließlich, „was hat euch solchermaßen die Sprache verschlagen. Sehe ich gar so verschroben und häßlich aus?“ In seinen Augen glitzerte es lausbübisch.

„N ... Nein“, stammelte Geerdina. „Es ist nur. Ihr wurdet mir völlig anders beschrieben.“

„Ah“, lächelte der König gedehnt, „ich kann mir schon denken, wie. Ihr habt einen verbitterten knurrigen alten Zwerg erwartet, der euch nach Lust und Laune in den Kerker werfen lassen kann, wenn ihm eure Antworten nicht genehm sind, nicht wahr?“

Die Hüterin nickte.

„Da muß ich euch leider enttäuschen. Ich bin weder verbittert noch besonders knurrig, soweit es nicht zu einem Zwerg dazugehört. Niemand kann aus seiner Haut, und das ist wohl auch gut so. Aber nun“, er stemmte sich ein wenig hoch, „was kann ich für euch tun? Was hat euch dazu veranlaßt, die Grenzen unseres Reiches zu überschreiten?“

„Verzeiht, König Grimbart“, erwiderte Geerdina, die sich langsam von ihrem Schock erholte, „wir wollten keineswegs etwas Feindseliges gegen euer Volk unternehmen. Zachäus Zauberhand hat uns geraten, hierherzugehen und ...“

„Zachäus Zauberhand? Hm. Lange, sehr lange habe ich seinen Namen nicht mehr an diesem Ort gehört. Viel zu lange, wenn ich es recht bedenke, aber es tut gut, ihn immer noch unter den Lebenden zu wissen.“

Geerdina senkte den Kopf und schaute traurig zu Boden.

„Was ist, Frau?“ drängte der König sie und bat: „Schaut mir in die Augen, wenn ich mit Euch rede. Habt Ihr schlechte Nachrichten?“

Geerdina seufzte: „Jawohl, König Grimbart.“ Sie blickte ihm in die sanften Augen und sagte: „Zachäus Zauberhand ist tot. Ein Schattenwesen hat seinem Leben ein Ende gesetzt.“

Geerdina glaubte den Schmerz, den sie in den Augen des Königs sah, nicht ertragen zu können. Wie es schien, kannte Grimbart den Zauberer besser, als sie vermutet hatte.

Der König atmete schwer, als er nach einem langen Schweigen sagte: „Das sind wahrlich die schlimmsten Nachrichten seit langer Zeit. Ein Schattenwesen ist in unsere Welt eingedrungen, und der größte Zauberer tot. Aber habt keine Sorge“, beschwichtigte er die vier mit milder Stimme. „Der Bote kann nichts für die Nachricht. Es wird euch hier nichts geschehen. Ihr seid meine Gäste und unter meinem Schutz.“

„Danke, Eure Majestät.“

„Laßt das“, wehrte der König ab, „ihr seid, wie man mir berichtet hat, die Hüterin der Schwelle und solltet diese unnützen Förmlichkeiten unterlassen. König Grimbart ist völlig ausreichend."

„Wie Ihr wollt", entgegnete Geerdina, „aber es gibt da noch etwas, das Ihr wissen müßt. Und ob Ihr danach immer noch so eine hohe Meinung von mir haben werdet, bezweifele ich."

„Dann erzählt, und laßt das übrige meine Sorge sein."

So schilderte ihm Geerdina ihr eigenes Versagen und die tragende Rolle an den schrecklichen Ereignissen der vergangenen Tage. Sie versuchte gar nicht erst, anderen Schuld zuzuweisen, sondern nahm die Verantwortung auf sich. Ihr Gesicht war gramerfüllt und schien im tanzenden Schein der Flammen um ein ganzes Jahrzehnt gealtert.

Nachdem sie geendet hatte, lastete ein tiefes Schweigen in dem sonst so behaglichen Raum, und jeder Lebensfunke schien sich in die dunklen Schatten zurückgezogen zu haben.

Pola räusperte sich. Die Spannung war geradezu fühlbar und drückte auf das Gemüt.

Plötzlich lachte der König. Es war ein leises rollendes Lachen, das die Schwere augenblicklich verdrängte und auf alle wie ein rettendes Licht in der Finsternis wirkte.

„Verzeiht", sagte der König. „was Ihr eben erzähltet, ist wahrlich kein Anlaß zur Erheiterung, aber die Dinge sind nun einmal, wie sie sind, und wenn wir jetzt in übellaunige Dumpfheit versinken, nutzt das niemandem."

„Da gebe ich Euch recht, König Grimbart", mischte Hraban sich erstmals in das Gespräch ein, „aber was sollen wir tun? Wir können nicht einfach dasitzen und den Dingen ihren Lauf lassen."

„Dann macht einen Vorschlag, junger Mann. Was würdet Ihr in diesem Fall tun?"

„Ein schlagkräftiges Heer aufstellen, das Schattenwesen jagen und für alle Zeit vernichten."

„Ja", nickte der König, „das wäre unter normalen Gegebenheiten sicherlich eine gute Idee. Aber leider haben wir es nicht mit normalen Gegebenheiten zu tun. Ein Schattenwesen ist aus geheimnisvollen Kräften geformt und, wenn überhaupt, auch nur durch solche zu bezwingen. O Agomar", seufzte der König, „warum bist du von uns gegangen, jetzt, wo wir dich am dringendsten brauchen."

„Agomar? Wer soll das sein?" fragte Geerdina.

„Nun, da er tot ist, kann ich es Euch ja sagen. Agomar ist der wahre

Name von Zachäus Zauberhand. Ein Name, der der uralten Linie der Zauberer entspringt und den nur die Eingeweihten kennen."

„Dann seid Ihr also auch ein Eingeweihter?" fragte Alissa vorwitzig.

Der König schmunzelte und hob eine Augenbraue.

„So ist es. Was allerdings in diesem Fall nicht viel zu bedeuten hat. Eingeweihte haben Wissen, das dem gewöhnlichen Volk nicht zugänglich ist. Allerdings nicht, weil es verboten wäre, es zu lernen. O nein. Bei den meisten besteht einfach kein Wunsch nach diesem Wissen, weil man manche Mühen auf sich nehmen muß, um es zu erlernen. Aber all mein Wissen nutzt nicht viel gegen die Kräfte des Schattenwesens. Agomar war der Größte von uns, und wenn selbst er unterlegen ist, sehe ich dunklen Zeiten entgegen."

„Wäre es nicht möglich, alle Zauberer des Landes zusammenzurufen, um gemeinsam gegen das unheimliche Wesen vorzugehen?"

„Wie heißt du, schönes Kind?"

„Alissa."

„Kein schlechter Gedanke, Alissa, aber leider nicht durchführbar. Es würde Wochen, ja Monate dauern, bis sie überhaupt Nachricht erhielten, so weit verstreut leben sie, und um hierherzukommen würde noch einmal dieselbe Zeit verstreichen. Und genau das haben wir nicht – Zeit. Jedes lebende Wesen, ob Mensch, Zwerg, Elb, Tier oder was auch immer, das vom Schatten berührt wird, wird unweigerlich zu seinem Diener und Helfershelfer."

„Wollt Ihr damit sagen, daß Zachäus, ich meine Agomar, jetzt auf seiten des Schattenwesens kämpft?" fragte die Hüterin entsetzt.

„Gott bewahre. Er war gewiß zu mächtig. Ihn konnte das Schattenwesen wohl vernichten, aber es könnte ihn niemals versklaven."

„Ich muß sagen", atmete Geerdina tief ein, „das beruhigt mich doch sehr."

„Da bin ich ganz deiner Meinung, Hüterin. Agomar auf der Seite des Schattenwesens. Ein mehr als übler Gedanke."

„Und was ist mit dem Feuer des Lebens?" warf Pola ein und lächelte unsicher, so als habe sie einen unbotmäßigen Einwurf gemacht.

„Was weißt du vom Feuer des Lebens, mein ..."

„Pola."

„Ah, Pola. Ja nun. Also, was weißt du davon?"

Grimbarts Blick hatte sich in ihren versenkt und ließ sie nicht mehr los. Es schien fast, als suche er etwas.

„Es ...“ stotterte Pola wie unter Zwang, „ ... es hat mit dem Vogel der Unsterblichkeit zu tun. Ich bin ihm begegnet. Er liegt im Sterben. Er hat mir gesagt, wir müssen das Feuer des Lebens finden, sonst wird er bald seine Augen für immer schließen.“

„Du warst beim Vogel der Unsterblichkeit?“ Der König schlug verärgert mit der Faust auf die gepolsterte Sessellehne. „Warum hat mir niemand davon berichtet?“

Frodwolf trat aus den tiefen Schatten des Raumes, verneigte sich und sagte: „Sicher hat Bardulf diese wichtige Neuigkeit in der Eile vergessen. Er hat schwere Tage in den Bergen hinter sich, er ...“

„Zwerge sind aus hartem Holz geschnitzt“, wehrte Grimbart den Einwurf mit einer schnellen Handbewegung ab, „und einige Tage in den Bergen dürften die Unseren wohl kaum um ihr Erinnerungsvermögen bringen.“ Seine Stimme wurde um ein Gutteil lauter, und ungezügelte Kraft brach daraus hervor. Allen Anwesenden fuhr ein wenig der Schreck in die Glieder. Hatten sie sich vorhin von seiner Freundlichkeit einlullen lassen, so wurde ihnen jetzt klar, daß noch immer die Macht des Königs in ihm steckte und auf schwelender Glut brannte, die jederzeit entfacht werden konnte.

Grimbart zog den Arm zurück und legte ihn wieder entspannt in seinen Schoß. Dann blinzelte er und schmunzelte über das ganze Gesicht.

Hraban, die Hüterin und die beiden Mädchen sahen ihn verwirrt an. Dann brach er ein weiteres Mal in schallendes Gelächter aus, beugte sich vor und winkte sie zu sich heran.

„Muß manchmal sein“, sagte er so leise, daß nur sie ihn verstehen konnten. „Wenn ich nicht hin und wieder auf den Tisch haue, halten mich nachher alle für einen versponnenen Tattergreis. Es ist nur so, daß ich in Wahrheit eigentlich schon lange keine Lust mehr habe, den Mächtigen und Grimmigen herauszukehren. Wenn ihr versteht, was ich meine.“

„Sehr gut“, antwortete Geerdina, „und Ihr habt darin meine volle Unterstützung. Wenn ich richtig vermute“, fuhr sie fort, „seid Ihr mehr an den geistigen Dingen interessiert als an Regierungsgeschäften.“

„So ist es, Hüterin. Aber nicht nur an den geistigen, ebenfalls an den Dingen der Kunst, am lebendigen Ausdruck des Schöpferischen und der Schönheit.“ Er beugte sich noch ein wenig weiter vor. „Ihr seid doch durch den Vorhof gekommen und habt die Skulpturen und die anderen Steinmetzarbeiten gesehen."

„Ja", antwortete Geerdina. „Einfach wundervoll."

„Das meine ich auch. Und das Traurige ist, daß es im ganzen Zwergenreich nur noch zwei sehr alte Steinmetze gibt, die diese Kunstfertigkeit beherrschen. Mir graut bei dem Gedanken, daß unser Volk diese Schönheit bald nur noch bestaunen kann, statt sie herzustellen. Wer sein Erbe verliert, verliert seine Wurzeln; und wer seine Wurzeln verliert, wird haltlos und treibt irgendwann wie ein Blatt im Wind dahin."

Pola räusperte sich.

„Was ist, mein Kind?" fragte Grimbart.

„Ich hoffe, Ihr nehmt es mir nicht übel", begann Pola ausgesucht höflich, „aber ihr wart zornig wegen des Vogels. Wißt Ihr etwas vom Feuer des Lebens? Könnt Ihr uns sagen, wohin wir uns wenden müssen, um es zu finden?"

Der König warf ihr einen nachdenklichen Blick zu. Dann wog er den Kopf langsam hin und her.

„Diese Fragen sind nicht einfach zu beantworten. Vor langen Jahren, als ich noch zum Kreis der Zaubereranwärter zählte und an ihren Versammlungen teilnahm, wurde darüber gesprochen. Aber alles, was gesagt wurde, waren nur Andeutungen, vage Hinweise auf ein geheimnisvolles Feuer, welches irgendwo in unserer Welt zu finden sei, und das, wenn man es findet, einem das größte Wunder des Lebens offenbaren soll. Ich habe es, ehrlich gesagt, immer für das Geraune und Getuschel altersschwacher Wichtigtuer gehalten. Niemand konnte jemals eine genaue Ortsangabe machen oder wenigstens ein bestimmtes Gebiet benennen. Und im Laufe der Zeit ist es zu einer Legende geworden, von der heute nicht einmal mehr an den dunkelsten Wintertagen erzählt wird. Hättet ihr es nicht erwähnt, wäre es mir sicherlich nicht eingefallen." Er wandte sich Pola zu. „Und du behauptest, der Vogel der Unsterblichkeit habe zu dir gesprochen und dir den Auftrag erteilt, das Feuer des Lebens zu finden?"

„Ja", entgegnete Pola fest, „das hat er."

„So nun. Hhm." Der König stützte sein Kinn in die linke Hand und strich sich gedankenversunken mit dem Zeigefinger durch den dichten grauen Bart. Dann erhob er sich, kniete vor den Kamin und legte neue Scheite auf. Die Flammen züngelten hoch und ließen sein Gesicht orangefarben aufleuchten. Pola beobachtete ihn neugierig. Der König strahlte eine Ruhe aus, wie sie nur durch die Reife des Alters entwickelt werden konnte, und der Glanz in seinen Augen kündete von einer noch immer vorhandenen Jugendlichkeit. Mit der Zeit wurde es immer stiller im Raum, und man hörte jedes einzelne Geräusch: das Ein- und Ausatmen der Anwesenden, das Knacken und Prasseln des Feuers und das Rascheln einer Maus in einer verborgenen Ecke. Aber diese Stille war anders, weder bedrückend noch beklemmend. Es war eine angenehme Stille, eher beruhigend und besänftigend.

Schließlich brach der König das tiefe Schweigen.

„Ich werde euch begleiten“, sagte er, drehte sich um und schaute jedem nacheinander in die Augen. „Ich weiß zwar noch nicht genau, wie ich euch bei eurem Unternehmen helfen kann. Aber in dieser wichtigen Angelegenheit werde ich meinen guten alten Ohrensessel noch einmal gegen den Ruf des Abenteuers eintauschen.“

Er hob abwehrend die Hand, als er Hrabans mißbilligende Miene sah.

„Habt keine Angst, Hraban. Ich werde diese Angelegenheit nicht auf die leichte Schulter nehmen. Nur, in meinem Alter, nach so vielen Schlachten, Hofintrigen und sonstigen Unannehmlichkeiten sieht man die Dinge mit etwas anderen Augen. Auch ich war einmal jung, ein richtiger Heißsporn, immer auf der Suche nach einer Herausforderung und bin dabei wahrlich keinem Kampf aus dem Weg gegangen. Aber die Ansichten ändern sich, und in dieser Angelegenheit müssen wir gut überlegen, bevor wir zur Tat schreiten.“

„Aber Ihr sagt doch selbst“, mischte Pola sich ein, „daß wir nur wenig Zeit haben.“

„Wohl wahr, mein Kind. Aber wenn wir jetzt unüberlegt handeln, würde das für alle mit großer Sicherheit den Tod bedeuten. Und das, so finde ich, ist für übertriebene Eile ein zu hoher Preis.“

„Gut gesprochen“, bestätigte Geerdina. „Was also schlagt Ihr vor?“

„Ich werde mich für vierundzwanzig Stunden mit meinen Beratern zusammensetzen und mit ihnen alte Schriftrollen und Papiere durchsehen, die uns einen Hinweis auf das Feuer des Lebens geben könnten. Wenn wir das erledigt haben, werden wir eine Entscheidung fällen.

„Ich bin ganz Eurer Meinung“, nickte die Hüterin.

„Genießt euer Hiersein in dieser Zeit“, empfahl Grimbart ihnen. „Es gibt noch viele schöne Dinge, die ihr nicht gesehen habt. Oder ruht euch aus. Ich werde euch jemanden schicken, der mir dafür haftet, daß es euch an nichts fehlt."

„So wie es aussieht", antwortete Hraban, „kann ich mich Euch nur anschließen. Ich weiß nicht mehr, wann ich das letzte Mal in einem weichen Bett geschlafen habe."

„Dann seid Ihr bei uns genau richtig", lachte der König, „die Gästebetten der Zwerge genießen wegen der Weichheit der Daunen einen geradezu legendären Ruf."

Trotz dieses legendären Rufes und des wirklich sehr gemütlichen Bettes bekam Pola kein Auge zu. Es war bereits Mitternacht, und sie war immer noch hellwach. Die Sorge um den Phönix ließ ihr keine Ruhe. Wohin sie auch kamen, nirgends fanden sie einen klaren Hinweis. Sie hoffte inständig, daß die Beratungen und Nachforschungen in König Grimbarts Schriftrollen etwas zutage förderten, das ihnen tatsächlich weiterhalf. Wir können doch nicht einfach losziehen und hoffen, daß es richtig ist. Sie zog die Bettdecke bis zu den Schultern hoch und hatte den Eindruck, trotz der behaglichen Kissen von klammer Kälte umgeben zu sein. Ihr Magen fühlte sich an wie ein Eisblock und ihre Lippen zitterten.

Lange schaute sie stumm durch das große Fenster in den Nachthimmel. Die Sichel des Mondes war so wunderbar anzusehen, daß ihr Herz wehtat. Wie konnte es auf der einen Seite soviel Schönheit und auf der anderen Seite soviel Grausamkeit in der Welt geben?

Schließlich schlief sie vor Erschöpfung ein.

Ein Schrecken mit Ende

Obwohl sie spät eingeschlafen war, fühlte Pola sich doch erholt, als sie am bereits fortgeschrittenen Morgen ins helle Tageslicht blinzelte. Sie rekelte sich eine Weile in der sie umgebenden wohligen Wärme und war nicht bereit, an etwas Böses oder Furchterregendes zu denken. Alissa, die in einem Bett neben ihr noch schlief, lag, alle viere von sich gestreckt, selig schnorchelnd auf der Matratze und lächelte. Sie schien gerade in einem überaus schönen Traum zu schwelgen. Pola schmunzelte und war glücklich, sie zur Freundin zu haben. Sie nahm ihr Kopfkissen, schlug es auf, knüllte es zusammen und schlummerte noch eine Weile, bis Geerdina kam und beide aus den Federn scheuchte.

Doch Alissa wollte noch nicht aufstehen. Mit hinter dem Kopf verschränkten Armen lag sie eine Weile mit geschlossenen Augen im Bett. Sie hatte vom schwarzen Einhorn geträumt. Ein heiteres Lächeln kräuselte ihre Lippen, als sie sich an die erste Begegnung erinnerte. Das wunderbare Verbundensein mit der Natur, das sie dabei empfunden hatte, strömte wohlig durch ihren Körper, und sie genoß dieses Gefühl, so lange es anhielt.

Den Tag verbrachten sie in den Gärten des Palastes, deren überbordende Blumenpracht und Fülle sie ein ums andere Mal verzauberten. Rosen, Rittersporn, Lilien, Funkien und unzählige andere Pflanzen wetteiferten in Form und Farbe miteinander, und immer wieder bestaunten sie Steinmetz- und Mosaikarbeiten von solcher Großartigkeit, daß sie den König mit jeder Minute besser verstehen lernten. Sein Wunsch, dies alles nicht in Vergessenheit geraten zu lassen, war mehr als verständlich.

Als der Abend nahte und die Schatten länger wurden, brachte ein junger Zwerg mit Namen Bodwin sie in den Palast. Ein überaus reichhaltiges Mahl erwartete sie, und alle, auch Geerdina, langten herzhaft zu. Es gab frischgebackenes Brot, das einen köstlichen Geruch verströmte, Geflügel mit gebackenen Pflaumen, wunderbare Salate und Käse in den verschiedensten Geschmacksrichtungen. Zum Schluß waren ihre Bäuche prall gefüllt, und es bereitete ihnen erhebliche Schwierigkeiten, nicht auf der Stelle einzuschlafen. Ein wohliges Nickerchen, dachte Hraban, wäre jetzt genau richtig. Aber gerade als er es sich in einem Sessel gemütlich machen wollte, betrat der König, gefolgt von zwei grauhaarigen Begleitern den Raum.

Grimbart schaute ein wenig belustigt zu, wie die Diener den Tisch abräumten und nach und nach Ruhe einkehrte.

„Wie ich sehen konnte, brauche ich mir um eure Beköstigung keine Sorgen zu machen. Hat es euch geschmeckt?“

„Unvergleichlich“, seufzte Hraban und legte sich zum Beweis die Hand auf den Bauch. „Ich glaube, ich habe mein Lebtag noch nicht so gut gegessen.“

„Das freut mich, junger Mann. Gerade, da Ihr das sagt. Schließlich sind die Kochkünste Eures Volkes ebenfalls schon bis zu uns vorgedrungen.“

„Dank für Eure Höflichkeit, König Grimbart. Aber so schmerzlich es auch ist, mit den Euren sind sie nicht auf eine Stufe zu stellen. Leider.“

Der König schmunzelte und setzte sich mit seinen zwei Beratern an den Tisch. Sie rollten ein verblichenes Pergamentpapier auseinander.

„Tretet näher“, forderte der König sie auf. „Es gibt wichtige Neuigkeiten.“

Grimbart wartete, bis alle sich zu ihnen gesellt hatten.

„Dort“, sagte er und zeigte auf einen Fleck im Süden, „liegt der Silberhöhlenpaß. Und an dessen Ende schraubt sich die Todesspitze, der höchste Berg unserer Welt, in den weiten Himmel. Meine guten Freunde Ardok und Ratbod“, damit stellte er seine Begleiter erstmals namentlich vor, „sind wie ich der Meinung, daß unser aller Schicksal sich dort entscheiden wird. Es kann keine andere Stelle sein. Wir haben alle uns zur Verfügung stehenden Quellen durchforscht, aber nirgends gibt es eine Ortsbeschreibung, nicht einmal eine Andeutung. Nach reiflicher Überlegung sind wir der festen Überzeugung, daß nur die Todesspitze damit gemeint sein kann. Kein lebendes Wesen unserer Welt hat jemals die giftigen Wolkenbänke, die stets den Berg umkreisen, durchschritten und ist zurückgekehrt, um uns zu berichten, was sich dahinter befindet. Ob es zum Beispiel ein Wesen gibt, das dort haust. Ein Drache oder etwas Ähnliches." Der König rieb sich die übermüdeten Augen. Er wirkte ganz so, als habe er in der vergangenen Nacht und am Tage kein Auge zugetan.

„Ihr solltet Euch ein wenig schonen", riet Geerdina.

„Schonen?" Grimbart lachte. „Ich habe seit Jahren nichts anderes getan. Nein. Jetzt ist die Zeit, etwas zu unternehmen. Was bedeutet im Angesicht der drohenden Gefahr schon eine schlaflose Nacht. Wenn es sein müßte, würde ich für den Rest meines Lebens kein Auge zutun. Das Schattenwesen hat Agomar vernichtet und uns damit den stärksten Kämpfer genommen. Aber es hat uns noch nicht besiegt, und ich werde alles in meiner Macht stehende tun, damit es niemals dazu kommt." Plötzlich strahlte der König eine unwiderstehliche Kraft aus.

„Morgen, in aller Frühe", endete er, „werden wir aufbrechen."

„Wer ist wir?" fragte Hraban.

„Ihr", antwortete der König, „die Hüterin, die beiden Menschenkinder, Hauptmann Bardulf, Fulk und ich."

„Meint Ihr nicht, wir sollten Alissa im Palast zurücklassen, wo sie sicher ist?"

Alissa benötigte einige Sekunden, bis die Worte in ihrem Kopf ankamen. Sie war fassungslos. Wie konnte der blöde Kerl auf so eine unverschämte Idee kommen.

„Seid Ihr denn total verrückt geworden", schrie sie. „Ich soll meine beste Freundin allein gehenlassen, nur ... nur mit euch." Sie stampfte wütend mit dem Fuß auf. „Niemals!"

König Grimbart blinzelte vergnügt ob ihres Ausbruchs und wandte sich neugierig Hraban zu.

Der Sohn des Raben atmete tief durch und entgegnete: „Du redest Unsinn, Mädchen. Deine Freundin Pola steht in Verbindung mit dem Vogel der Unsterblichkeit. Sie muß mit. Aber du. Es tut mir leid, das so deutlich sagen zu müssen, bist nicht wichtig. Wir brauchen dich nicht."

Alissa starrte ihn mit zornig funkelnden Augen an.

„Das ... das ist ja wohl die Höhe", schnaubte sie und benutzte Worte, die sie von ihrem Onkel kannte. „Außerdem bin ich kein Mädchen mehr, sondern eine Frau."

Hraban lachte lauthals, was ihren Zorn nur noch verstärkte.

„Du dämlicher Blödmann“, schimpfte sie, „geh doch zurück zu deinem wahnsinnigen Volk und steh ihm in seiner Not bei. Das ist immer noch besser, als hier bescheuerte Vorschläge zu machen.“

Hrabans Blick verfinsterte sich. In diesem Moment griff der König ein.

„Beruhigt euch. Sonst sagt ihr Worte, die euch später leid tun. Und du“, drehte er sich Alissa zu, „solltest erst überlegen, bevor du deinem Zorn freien Lauf läßt. Auch wenn es dir nicht behagt, aber Hraban hat nicht ganz unrecht. Wir werden uns in Lebensgefahr begeben, und das Leben wirft man nicht leichtfertig weg.“

Alissa zuckte zusammen. Daß sich jetzt auch der König auf Hrabans Seite stellte, traf sie hart.

„Es mag alles richtig sein, was Ihr sagt, König Grimbart“, sagte Pola in die knisternde Spannung hinein, „aber ich werde ohne meine beste Freundin keinen Fuß vor den anderen setzen. Wenn Alissa nicht mitkommt, gehe ich auch nicht.“

„Das ist Erpressung“, schimpfte Hraban.

„Nimm es, wie du willst. Aber ohne Alissa keine Pola.“

„Und was wird dann aus dem Vogel der Unsterblichkeit?“

Damit traf er ihren wunden Punkt. In diesem Moment hätte Pola ihm am liebsten eine schallende Ohrfeige verpaßt, so gemein hintergangen fühlte sie sich.

„Auch dann nicht“, antwortete sie trotzig. Doch man sah deutlich, welche Qual es ihr bereitete.

„Gegen solch eine Freundschaft kommen keine auch noch so guten Gründe an“, zog Geerdina das Gespräch an sich. „Außerdem können wir Alissa nicht hier beim Zwergenvolk allein lassen. Sie würde eingehen vor Sehnsucht und Kummer. Daß ihr Männer immer den harten Weg oder eure übertriebenen Beschützerinstinkte bemühen müßt. Wir Frauen sind sehr wohl in der Lage, uns um uns selbst zu kümmern. Nicht wahr?“

„Na und ob“, bestätigte Alissa mit in die Seite gestemmten Armen.

„In Ordnung“, beschwichtigte der König. „Ich habe verstanden. Alissa wird mitkommen und das ...“ Er sah Hraban an. „Ohne Wenn und Aber.“

Der junge Mann warf Alissa einen verärgerten Blick zu, aber als er das Mädchen, das ihn wie eine wildgewordene Amazone mit ihrem Blick vernichten zu wollen schien, so dastehen sah, konnte er sich ein

Schmunzeln nicht verkneifen.

„Einverstanden“, sagte er nur und ging aus dem Raum.

Am nächsten Morgen wurden sie noch vor dem ersten Lichtstrahl geweckt. Sie fühlten sich ausgeruht und Pola, die froh war, daß es endlich losging, sprühte geradezu vor Tatendrang. Zachäus hat recht, dachte Geerdina, als sie das Mädchen betrachtete, der Name Pola Tatendrang paßt zu ihr. Wehmut schlich sich in ihr Herz, als sie an den Zauberer dachte. An den Namen Agomar konnte sie sich nicht gewöhnen. Es war schon schwer genug hinzunehmen, daß er nicht mehr unter ihnen weilte. Vielleicht, dachte sie, werde ich mich niemals daran gewöhnen. Er war immer ein guter Freund gewesen, und gute Freunde waren selten. Darum hatte sie sich auch für die Mädchen eingesetzt, sie hatten mit ihrem Verhalten ihr Herz berührt. Eine Freundschaft, die größer war als die Angst vor der Gefahr, der Angst um das eigene Leben, verdiente Unterstützung.

„Seid ihr bereit?“ fragte ein junger pausbäckiger Zwerg und brachte sie damit auf andere Gedanken.

„Ja. Das sind wir.“

Der Bote geleitete sie zum Vorhof des Palastes, wo der König, Bardulf, sein riesiger Hund Fulk und ein schwer beladenes Maultier auf sie warteten.

„Ich habe mich bereits gestern von allen verabschiedet“, sagte Grimbart, als sie zu ihm traten, „von uns aus kann es gleich losgehen. Habt ihr alles?“

„Ja“, antwortete Geerdina.

„Dann auf.“

Der König setzte sich an die Spitze, gefolgt von Hraban, der Hüterin, Pola und Alissa, das Ende bildeten Fulk und Bardulf, der das Maultier am Zügel führte.

Keiner der Zwerge warf einen Blick zurück, als sie die Treppe am Ende der Hauptstraße erklommen und der Palast nach und nach außer Sicht geriet. Geerdina gefiel das Verhalten des Königs sehr. Er sah nach vorn und widmete seine ganze Kraft ihrer Aufgabe; Vergangenheit hatte er bereits genug gehabt. Sie war froh, ihn dabei zu wissen. Und wie sehr hatte sie sich dagegen gesträubt, ihm überhaupt einen Besuch abzustatten. Sie schüttelte lächelnd den Kopf. Wie schnell doch von jemandem ein Bild geschaffen wurde, das sich durch ständige Wiederholungen auch noch verdichtete. Überall im Land war er als grimmiger, bärbeißiger König verschrien. Dabei war er in Wahrheit eines der liebenswertesten Wesen, das ihr jemals begegnet war. Aber er schien auch nicht sonderlich viel gegen diesen Ruf unternommen zu haben. Möglicherweise hatte er ihn sogar gefördert, um in Ruhe gelassen zu werden. Aber Zachäus hatte es gewußt und nie ein einziges Wort darüber verloren. Ein Mann mit vielen Geheimnissen bist du gewesen, Zachäus Zauberhand, dachte sie. Und was haben sie dir am Ende genutzt? Nichts.

Nachdem sie drei Stunden stramm gewandert waren, rasteten sie. Bardulf breitete eine Decke aus und legte Brot, Käse, Obst und Nüsse darauf. Anschließend reichte er Messer damit ein jeder sich bedienen konnte.

„Auf die besonderen Köstlichkeiten meiner Küche werden wir leider für eine Weile verzichten müssen“, sagte der König.

„Das sagt Ihr so leicht“, entgegnete Hraban und erinnerte sich des knusprig gebratenen Fasans mit süßen gebackenen Pflaumen. „Immerhin ist es schon ein Glück, sie überhaupt einmal genossen zu haben“, schloß er und verdrehte dabei die Augen.

Der König lachte und schnitt Brot und ein großes Stück Käse ab. Obwohl sie eigentlich keine Zeit zu verlieren hatten, ließen sie es mit der Mahlzeit ruhig angehen. Jeder war der Auffassung, daß dies wohl die letzte Möglichkeit für ein gemütliches Beisammensein war.

Gegen Mittag kamen sie in ein Hochland, das nur spärlich mit zähem Gestrüpp und Kriechpflanzen bewachsen war. Aber sie kamen nun schneller voran. Das Gelände war nicht mehr so schroff, und es gab weder anstrengende Steigungen noch gefährliche Grate, die ihre ganze Aufmerksamkeit verlangten.

Alissa, die seit einigen Minuten neben dem König ging, faßte sich ein Herz und fragte: „Habt Ihr wirklich eine Drachenhöhle im Keller des Palastes?“

„Wer sagt denn so was?“

„Geerdina.“

„Na“, lachte er, „da hat sie euch aber einen gewaltigen Bären aufgebunden. In den Kellergewölben des Palastes gibt es nur Vorräte und alten Plunder der dort seit Jahrzehnten in seligem Vergessen schlummert. Aber nein. Eine Drachenhöhle? Obwohl.“ Er blieb kurz stehen.

„Wenn ich es recht bedenke. So etwas hätte sicherlich einen hohen Unterhaltungswert."

„Warum wird so schlecht über Euch geredet, König Grimbart?"

„Ach weißt du, Kind" fuhr er fort und ging weiter. „Mein Volk ist immer als besonders herzlos dargestellt worden. Und es gab Zeiten, wo uns das sehr verärgert hat. Aber im Laufe der Jahrhunderte wurde es uns schließlich egal. Außerdem hat ein übler Ruf auch Vorteile."

„So? Welche denn?"

„Man wird in Frieden gelassen. Wer möchte schon mit lauter Griesgramen etwas zu tun haben. Immerhin hat uns dieser üble Ruf ein Jahrhundert ohne Kriege beschert. Und wenn du mir eines glauben kannst, junge Alissa, dann, daß ich den Krieg zutiefst verabscheue. Nichts als unsägliches Leid und jämmerliche Not bringt er den Beteiligten. Manchmal gewinnen die einen ein großes Land hinzu und erweitern dadurch ihren Machtbereich, aber es ist nur eine Frage der Zeit, bis ein anderes Volk kommt und den Gewinner unterwirft. Kriege sind dumm und sinnlos, und nur Toren geben sich dem Rausch der Zerstörung hin. Und ich weiß genau, wovon ich rede. O ja."

Alissa sah ihn an, und für einen Moment schien sein Gesicht von Kummer überschattet. Dann erwiderte er ihren Blick und lächelte.

Bis zum Abend hatte sich die Reihenfolge der kleinen Gruppe mehrmals geändert. Als die Sonne bereits im Osten zu sinken begann, hatte Hraban die Führung übernommen. Er blieb stehen und rief Bardulf, der nach wie vor das Ende bildete, zu: „Bardulf. Kennt Ihr einen Rastplatz in der Nähe, der diesen Namen auch verdient?"

„Ja", hallte es lautstark zurück. „Folgt dem schmalen Pfad nach unten, nicht dem rechts. Nach ungefähr einer Meile windet er sich abwärts durch eine schmale Schlucht. Dahinter folgt ein Waldstück, das sich gut für eine Rast eignet. Es gibt dort eine Quelle, und die Bäume schützen vor dem Wind."

„Ausgezeichnet. Also", wandte er sich Pola und Alissa zu, die reichlich mitgenommen aussahen. „Ihr habt es gehört. Noch etwas mehr als eine Meile, und wir haben unser Ziel für den heutigen Tag erreicht."

„Dann mal los", drängte Geerdina, die ebenfalls nichts dagegen hatte, die Beine auszustrecken und genüßlich in den sternenklaren Nachthimmel zu schauen, während von irgend jemandem, nur nicht von ihr, eine leckere Suppe zubereitet wurde.

Eine Stunde später hockten alle im Kreis beisammen und schlürften einen von Bardulf, unter den Umständen, hervorragend angerichteten Gemüseeintopf. Pola stellte den Blechnapf beiseite und ließ ihn noch ein wenig abkühlen. Außer den Eßgeräuschen war nichts zu hören. Sie schloß die Augen und spitzte die Ohren. Im Hintergrund konnte man das Plätschern der Quelle hören, und manchmal glaubte sie, ein Schaben und Scharren wahrzunehmen. Aber welches Tier diese Geräusche machte, blieb ihr ein Rätsel. Sie hoffte nur, daß es kein Raubtier war. Sie warf Fulk einen prüfenden Blick zu. Der Hund lag ganz still, den Kopf auf den Vorderbeinen und gab nicht die geringsten Anzeichen einer Spannung von sich. Das beruhigte Pola.

„Wenn du den Eintopf noch länger stehen läßt, ist er kalt."

„Ich beeil mich ja schon."

„Ich meine ja auch nur, junge Frau", antwortete die Hüterin und warf in einer überzogenen Geste die Arme hoch. „Ich wollte Eure Hoheit keineswegs beim Träumen stören."

Alle lachten und genossen für eine Weile das Beisammensein.

Als das Essen beendet und das Besteck gereinigt und eingepackt war, begann König Grimbart aus seinem Leben zu plaudern. Weit zurück ging er, bis in seine Jugendjahre, die immerhin, wie er stolz behauptete, zweihundertfünfzig Jahre zurücklagen. Die Mädchen staunten nicht schlecht, als sie das hörten.

Er erzählte von dem ersten Schattenwesen, dem langen Krieg, der damals geherrscht hatte und wie knapp sie und die Elben mit dem Leben davongekommen waren. Damals, vor nun einhundert Jahren, war die Gilde der Zauberer noch sehr mächtig gewesen. Über fünfhundert von ihnen hatte es gegeben, vereint in einem Bund, der sehr bemüht war, den Nachwuchs auszubilden und die Linie jung zu halten. Die Weisheit des Alters und der Forscherdrang der Jugend hatten sich auf ideale Weise miteinander verbunden. König Grimbart geriet ins Schwärmen, als er sich dieser Zeit entsann.

„Das war eine Blütezeit in unserer Welt", sagte er. „Und nicht nur in unserer. Viele gingen den Weg auch zu euch Menschen, ob Elfen, Feen, Hexen, Zwerge oder Zauberer, und sie waren hochwillkommen. Aber die Zeiten haben sich geändert. Heute glaubt kaum noch jemand an uns und nur sehr selten kommt einer von euch zu uns. Ihr beiden", er blickte Pola und Alissa an, „seid die ersten seit sehr langer Zeit."

„Aber warum ist das so?"

„Das wissen wir nicht, Alissa", antwortete die Hüterin. „Die Welten sind immer weiter auseinandergetrieben. Aber wir alle hoffen, daß euer Erscheinen eine Wende herbeiführen wird. Wir sind offen für eine Begegnung mit den Menschen. An uns liegt es diesmal nicht."

„Diesmal?"

„Naja. Ich denke, ich spreche im Namen aller, wenn ich sage, daß auch wir nicht vor Fehlern gefeit sind. Manchmal können wir sehr stolz und auch sehr ausdauernd gekränkt sein und ziehen uns dann zurück. Zachäus sagte, daß es die eigene Wichtigkeit sei, die einem im Wege steht. Er war immer der Ansicht, daß man sich für seine Belange mit aller Kraft einsetzen sollte, aber wenn es mal nicht so liefe, wie man sich es vorgestellt habe, müsse man das halt hinnehmen und darüber lachen. Man könne nur sein Bestes geben, und wenn das nicht reiche, um die eigenen Ziele durchzusetzen, dann sei da wohl jemand Mächtigerer am Werke, der die Dinge in eine andere Richtung gehenlassen wolle."

„Weise gedacht", bestätigte König Grimbart. „Diesen Leitspruch sollten wir auf unserem Weg beherzigen. Mit dieser Einstellung werden wir uns unnötige Scherereien ersparen. Und nun, denke ich, müssen wir uns in unsere Decken einrollen und schlafen. Es liegen anstrengende Tage vor uns."

Eine halbe Stunde später waren alle bis auf Pola eingeschlafen. Über ihr funkelte der Sternenhimmel, und sie dachte wie immer an den Phönix. Ihre Aufmerksamkeit wurde in die schwarze Tiefe über ihr gesogen. Die Sterne wurden zu hellen Lichtpunkten, und die Stille vereinnahmte sie. Eine Stille, die eine Sehnsucht weckte, die mit jedem Augenblick an Eindringlichkeit zunahm. Doch sie wußte nicht, wonach. Es war nicht der Wunsch ihre Eltern wiederzusehen, obwohl sie diese manchmal schrecklich vermißte. Es war etwas Unerklärliches. Tränen traten ihr in die Augen. Sie fühlte sich verzweifelt und hilflos. Was sollte sie tun? Wer konnte ihr helfen?

Ganz behutsam veränderte sich etwas. Die Schwärze des Himmels schien zu wogen, als sei sie lebendig. Und dann war er bei ihr – der Phönix. Sie spürte ihn. Die Gegenwart wurde ganz von ihm ausgefüllt.

„Menschenkind?"

„Ja?"

„Geht es dir gut?"

„Jetzt, wo du da bist, geht es mir gut. Aber noch vor wenigen Minuten war ich nur traurig. Da ist etwas in mir, für das ich keine Worte finde. Und es quält mich. Aber", erschrak sie „ich denke nur an mich. Und dabei bist du es, der wirklich Hilfe braucht."

Eine Zeitlang waren beide still.

„Ich glaube an dich, Menschenkind", sagte der Phönix dann, „mit unerschütterlicher Zuversicht. Du wirst das Feuer des Lebens finden."

„Sag so etwas nicht", antwortete Pola. „Ich weiß nicht, ob ich stark genug bin. Obwohl ich mich freue und neue Hoffnung habe, weil König Grimbart, Bardulf und Fulk noch zu uns gestoßen sind. Aber ich ... ich weiß manchmal nicht weiter. Wir gehen zur Todesspitze, weil die anderen meinen, daß wir das Feuer dort finden werden. Niemand ist bisher lebend durch die giftigen Wolken zurückgekehrt. Wie sollen wir das schaffen?"

„Folge deinem Herzen, Menschenkind."

„Das sagt sich so leicht."

„Es ist leicht."

Pola tat es gut, den Phönix noch so lebendig zu wissen.

„Es ist wirklich schön, daß du an mich glaubst. Aber wenn ich versage? Was dann?"

„Dann werde ich sterben."

„Nein! Sag das nicht!"

„Aber es ist so."

Pola spürte, wie der Gedanke an den Tod sie zu übermannen drohte, und kämpfte mit aller Gewalt dagegen. Sie wollte es sich nicht vorstellen.

„Du wirst nicht sterben. Ich werde das Feuer des Lebens finden und dich retten."

„So will ich dich hören", sagte der Phönix, und ein warmes, wohliges Gefühl strömte durch Polas Bauch. „Nun werde ich dich verlassen. Meine Kraft schwindet."

„Ja. Bitte entschuldige, daß ich dich so lange in Anspruch genommen habe."

„Es gibt nichts zu entschuldigen, Menschenkind. Ich bin erwachsen und weiß, was ich tue. Schlafe jetzt. Du mußt ausgeruht sein, wenn ihr weiterzieht."

Kurz darauf sank Pola erleichtert in die gnädigen Arme des Schlafes und seufzte. Jetzt ging es ihr besser, viel besser.

C TURK '99

Am nächsten Morgen wurden sie von einem dunklen Grummeln geweckt. Schwarze Wolken waren über Nacht herangezogen und ballten sich am Himmel.

„Aufstehen", rief Geerdina. „Wir müssen uns tiefer in den Wald zurückziehen, oder kennst du eine Höhle in der Nähe, Bardulf?"

„Ja. Es gibt eine. Aber sie liegt hinter dem Wald. Mindestens zwei Stunden Fußmarsch von hier entfernt."

„Dann laßt uns sofort aufbrechen", drängte Hraban, der bereits seine Decke zusammenrollte. „Wenn wir uns beeilen, schaffen wir es vielleicht noch, bevor das Unwetter losbricht."

Der junge Krieger übernahm diesmal, mit Fulk an der Seite die Führung und folgte in raumgreifenden Schritten dem schmalen Pfad, der fast schnurgerade durch die Berge verlief.

„Paßt auf", rief Hraban den anderen zu, „diese Stelle ist gefährlich. Vielleicht ist es am besten, wenn ihr euch bei den Händen haltet." Die Strecke, die sie zu bewältigen hatten, wäre sicher keine unüberwindliche Schwierigkeit geworden, aber gerade als sich die kleine Gruppe in der Mitte befand, zum wirklich schlechtesten Zeitpunkt, brach das Unwetter los. Dicke Regentropfen klatschten auf die Erde, und schon bald verwandelte der mit Lehm durchsetzte Untergrund sich in eine schmierige Rutschbahn. Sie konnten weder vor noch zurück. Und die Felswände waren vom stetigen Wind glattpoliert, kein einziger Riß oder Spalt, um sich daran festzuhalten. Als das Maultier in Panik geriet, stieß es Bardulf gegen Geerdina, die wiederum Halt an Alissas Arm suchte. Mit aller Kraft stemmte sich König Grimbart gegen die anderen. Pola, die hinter ihm stand, versuchte zu helfen. Aber sie fand keinen Halt, statt dessen fiel sie der Länge nach in den Matsch.

„Hraban", schrie Grimbart aus Leibeskräften. „Hraban."

Doch der junge Krieger war zu weit entfernt. In diesem Moment krachte ein ohrenbetäubender Donner, und der Himmel öffnete endgültig seine Schleusen. Es wurde so dunkel, daß sie die anderen nur noch als grauen Schemen hinter einem Schleier aus Wasser erkennen konnten. Grimbart, der sich zwei Erwachsenen, einem Mädchen und einem Maultier entgegenstemmte, konnte nicht mehr gegenhalten. Wild mit den Armen rudernd fiel er den Hang hinunter. Laute, entsetzte Schreie hallten durch den Regen. Jeder kämpfte um sein eigenes Leben. Das Maultier stieß einen langgezogenen, angsterfüllten Schrei aus, rutschte über den glitschigen Boden und stürzte mit dem

Gepäck in die Schlucht.

Alissa kullerte den Pfad hinunter und prallte mit voller Wucht gegen etwas Schweres, aber Weiches. Es war Grimbart, der laut aufstöhnte. Sie sah jemanden auf sich zurutschen. Sofort legte sie die Arme um den Kopf und schmiegte sich ganz eng an den König. Nur einen Augenblick später schrie sie vor Schmerz laut auf, als sich Geerdinas Knie in ihren Rücken bohrte und ihr den Atem raubte.

Als sie langsam zur Besinnung kam, hörte der Regen so plötzlich auf, wie er angefangen hatte. Geerdina, ebenfalls noch benommen, rappelte sich hoch und blickte verstört um sich.

„Verdammt", murmelte sie. „Was war das denn?"

„Dämlichkeit", antwortete Grimbart, der sich hochstemmte. „Wir hätten bleiben sollen, wo wir waren. Ein bißchen Regen hätte uns schon nicht geschadet. Wo sind die anderen?"

Die Hüterin versuchte sich aufzurichten, was sich als schwieriges Unterfangen erwies. Sie entdeckte Hraban und zu ihrer großen Erleichterung Pola und Fulk, die bei ihm standen.

„Ist alles in Ordnung? Braucht ihr Hilfe?" rief der junge Krieger.

„Ist jemand von euch beiden so schwer verletzt, daß er den Rest des Weges nicht mehr allein schafft?"

Grimbart und Alissa verneinten.

„Es ist alles in Ordnung", gab Geerdina zurück. „Aber wo sind Bardulf und das Maultier?"

Hraban und Pola erbleichten.

„Hat jemand von euch Bardulf oder das Maultier gesehen?"

„Nein", antworteten Alissa und der König wie aus einem Mund.

Sie hörten ein dunkles verhaltenes Stöhnen. Grimbart war sofort auf den Beinen und lief den schlammigen Pfad hinauf. In der Mitte blieb er stehen und kroch auf allen vieren zum Rand. Kaum hatte er einen Blick in den Abgrund getan, brüllte er: „Wir brauchen ein starkes Seil. Sofort!"

„Aber wir haben keines", antwortete Geerdina. „Unser Gepäck war auf dem Rücken des Maultiers."

„Mist", fluchte Grimbart, und seine sonst so ruhigen Augen bewegten sich aufgeregt in den Höhlen. Bardulf hatte eine stark blutende Wunde am Kopf und nur dürres Gestrüpp gab seinen Händen Halt, einen lausigen Halt. Der König dachte fieberhaft nach. Sie brauchten unbedingt ein Seil. Und jede Sekunde zählte.

„Sag Hraban und Pola, sie sollen hochkommen, und zwar schnell. Wir müssen eine Kette bilden."

„Eine was?"

„Ich habe jetzt keine Zeit für lange Erklärungen. Wir müssen Bardulf retten. Er kann jeden Augenblick abstürzen."

Die Hüterin drehte sich um und winkte die beiden herauf. Alissa biß die Lippen aufeinander und verdrängte das schmerzhafte Ziehen im Rücken. Sicher habe ich einen riesigen blauen Fleck, dachte sie.

„Was habt Ihr vor, Grimbart?" fragte Geerdina, als sie neben ihm lag und auf Bardulf hinuntersah.

„Wir müssen eine Kette bilden und Bardulf hochziehen."

„Das ist Wahnsinn. Und wenn wir dabei alle in die Schlucht stürzen?"

„Dann macht einen besseren Vorschlag, Hüterin. Sollen wir hier sitzen und warten, bis er keine Kraft mehr hat? Das ist doch wohl nicht Euer Ernst?"

„Natürlich nicht", wehrte sie den Vorwurf ab. „Und wer soll derjenige sein, der ihm seinen Fuß entgegenstreckt?"

„Ich", mischte Alissa sich ein.

„Kommt überhaupt ..."

„Eine ausgezeichnete Idee", unterbrach Grimbart die Hüterin. „Sie hat, wie man mir erzählte, auf der Brücke bereits bewiesen, daß Höhe ihr nichts ausmacht. Pola wäre ungeeignet und Ihr seid zu schwer."

Die Hüterin seufzte und gab sich geschlagen.

Fünf Minuten später hatten Hraban, Pola und Fulk es geschafft. Keuchend standen sie bei den anderen und hörten sich an, was der König sich ausgedacht hatte. Blanke Angst stand in Polas Augen, als sie begriff, daß ihre Freundin sich in Lebensgefahr begeben wollte.

Grimbart suchte eine geeignete Stelle. Dann kniete Alissa sich hin und ließ sich langsam mit den Füßen über den Rand des Abgrunds gleiten. Pola wurde fast schlecht vor Angst. Am liebsten wollte sie schreien, hütete sich aber davor, um die anderen nicht aus der Ruhe zu bringen; soweit man überhaupt von Ruhe sprechen konnte.

Hraban griff Alissas Arme, während Grimbart und Geerdina seine Unterschenkel mit aller Kraft festhielten. Fulk hechelte und sprang aufgeregt hin und her.

„Laßt mich langsam ein Stück weiter runter", sagte Hraban. „Ja. Gut so. Nur noch etwas mehr, dann müßte Bardulf Alissas Fuß erreichen können.“ Der König und die Hüterin gaben ein Stück nach, und Geerdina schlug das Herz bis zum Hals, als sie für Augenblicke ins Rutschen kam. Dann spürte sie plötzlich eine ungeahnte Kraft in ihre Arme strömen. Wie ein Fels in der Brandung fühlte sie sich, und damit kam die Zuversicht, es wirklich schaffen zu können. Stück für Stück verschwand Hraban hinter dem Rand.

„Bardulf“, rief er. „Bardulf. Bist du wach?“

Ein leises Stöhnen war die Antwort.

„Alissa. Trett ihn.“

„Was?“

„Trett ihm mit deinem Fuß an den Kopf.“

„Aber er blutet.“

„Trett gegen die Wunde.“

„Aber ich kann ihm doch ...“

„Verdammt! Mach schon! Der Schmerz wird ihn zur Besinnung bringen. Grimbart und Geerdina können uns nicht ewig halten.“

Alissa traf mit der Spitze ihres Schuhs Bardulfs Kopf, genau dort, wo die Wunde klaffte. Sie zuckte zusammen, als sie den Zwerg berührte. Aber es tat seine Wirkung. Bardulf bewegte sich.

„Bardulf“, rief Hraban sofort. „Bardulf. Du mußt Alissas Fuß greifen! Sofort! Die anderen ziehen uns hoch. Aber halte dich gut fest, sonst stürzt du in den sicheren Tod.“

Der Zwerg packte so fest zu, daß das Mädchen vor Schreck und Schmerz laut aufschrie. Hraban spürte ein heftiges Ziehen im Rücken, doch er blieb ruhig.

„Hoch! Zieht uns hoch!“

Die Adern des Königs und der Hüterin schwollen an. Zentimeter um Zentimeter zogen sie das Gewicht höher. Als Hraban mit dem gesamten Oberkörper wieder über der Felskante lag, grub Fulk seine mächtigen Zähne vorsichtig in dessen Hosenbund und zog mit aller Kraft. Jetzt ging es besser, und schon bald tauchte Alissa und schließlich Bardulf auf. Pola sprang sofort zu ihm und hielt seinen Kopf. Blut klebte an ihren Armen. Aber das war ihr gleichgültig. Sie war einfach überglücklich, daß alle außer dem Maultier mit dem Leben davongekommen waren. Der größte Teil des Blutes war schon geronnen

Die anderen lagen keuchend und nach Luft ringend dicht beieinander.

Als sie allmählich zur Ruhe kamen, brach Grimbart in schallendes

Gelächter aus. Wie ein grollendes Dröhnen hallte es von den Felswänden wider und steckte die anderen an. Hraban, Geerdina, Pola, Alissa; alle stimmten in das Lachen ein, und es war der beste Weg, um die innere Anspannung zu lösen. Sie hatten es geschafft. Sie hatten nicht nur überlebt. Nein. Sie hatten zusammengehalten und etwas fast Übermenschliches gemeinsam geschafft. In diesem Moment verschmolzen sie zu einer Einheit. Sie waren auf Gedeih und Verderb aufeinander angewiesen, um den Kampf gegen das Schattenwesen zu gewinnen und um das Feuer des Lebens zu finden. In diesem Augenblick begriffen alle, daß sie zu vielem fähig waren.

König Grimbart bat Hraban, ihm zu helfen, Bardulf den Pfad hinunterzutragen, um ihn dann untersuchen und versorgen zu können. Geerdina und die Mädchen beauftragte er, in die Schlucht hinunterzusteigen und alles, was von ihrem Gepäck und den Vorräten brauchbar war, zu holen.

Als die drei bei dem Maultier ankamen, bot sich ihnen ein Bild des Schreckens. Der Schädel des Tieres war auf dem felsigen Grund zerschmettert und die Beine standen grotesk ab.

„Gott sei Dank hat das arme Tier nicht gelitten", sagte Geerdina. „Es muß auf der Stelle tot gewesen sein."

Alissa konnte nicht mehr an sich halten und würgte. Die Ledersäcke mit den Vorräten waren bei dem Aufprall geplatzt, und Blechdosen lagen verstreut in der Gegend. Wie gut, dachte Geerdina, daß Zwerge so sorgfältig bei der Verarbeitung ihrer Behältnisse sind, als sie die Dosen aufsammelte und dabei feststellte, daß fast alle noch heil waren.

Die Frau und die beiden Mädchen packten so viel zusammen, wie sie tragen konnten, und machten sich dann auf den Rückweg.

Als sie mit dem König und Hraban zusammentrafen, war bereits ein Baumwolltuch um Bardulfs Kopf gewickelt, und alle seine Wunden waren fachmännisch versorgt worden. Zu ihrem großen Glück hatten alle anderen nur Hautabschürfungen und Prellungen abbekommen.

Als sie mit den Untersuchungen fertig waren, stand die Sonne bereits im Zenit und leuchtete an dem nun wieder strahlendblauen Himmel. Einen Moment konnte Pola sich des Eindrucks nicht erwehren, als verhöhne die Sonne sie. Dann schmunzelte sie über diesen dummen Gedanken.

Ich bin stolz auf uns", sagte der König. „Auf jeden einzelnen. Wir haben natürlich auch Glück gehabt und sollten uns nicht zu sehr darauf verlassen, daß es uns treu bleibt", betonte er. „Aber trotz allem ist es ein Schrecken mit Ende, und das ist allemale besser als ein Schrecken ohne Ende."

Er schmunzelte, und in diesem Augenblick wäre Alissa am liebsten zu ihm gegangen und hätte ihm einen Kuß auf die Wange gedrückt. Aber sie traute sich nicht.

Sidhara

Spät in der Nacht wachte Agomar auf und lauschte. Er war sicher, etwas gehört zu haben; ein leises Rascheln oder den Flügelschlag eines jagenden Raubvogels. Andererseits - Angst schnürte ihm die Kehle zu - konnte es genausogut das Schattenwesen sein. Er glaubte nicht, daß es vom Einhorn zum Kampf herausgefordert und besiegt worden war. Eilig tastete er nach seinem Stab, nahm ihn in beide Hände und legte ihn in seinen Schoß. Mit gekreuzten Beinen spürte er das Blut in seinen Adern und das schnelle Schlagen seines Herzens in der Brust. Je länger er so dasaß, desto feiner und klarer wurde seine Wahrnehmung. Ihm war, als würden nicht nur seine Ohren, sondern sein ganzer Körper wie gebannt in die Stille lauschen. Er hörte eine Maus, die im Laub scharrte, auf der Suche nach Insekten und Würmern. Er vernahm den Wind, der seicht durch die Kronen der Bäume strich. Doch da war noch etwas, so leise, daß er nicht wußte, ob er es wirklich hörte oder seine Aufmerksamkeit ihm etwas vorgaukelte.

Mehrere Minuten verstrichen, während sich seine Angst seltsamerweise legte. Er spürte eine tiefe Gewißheit, daß dort nicht das unheimliche Wesen lauerte. Aber etwas oder jemand war in seiner Nähe. Als seine Geduld ihre Grenze erreichte, fragte er: „Wer ist da?“

Doch niemand antwortete.

„Wer auch immer du bist. Halte mich nicht länger zum Narren. Also sprich! Wer bist du?“

Und dann umschmeichelte ihn die schönste Stimme, die er jemals in seinem Leben vernommen hatte. Wie das helle heitere Plätschern eines Baches, wie der Gesang einer Nachtigall, die ihr hingebungsvolles Lied in die Dunkelheit hinaustragen läßt.

„Sidhara ist mein Name“, sagte sie. „Ich entstamme dem Volk der

Waldelben. Meine Heimat ist das Tal des Illuhin. Aber nun sag mir, wer bist du?“

„Für die einen“, antwortete der Zauberer, und er hatte den Eindruck, seine Stimme höre sich stumpf, ja grobschlächtig an, „bin ich Zachäus Zauberhand. Für die, die mir nahestehen, habe ich einen anderen Namen. Agomar.“

Für einen Augenblick fragte der Zauberer sich, weshalb er so freimütig seinen wirklichen Namen mitteilte. Es war wohl die Stimme des fremden Wesens. Sie weckte Vertrauen und das Gefühl, die Wahrheit sagen zu müssen oder lieber zu schweigen. Einer aus dem geheimnisvollen Volk war er. Ein Elb. Sie waren die Ältesten, und niemals hatte er einen zu Gesicht bekommen im Laufe seines langen Lebens. Und jetzt sitze ich hier, dachte Agomar und bin blind. Wie viele Lieder hatte er gehört, die ihre Schönheit besangen und ihre Anmut verehrten. Aber seit über einem Jahrhundert waren sie aus der Welt verschwunden und viele waren gar der Ansicht, es gebe sie nicht mehr. Was hatte den Elben bewogen, aus dem Dunkel der Vergangenheit in das Licht der Gegenwart zu treten?

„Eine geheimnisvolle innere Stimme“, sagte der Elb, „die so machtvoll war, daß ich mich ihrer Forderung, an diesen Ort zu kommen, nicht entziehen konnte.“

Er liest meine Gedanken, dachte Agomar.

„Nur, wenn sie dir im Gesicht abzulesen sind. Aber nun sprich. Was ist dein Rang? Was ist deine Bestimmung?“

„Ich bin der letzte Zauberer einer sehr langen Linie“, antwortete Agomar bereitwillig. „Ich bin nicht der letzte in dieser Welt, aber der letzte aus einer jahrtausendealten Überlieferung.“

Dann schwieg er, so als habe er bereits alles Wichtige mitgeteilt.

„Sprich weiter“, bat ihn Sidhara. „Was denkst du? Weshalb wollen die Mächte des Schicksals, daß unsere Pfade sich kreuzen?“

„Ich habe nur eine Erklärung. Das schwarze Einhorn ist zurückgekehrt und mit ihm ein Schattenwesen. Vielleicht das gefährlichste, das jemals durch den Spalt der Welten gekommen ist. Erst gestern habe ich mit ihm gekämpft und wäre hoffnungslos unterlegen, wenn das Einhorn mir nicht beigestanden hätte.“

„Das schwarze Einhorn.“

Verwunderung lag in der Stimme des Elben. „Darum also.“

Der Zauberer wartete gespannt darauf, was nun folgen würde. Aber kein weiteres Wort kam über Sidharas Lippen.

„Was bedeutet ‚Darum also'?" fragte Agomar neugierig geworden.

„Seit einigen Wochen wird mein Volk von einer seltsamen, beängstigenden Unruhe heimgesucht. Wie unsichtbare Wellen eines Meeres gleitet sie über unsere Wälder hinweg und läßt eine fieberhafte Aufregung in den Herzen aller zurück. Wir vermuteten bereits, daß ein großes Ereignis sich ankündigt, aber worum es wirklich ging, war uns ein Rätsel. Nun fügen sich die Dinge ineinander. Das schwarze Einhorn war von jeher ein Bote des Wandels. Wir werden sehen, wozu wir diesmal herausgefordert werden. Und ein Schattenwesen. Das gefährlichste, das jemals hierhergekommen ist, wie du behauptest."

„So ist es. Mir hat es bereits sein Gift in die Adern gespritzt. Seit gestern kann ich nichts mehr sehen. Ich bin blind."

Lange sprach niemand ein Wort.

„Reich mir deine Hand, Zauberer. Ich werde dich führen."

„Wohin?"

„In das Tal des Illuhin. In das Reich der Waldelben. Große Heiler und Heilerinnen leben in unseren Reihen, und jemand unter ihnen wird wissen, was zu tun ist. Ich kenne mich ein wenig mit Kräutern aus und werde dich unterwegs versorgen."

„Ich danke dir, Sidhara", antwortete Agomar. „Aber ich kann nicht mit dir gehen. Meine Freunde sind vorausgeeilt. Sie sind unterwegs zu Grimbart, dem König der Zwerge. Ich muß sie einholen."

„Und wie willst du das schaffen, ohne dein Augenlicht?"

„Du könntest mich dorthin begleiten."

„Du kannst vieles von mir verlangen, Zauberer. Aber damit verlangst du Unmögliches. Seit über einem Jahrhundert gehen Elben und Zwerge sich aus dem Weg, und das ist auch gut so. Die alte Feindschaft ist in den vergangenen Jahren begraben worden und soll auch nicht heraufbeschworen werden. Unsere Völker sollten auch weiterhin Begegnungen vermeiden. Nein! Dorthin werde ich dich nicht begleiten können. So leid es mir tut, Zauberer."

Agomar senkte den Kopf und versuchte eine Lösung für diese unerwartete Schwierigkeit zu finden. Die alte Feindschaft zwischen Elben und Zwergen hatte er nicht bedacht. Wahrscheinlich konnte sich niemand daran erinnern, worauf sie eigentlich beruhte.

„Einverstanden", seufzte er schließlich. „Ich werde mit dir gehen und mich in mein Schicksal fügen. Ohne dich sehe ich keine Möglichkeit, die anderen einzuholen. Vielleicht rechnen sie sogar damit, daß ich längst tot bin, in Stücke gerissen von den Klauen des Schattenwesens.“ Agomar streckte den rechten Arm aus und ließ sich von dem Elben aufhelfen. Hand in Hand machten sie sich auf den Weg. Die Berührung mit einem aus dem Volk der Ältesten ließ ein sanftes, wohliges Gefühl durch Agomars Herz strömen und verscheuchte die dunklen Gedanken und Befürchtungen.

„Wie lange werden wir brauchen?“ fragte er.

„Sieben Tage, wenn wir nicht aufgehalten werden.“

„Sieben Tage. Hoffentlich ist dann nicht alles zu spät.“

„Sprich“, forderte Sidhara ihn auf. „Ich weiß, daß es Dinge gibt, die du mir verschwiegen hast. Aber die Umstände verlangen Offenheit.“

„Ich kann nichts sehen und du erwartest Vertrauen?“

Sidhara lachte glockenhell.

„Wenn du einem Elben nicht vertraust, wem dann?“

„Gut gesprochen, Sidhara“, antwortete Agomar und sprach den Elben damit zum ersten Mal mit seinem Namen an. „Wenn nicht dir, wem dann?“ Einen Moment blieb es still. Dann fuhr er fort: „Zwei Menschenkinder sind in unsere Welt gekommen und eines von ihnen, Pola mit Namen, ist mit dem Vogel der Unsterblichkeit in Verbindung getreten. Der Phönix liegt im Sterben. Seine Kraft schwindet mit jeder Minute, und du weißt, was es bedeutet, wenn er nicht gerettet werden kann.“

„Ja, ich weiß“, bestätigte Sidhara.

„Wir alle werden sehr schnell altern, und niemals wieder wird einer unter uns sein, der auf Jahrhunderte an Lebenserfahrung zurückblicken kann. Wir werden nicht älter als die Menschen, deren Lebensspanne nur sehr selten auch nur ein einziges Jahrhundert erreicht. Und wer weiß, ob nicht noch Schlimmeres geschieht.“

„Was können wir tun?“ fragte der Elb.

„Ich und die anderen aus meiner Gruppe waren auf dem Weg zu Grimbart, wie ich vorhin erwähnte. Er ist meines Wissens der einzige, der uns etwas über das Feuer des Lebens sagen kann.“

„Das Feuer des Lebens? Was hat es damit auf sich?“

„Das Mädchen hat uns gesagt, der Phönix habe sie beauftragt, das Feuer des Lebens zu finden. Nur dieses Feuer könne seine Lebenskraft erneuern.“

Sidhara blieb stehen. Es dauerte eine ganze Weile, bis seine schöne

Stimme erklang: „Wir werden die Ältesten unter meinem Volk um Rat bitten. Zwar habe ich noch niemals einen unter ihnen vom Feuer des Lebens sprechen hören, aber manches ist gewiß im Laufe der Zeit in Vergessenheit geraten oder absichtlich verschwiegen worden. Viele von meinen Brüdern und Schwestern wollen nicht gern an die Ereignisse erinnert werden, die zu einem Bruch zwischen den Völkern geführt haben. Vielleicht", mutmaßte der Elb, „ist nun die Zeit für einen Neubeginn. Die Zeichen sprechen eindeutig dafür. Mögen die Mächte des Schicksals uns wohlgesonnen sein."

Die nächsten Stunden gingen sie schweigend nebeneinander her.

Agomar begann sich langsam an den neuen Zustand zu gewöhnen. Nicht daß er auch nur einen Moment daran dachte, sich damit abzufinden. Das würde er niemals. Aber da er im Augenblick nichts dagegen unternehmen konnte, entwickelte er eine Art Übereinkunft mit seiner Blindheit. Statt sich dagegen zu wehren und düsteren, beklemmenden Gedanken nachzuhängen, versuchte er herauszufinden welche Vorteile dieser Zustand möglicherweise mit sich brachte. Wenn er eines in den langen Jahren seiner Lehrzeit begriffen hatte, dann, daß jede neue Erfahrung mindestens zwei Seiten hatte, und er war nicht bereit, sich der selbstzerstörerischen hinzugeben.

Als der neue Morgen anbrach und die ersten wärmenden Strahlen der Sonne über den Horizont glitten, blieb er plötzlich stehen und genoß die Feinfühligkeit seiner Haut, die ihm den Eindruck vermittelte, als lechze sie förmlich nach dem Licht des neuen Tages.

„Möchtest du für eine Weile ruhen?" fragte Sidhara.

„Nein." Der Zauberer lächelte. „Es geht mir gut. Es ist nur, daß ich mich mit meinem neuen Zustand anzufreunden beginne und erstaunt feststelle, wie sehr all meine anderen Sinne sich entfalten, wenn der Blick in die äußere Welt verschlossen ist. Sehr seltsam und ungewohnt, aber auch sehr fesselnd."

Der Elb sah ihn an, sagte aber nichts. Dann wandte er sich um. Mit einer leichten Bewegung schob er sich eine Strähne seines langen silbergrauen Haares aus dem Gesicht. Die feingeschwungenen, ein wenig schrägstehenden grünen Augen musterten die weite Ebene die sich vor ihnen erstreckte. Mindestens zwei Tage würden sie dafür benötigen. Sollte das Schattenwesen nach wie vor auf der Fährte des Zauberers sein, hatten sie hier denkbar schlechte Möglichkeiten, sich zu verbergen. Andererseits vermutete Sidhara, daß dieses Wesen sich-

TURK'99

erlich viel zu schlau war, um durch ein Täuschungsmanöver in die Irre geführt zu werden. Zwar war er noch niemals einer solchen Gestalt begegnet, aber aus den Beschreibungen und den Geschichten seines Volkes konnte er sich ein Bild machen.

„Willst du meine Hand, Agomar?“

„Nein. Ich werde mich ab jetzt ganz auf mein Gehör verlassen.“

„Gut. Wie steht es um deine Kraft?“

„Ausgezeichnet. Das Gift scheint nur auf mein Augenlicht einzuwirken. Ansonsten fühle ich mich bereit, dir zu folgen. Wir können auch ein schnelleres Tempo einschlagen. Sollte ich ermüden, melde ich mich.“

„Du bist ein erstaunlicher Mann“, antwortete Sidhara anerkennend. „Sind alle Zauberer so?“

Agomar lachte verhalten.

„Das kann ich dir nicht sagen. Die anderen noch lebenden Zauberer entstammen Überlieferungslinien, die in vielem auf sehr unterschiedlichen Glaubensrichtungen aufgebaut sind und die sich manchmal sogar unversöhnlich gegenüberstehen. Außerdem haben wir seit langer Zeit keine Verbindung mehr untereinander. Früher gab es regelmäßige Treffen, um Erfahrungen und Ansichten auszutauschen. Aber die Zeit-en haben sich sehr geändert, und nicht gerade zum Vorteil für uns. Heute, so scheint mir, kocht jeder sein eigenes Süppchen, und die meisten schmecken fade.“

„Du scheinst nicht viel von deinem Berufsstand zu halten.“

„O nein. So kann man das nicht sagen“, wehrte Agomar ab. „Ich halte nur nichts davon, wenn Zauberei sich auf lächerlichen Hokuspokus, Erzeugung falscher Wirklichkeiten oder plumpe Gaukelei beschränkt. Zauberei ist für mich die hohe Kunst der Alchimie. Ein Zauberer muß durchdrungen sein von Wißbegier, von dem Wunsch, die Geheimnisse des Lebens zu enträtseln, und dabei mit der Gewißheit fertig werden, daß ihm dies niemals gänzlich gelingen wird.“

„Ein hoher Anspruch an sich selbst, Agomar.“

„Natürlich. Aber warum sollte man sich mit etwas Geringerem zufriedengeben?“

„Wohl wahr“, lachte der Elb. „Du sprichst mir aus der Seele.“

„Dachte ich es mir doch. Wenn ein Elb das nicht versteht, wer dann?“

Sie lachten beide, und in diesem Moment entwickelte sich das erste zarte Band der Freundschaft zwischen ihnen.

Den Rest des Tages liefen sie durch hohes Gras. Rechterhand lagen die Ausläufer des Gebirges, in dem Grimbarts Volk seinen Wohnsitz hatte. Sie hielten sich links davon. Agomar vermutete, um einer Begegnung mit Zwergen aus dem Weg zu gehen. Er bedauerte das, denn er hätte gern erfahren, ob es Geerdina und den Menschenkindern gutging. Aber ihm war nicht danach zumute, seine Kraft durch unnötige Grübeleien und Sorgen zu vergeuden. Das nutzte niemandem.

Sie kamen schneller voran, als Sidhara erwartet hatte, und bereits am Abend stießen sie auf einen schmalen Flußlauf.

„Dies ist ein guter Lagerplatz, Agomar. Ich werde Feuerholz sammeln und uns etwas Eßbares zubereiten. Warte hier. Ich bin gleich zurück."

Der Zauberer bewegte sich nicht und lauschte den kaum hörbaren Schritten des Elben im Gras. Er beugte sich hinab, legte den Stab beiseite und hockte sich im Schneidersitz auf den Boden. Ein seichter Wind berührte sein Gesicht, und fast glaubte er etwas Lebendiges wahrzunehmen. So, als sei der Wind ein Wesen mit Seele, mit Absichten und Wünschen, genau wie er selbst. Aber dieser Gedanke schien ihm zu abwegig. Der Wind war ein Element wie Feuer und Wasser, aber nichts, das einen eigenen Willen hatte. Er schmunzelte über seine Torheit. Und doch, hinter seiner Vernunft nagte Zweifel.

Augenblicke später hörte Agomar Schritte und erkannte den katzengewandten Gang des Elben sofort. Mit Stolz und Genugtuung nahm er die erneute Steigerung seines Gehörsinns zur Kenntnis. Für eine Weile schwelgte er sogar in dem Gefühl, daß ihm sein eigentlich schreckenerregender Zustand neue aufregende Pforten der Wahrnehmung öffnete.

Als schließlich ein Feuer prasselte und behagliche Wärme verbreitete, fanden die beiden äußerlich so ungleichen Wanderer Zeit zu einem langen Gespräch. Sidhara war zur Freude und Überraschung des Zauberers sehr mitteilsam, und so erfuhr er manches über die Elbenvölker und warum sie sich zurückgezogen hatten. Es war keineswegs nur die Feindschaft mit den Zwergen. Es war ebensosehr die Überzeugung, daß vor allem die Menschen, die in längst vergangenen Zeiten einen regen Austausch mit ihnen gepflegt hatten, sich von ihnen abwandten und sie schließlich vergaßen oder jemanden, der behauptete, in Verbindung mit dem Elbenreich zu stehen, als geistig verwirrt bezeichneten. Wo früher das Magische, Geheimnisvolle vorrangig war, herrschten nun mehr und mehr die Vernunft und die abwägende Nüchternheit. Die seelischen Wunden, die dabei unweigerlich geschlagen wurden, vernarbten nur langsam. Um sich vor diesem gefährlichen Einfluß zu schützen, waren die Elben die ersten, die dazu aufriefen, den Spalt zwischen den Welten zu schließen. Es gab hitzige Auseinandersetzungen zwischen den Völkern der magischen Welt, welcher Weg der richtige sei, und es wäre vielleicht niemals zu einer Entscheidung gekommen, wenn zu jener Zeit nicht das erste Schattenwesen seine klauenbewehrten Pranken in ihr Reich gesetzt hätte. Um nicht unterzugehen, mußten die verschiedenen Völker sich zusammenschließen. Aber auch der Sieg über das dunkle Wesen konnte die alten Zustände nicht wiederherstellen. Aber immerhin war jetzt allen klar, daß der Spalt versiegelt werden mußte, wollte man weitere Zusammenstöße vermeiden.

So wurden die Welten, die einstmals eine Einheit bildeten, bis zum heutigen Tage voneinander getrennt. Nur wenigen, und das unter äußerst schwierigen Umständen, gelang es, von der einen in die andere hinüberzuwechseln. Und schließlich, als es niemanden mehr gab, dem der Wechsel zwischen den Welten Vorteile brachte, wurde es aufgegeben. Daß nun zwei Menschenkinder diese Regel durchbrochen hatten, konnte vieles bedeuten, und keineswegs nur Gutes.

„Nun kann ich es endlich jemandem sagen“, beendete Sidhara seine lange Erzählung.

„Was meinst du?“ fragte Agomar, als der Elb nicht fortfuhr.

„Seit annähernd zwanzig Tagen ist mir, als schwebe eine finstere niederdrückende Ahnung über meinem Haupt, wie das flammende Schwert einer bösen Macht. Eine Weile versuchte ich es mit der Unruhe zu erklären, die mein Volk ergriffen hat. Aber in zahllosen Gesprächen stellte ich bald fest, daß meine Empfindungen anders geartet waren als die meiner Mitschwestern und -brüder. Und genau vor zehn Tagen drängte mich dann eine Stimme, zu diesem Ort zu gehen. Du kannst dir sicher vorstellen, Agomar, wie tief der Schreck saß, den ich erlebte. Ich, Sidhara, sollte seit über einem Jahrhundert der erste sein, der die Sicherheit unserer Wälder verließ, um sich in die Nähe des Zwergenvolkes zu begeben.“ Der Elb beugte sich vor und legte neues Holz auf die heruntergebrannte Glut. Sofort züngelten kleine Flammen daran hoch. „Hätte die Stimme mir wenigstens einen Anhaltspunkt gegeben, einen Hinweis darauf, warum ich ihrem Ruf folgen sollte. Aber nichts. Sie forderte mich auf und verschwand. Doch jedesmal, wenn ich ihre Forderung nicht mehr beachtete, war sie augenblicklich da und bearbeitete mich rücksichtslos.

Mehrere Nächte habe ich kein Auge zugetan und mich wie unter einer schweren Krankheit hin und hergewälzt, bis ich meinen Widerstand aufgab und ihrem Drängen folgte. Die meisten aus meinem Volk haben mich für verrückt erklärt und erwarten nicht, daß ich heimkehre."

„Nun", entgegnete der Zauberer gelassen, „dann werden sie wohl eines Besseren belehrt werden."

„Noch sind wir nicht da. Erst in knapp fünf Tagen werden wir Gewißheit haben."

„Zweifelst du daran?"

„Ja. Und du solltest es auch, Agomar. Vergiß das Schattenwesen nicht. Es ist mächtig, gerissen und klug, und soweit die Berichte meines Volkes stimmen, von geradezu unglaublicher Wandlungsfähigkeit. Wir müssen wach sein, Zauberer. Hellwach. Sonst könnte es sein, daß wir bald tot sind. Aber etwas anderes. Wer, denkst du, ist diese geheimnisvolle Stimme? Wessen Ruf bin ich gefolgt?"

„Ich weiß es nicht, Sidhara", antwortete der Zauberer. „Vielleicht ist es der Ruf des Einhorns. Aber sicher bin ich mir nicht."

Am frühen Nachmittag des folgenden Tages erreichten sie das Ende der weiten Ebene, die hier in ein sanft geschwungenes Hügelland überging. Hin und wieder stießen sie auf große steinerne Gehöfte, die sich kaum sichtbar hinter kleinen Waldgebieten verbargen oder in schmale Täler schmiegten. Die Wesen, die hier lebten, eine Mischrasse aus Zwergen, kleineren Gnomen und Bardoks, eine den Trollen verwandte Art, schienen lieber unter sich zu sein. Was den beiden Wanderen nur lieb war. So kamen sie weiterhin gut voran. In manchen Gegenden des Reiches wurde von Fremden Wegzoll erhoben, aber hier wurde augenscheinlich nicht darauf geachtet, wer durch das Land zog. Hauptsache, er verschwand genauso schnell, wie er gekommen war.

Als die Schatten langsam länger wurden und Sidhara sich Gedanken darüber machte, wo sie während der Nacht rasten sollten, blieb er plötzlich stehen. Sie gingen gerade auf ein kleines Wäldchen zu, als rechts von ihnen eine in Lumpen gehüllte Gestalt aus dem Unterholz hervortrat und zu Boden stürzte. Mit großen Sprüngen eilte der Elb hinüber und drehte die Gestalt vorsichtig auf den Rücken. Unter dem verkrusteten Dreck glaubte er das verhärmte, ausgezerrte Gesicht einer alten Bardokfrau zu erkennen. Aber wirklich sicher sein konnte er erst, wenn er es vom Schmutz gereinigt haben würde.

Agomar, der den raschen Schritten des Elben gelauscht hatte, stand noch immer an derselben Stelle. Den Stab fest in der Hand, starrte er mit seinen blinden Augen zum Waldrand. Jede Faser seines Körpers wirkte angespannt, als drohe von dort eine Gefahr. Doch als sich nichts zu regen begann, entspannte er sich, tat es als Sinnestäuschung ab und folgte Sidhara. Obwohl der Zauberer noch einige Meter entfernt war, spürte er die Anwesenheit des Elben und von noch jemandem. Ein kaltes Prickeln lief ihm die Wirbelsäule entlang, und für einen Moment wurde seine Wahrnehmung von giftgrüner Farbe überschwemmt.

„Was ist, Sidhara? Wer ist bei dir?“

„Eine alte Bardokfrau. Sie sieht furchtbar aus. Kannst du mir helfen, sie zu tragen?“

„Laß es uns versuchen.“

Sie legten die alte Frau behutsam ins weiche Laub, neben einen Bach und Sidhara machte sich augenblicklich daran, mit den Händen Wasser zu schöpfen. Die Frau stöhnte kurz auf, als einige Tropfen ihr in die Augen liefen. Mit liebevoller Geduld wusch der Elb Schicht um Schicht des schmierigen Breis ab. Er riß ein Stück Stoff ihres Rockes ab und rieb damit die letzten Dreckreste von ihrer faltigen, pockennarbigen Haut.

„Ich werde Pflanzen sammeln, um etwas Kräftiges, Nahrhaftes zubereiten zu können“, wandte er sich an Agomar. „Kommst du allein zurecht?“

„Ich bin kein kleines Kind mehr“, beschwerte sich der Zauberer und fuhr dann milder gestimmt fort: „Aber es wäre mir schon recht, wenn du dich beeilst. Vorhin ...“ Er stockte. „Ach was. Beeil dich einfach. Ich werde mich meiner Haut schon zu wehren wissen, falls sie auf die Idee kommen sollte, über mich herzufallen.“

„Gut. Ich bin gleich wieder da.“

Doch das war ein Versprechen, das der Elb nicht einhalten konnte. Es dauerte über eine Stunde, bis er auftauchte.

„Wo hast du denn so lange gesteckt?“ fragte Agomar.

„Ich mußte quer durch den Wald, bis an seine östlichen Ausläufer, um zu finden, wonach ich suchte.“

„Und wonach hast du gesucht?“

„Danach.“

Sidhara beugte sich vor und hielt Agomar ein Bündel Pflanzen mit kleinen, weißen, sternförmigen Blüten unter die Nase. Der Duft war wohltuend, ja berauschend, und fast augenblicklich durchströmte den Zauberer ein beglückendes Gefühl.

„Was ist das?“

„Lysianne wird sie bei den meisten Völkern geheißen. Bei uns nennt man sie Iseleria, Botin des Frühlingslichts. Ihre Heilkraft ist unübertroffen. Und was ihren Duft betrifft. Nun, du hast es gerade selbst erfahren.“

„O ja“, schwelgte der Zauberer. „Niemals habe ich Vergleichbares gerochen.“

„Und wirst es auch nicht. Sie ist die uneingeschränkte Königin im Reich der Düfte.“

Ein leises Stöhnen unterbrach ihr Gespräch, und Agomar hatte ein schlechtes Gewissen, daß er Sidhara so lange davon abgehalten hatte, die Frau zu versorgen.

Der Elb hielt nun ihr das Pflanzenbündel unter die Nase, und nach einer Weile schlug sie tatsächlich die Augen auf.

„Wo ... wo bin ich“, stammelte sie und blickte Sidhara entgeistert an.

„In guten Händen. Niemand will dir etwas tun. Was ist geschehen? Bist du verletzt?“

„Ich weiß nicht. Ich kann mich an nichts erinnern.“

Agomar, dessen Aufmerksamkeit ganz auf die Stimme der Bardokfrau gerichtet war, spürte erneut das kalte Prickeln entlang der Wirbelsäule, und ein tiefes Mißtrauen erfaßte ihn. Irgend etwas stimmte nicht. Aber was? Sidhara schien ganz ruhig zu sein und keine Zweifel oder gar Mißtrauen zu haben. Du benimmst dich wie ein alter Tor, schalt der Zauberer sich, und siehst langsam überall nur noch Gespenster. Soweit man hier von sehen sprechen kann, dachte er ärgerlich.

Eine halbe Stunde später zog der köstliche Duft einer aus verschiedenen Kräutern und Wurzelknollen zubereiteten Mahlzeit durch die laue Abendluft. Es dämmerte bereits. Die Sonne stand als glühendroter Ball am Horizont und sie begann langsam mit den weichen Linien der Erde zu verschmelzen.

Sidhara holte einen hölzernen Löffel aus dem Beutel des Zauberers und reichte ihn der Frau, die herzhaft zulangte. Der Elb beobachtete sie eine Weile und stellte zu seiner Überraschung fest, daß es ein leichtes für ihn war, diese fremdartige Gestalt neben sich zu dulden. Vielleicht war er doch ein wenig aus der Art geschlagen, wie viele seiner Mitschwestern und -brüder behaupteten. Er betrachtete ihren wuchtigen, kantigen Schädel mit dem fast pelzartigen Haarschopf und die starke Armbehaarung. An Größe mochten sie ungefähr gleich sein, aber ihre Gliedmaßen waren stämmiger, knorrig wie bei einem alten Baum. Die runden hellgrauen Augen lagen tief in den Höhlen und blickten ohne eine Regung auf die dampfende Suppenschale. Für einen kurzen Moment glaubte Sidhara darin eine eisige Kälte zu erkennen und verwarf diese Mutmaßung sofort. War es schon so weit gekommen, daß jedes fremde Wesen finstere Gedanken weckte? Nein, dachte er, ich bin nicht bereit, dieses würdelose Spiel mitzumachen.

„Bist du satt?“ fragte er die Frau, als sie den Löffel beiseite legte. Sie nickte, sagte aber kein Wort und sah ihm auch nicht in die Augen. Sidhara nahm den Löffel, reinigte ihn und reichte ihn an den Zauberer weiter. Dann füllte er aus dem kleinen Blechtopf frische Suppe in die Schale. Agomar bedankte sich und schlürfte vorsichtig das heiße Essen.

„Woher kommst du, Frau? Wer oder was hat dich so zugerichtet? Bist du überfallen worden?“

Sie nickte erneut und brummelte etwas Unverständliches.

„Bardokmann“, sagte sie kurz darauf.

„Hat dein eigener Mann dich geschlagen?“ fragte Sidhara ungläubig. Für einen Elben war dieser Gedanke einfach unvorstellbar.

„Mit Stock und Peitsche.“

Für einen Moment fehlten Sidhara die Worte.

„Hat er dich schwer verletzt?“

„Nicht gefährlich“, antwortete sie. „Nur Schmerzen.“

„Wo?“

„Hier.“ Sie zeigte auf den Rücken. „Heilt bald.“

Sie hob den Kopf und sah ihn fast ängstlich aus den Augenwinkeln an. „Du ein Elb?“

„Ja“, bestätigte Sidhara. „Ich gehöre zum Volk der Waldelben.“

„Ich gelernt, Elben tot, verschwunden. Viele sagen, Glückliches Volk nie wiederkommen und auch am besten so."

„Das kann ich mir denken. Wir Elben waren euch immer zu mächtig. Es ist euch niemals gelungen, uns zu unterjochen, obwohl es an Versuchen wahrlich nicht gemangelt hat."

„Ich nicht verstehen."

Sidhara musterte sie zweifelnd. „Nun", sagte er dann, „vielleicht stimmt das. Immerhin ist über ein Jahrhundert seitdem vergangen."

„Wer ist anderer Mann?" Sie warf einen Blick zu Agomar hinüber.

„Ein Freund, der sein Augenlicht verloren hat."

„Wie verloren?" fragte sie neugierig geworden.

„Das ist eine lange Geschichte", entgegnete der Elb, „und für heute reicht es mir. Ich werde noch etwas essen und dann schlafen. Morgen ist auch noch ein Tag."

Es war schon spät und Agomar lag noch immer wach und starrte mit bleichen Augen in den sternenübersäten Himmel, dessen funkelnde Schönheit er wahrscheinlich nie wieder würde bewundern können. Unbeantwortete Fragen nahmen ihn gefangen. Eine Weile hatte er den regelmäßigen Atemzügen von Sidhara und der Bardokfrau gelauscht, in der Hoffnung, einschlafen zu können. Kurzfristig hatte er sogar Schafe vor seinem inneren Auge gezählt, aber was er auch versuchte, es nutzte nichts. Sein Körper war erschöpft und benötigte dringend eine Erholung, aber sein Geist nahm keine Rücksicht darauf. Eine beunruhigende Klarheit erfaßte ihn, und für winzige Augenblicke hatte der Zauberer den trügerischen Eindruck, als sehe er, was in der Außenwelt vor sich ging. Da das aber unmöglich war, machte er sich ernsthaft Sorgen, langsam, aber sicher verrückt zu werden. Jetzt hast du so lange Jahre der Lehrzeit hinter dir und bist noch nicht einmal in der Lage, deine Gefühle zu beherrschen. Ständig schwankst du zwischen Hoffen und Bangen, und das, obwohl du nicht einmal weißt, ob die Welt morgen überhaupt noch bestehen wird. Tief in seinem Innern hätte er untrüglich gewußt, wenn das Schattenwesen vom Einhorn vernichtet worden wäre, da war er sicher. Da er nichts dergleichen spürte, beschäftigte ihn nun die Frage, was aus ihm geworden war und wie viele Wesen es bereits in seinen tödlichen Bann gezogen hatte. Keinesfalls würde er den Fehler begehen, die dunkle Macht zu unterschätzen. Schon einmal hatten die Wesen dieser Welt ihre Sorglosigkeit und – es fiel ihm schwer, das zuzugeben – ihre Überheblichkeit beinahe mit ihrer völligen Ausrottung bezahlt. Nur in letzter Minute hatten sie ihren Untergang abwenden können. Diesmal wollte er dafür sorgen, daß es nicht soweit kam. Aber, gestand er sich ein, die Bedingungen in der Gegenwart waren im Vergleich zur Vergangenheit eher schlechter als besser. Damals standen die Völker wenigstens noch in Verbindung. Heute scherten sie sich meistens keinen Deut umeinander. Im Gegenteil. Jeder war froh, wenn er in Ruhe gelassen wurde. Von diesem Standpunkt aus betrachtet, hatte das Schattenwesen sich den mit Abstand günstigsten Zeitpunkt für sein Erscheinen gewählt. Dabei hatte er das Dahinsiechen des Phönix noch nicht einmal in Betracht gezogen. Sollte er wirklich sterben, konnte niemand voraussagen, was das für sie alle bedeuten konnte. Daß ihrer aller Lebensspanne dann erheblich verkürzt würde, mochte bei allem noch das geringste Übel sein.

Der Zauberer legte sich auf die Seite, den Arm als Stütze unter dem Kopf und schloß die Augenlider. Weitere Fragen bestürmten ihn, doch er fühlte sich außerstande, ihnen seine ungeteilte Aufmerksamkeit zu widmen. Schließlich legte der Schlaf sich über ihn wie ein schweres Tuch, und er gab sich ihm bereitwillig hin.

Als er die Augenlider hob, war er überzeugt, nur wenige Minuten geschlafen zu haben. Sein Herz schlug ungewohnt schnell und all seine Sinne waren in Aufruhr. Etwas stimmte nicht. Er glaubte, die Gefahr riechen zu können. Eine tödliche Gefahr. Aber was ... ?

„Sidhara?“ klang die besorgte Stimme des Zauberers durch die finstere Nacht. Und noch einmal, lauter diesmal: „Sidhara?“

Der Elb hob müde die Lider – und blickte in die giftgrün leuchtenden Augen der Bardokfrau. Er entdeckte in ihrer Hand einen armdicken Knüppel. Sie holte zum tödlichen Schlag aus. Blitzschnell und mit voller Wucht rammte Sidhara ihr das rechte Knie in den Unterleib. Sie bäumte sich mit einem Schmerzensschrei auf. Der Elb rollte mit katzenhafter Gewandtheit zur Seite und entzog sich so einem Angriff. Außerdem war er dem dämonischen Wesen mit seiner guten Nachtsicht überlegen. Aber er hatte keine Waffe, nicht einmal ein Messer. Während die beiden sich wie Raubtiere umschlichen, suchte er fieberhaft nach etwas, das er zur Gegenwehr einsetzen konnte.

Agomar, dem sofort klar war, was dort in der Dunkelheit geschah, suchte krampfhaft nach einer Möglichkeit, dem Elben zu helfen. Aber was konnte er mit seiner verdammten Blindheit schon ausrichten?

„Lausche!“ hörte er eine Stimme aus seinem Innern.

„Lausche? Was soll der Schwachsinn?“

„Lausche! *Dega nuh!*“

„Aber warum?“

„Frag nicht. Tu endlich, was man dir sagt, verdammter Narr!“

Für einen Augenblick war der Zauberer über diesen persönlichen Angriff verwirrt, doch dann fügte er sich der Stimme und lauschte. Aber alles, was er vernahm, waren die Schritte zweier Gestalten auf dem weichen Boden. Der eine Schritt leicht, kaum hörbar; der andere schwer und wuchtig. Und was sollte ...? Dann verstand er. Beherzt tastete er nach seinem Stab, umklammerte ihn mit festem Griff und wartete, bis die Bardokfrau, die zu einer Helfershelferin des Schattenwesens geworden war, mit dem Rücken zu ihm gewandt stand. Seine Wahrnehmung war wieder so klar, ja übersinnlich, daß er meinte, die Umrisse ihres Körpers sehen zu können. Er holte mit aller Kraft aus und schlug ihr das harte Holz gegen die empfindlichen Kniekehlen. Sie jaulte laut auf und vor Überraschung glitt ihr der Knüppel aus der Hand. Sidhara sprang vor, nahm ihn in beide Hände, drehte sich einmal im Kreis, um den Schwung zu erhöhen, und zerschmetterte dem Dämon mit einem schauderhaften, dumpfen Krachen den Schädel. Ein letzter erstickender Laut, dann brach er wie ein gefällter Baum auf der Stelle zusammen. Der Elb keuchte und zitterte unter der Anspannung und schleuderte angewidert den Knüppel ins Gebüsch. Auch wenn er nur aus Notwehr gehandelt hatte, haßte er es, einem Wesen durch seine Hand den Tod zu bringen.

„Danke, Agomar“, sagte er, nachdem er sich beruhigt hatte. „Ich bin dir ein Leben schuldig.“

„Rede keinen Unsinn. Du hättest dasselbe für mich getan“, wehrte der Zauberer ab.

„So ist es nun also gekommen“, antwortete Sidhara, ohne auf Agomars Worte einzugehen. „Unsere Welt versinkt erneut ins Dunkel, und niemand weiß, wem er trauen kann. Der Einfluß des Schattenwesens wächst mit jeder Stunde, und niemand außer uns ahnt etwas.“

„Nicht ganz, mein Freund. Du vergißt die Hüterin der Schwelle und die Menschenkinder.“

„Was können diese drei schon ausrichten?“

„Ich weiß es nicht, Sidhara. Aber wir dürfen nicht aufgeben. Unser

Kampf gilt dem Licht und der Freiheit. Und für diese Ziele lohnt es sich sogar zu sterben."

Der Elb lächelte müde.

„Gut gesprochen, Freund Agomar. Hoffen wir also, das es nicht zum Schlimmsten kommen wird."

Ein unerwartetes Treffen

Hraban, Sohn des Raben, stand am Rand einer senkrecht in die Tiefe fallenden Felswand und blickte nachdenklich in die Ferne. Drei Tage waren sie nun unterwegs und unter den gegebenen Umständen gut vorangekommen. Er strich Fulk, der aus unerfindlichen Gründen oft stundenlang nicht von seiner Seite wich, über den Kopf und kraulte ihn eine Weile.

„Na, alter Junge", sagte er zu dem Hund, „was hältst du von alledem? Meinst du, wir haben eine Chance, das Feuer des Lebens zu finden? Oder denkst du auch manchmal, daß wir einem Hirngespinst hinterherjagen?"

Fulk stieß ein freudiges Knurren aus.

„Komm", sagte der junge Mann, „laß uns sehen, ob dein Herrchen schon aufgewacht ist und wie es ihm heute morgen geht."

Als die beiden am Lagerplatz ankamen, entfachte Geerdina gerade ein Feuer.

„Hast du schon nach Bardulf gesehen?" fragte er sie.

„Ja. Er schläft ruhig und fest, und wir sollten leise sein, um ihn nicht zu stören. Er braucht Erholung. Die letzten Tage waren mehr als hart für ihn. Weck bitte Pola und Alissa. Und sag ihnen, sie sollen jedes laute Geräusch vermeiden. Ich kümmere mich um Grimbart."

Hraban nickte nur und tat, wie ihm geheißen.

Eine Viertelstunde später saßen sie beisammen und schlürften heissen Tee.

„Wie lange brauchen wir noch, um die Berge hinter uns zu lassen, König Grimbart?"

„Es reicht völlig, wenn du mich Grimbart nennst, Hraban. Hier spielen Titel keine Rolle. Aber um deine Frage zu beantworten. Ein bis zwei Tage. Ohne unser Mißgeschick und Bardulfs Verletzung hätten wir es bis heute geschafft. Aber es ist nun einmal, wie es ist."

Pola, die ihre heißen Becher in beiden Händen hielt, starrte auf die grünlich schimmernde Flüssigkeit und spürte, wie tiefe Besorgnis sie zu übermannen drohte. In den vergangenen Nächten hatte der Phönix keine Verbindung zu ihr aufgenommen, und sie vermutete, daß seine Kraft schwand. Und jetzt verloren sie weitere Zeit; Zeit, die sie nicht hatten. Aber was konnte sie tun? Nichts, das war das Wort, das sich wie ein Echo in ihren Geist brannte. Nichts, nichts, nichts ... Es war zum Verrücktwerden. Einen ganzen Tag hatten sie bereits verloren, und wenn es so weiterging, würde noch einer folgen.

„Was ist?“ fragte Alissa und legte den Arm um die Schulter ihrer Freundin.

Pola hob den Kopf und blickte sie an. Die Trauer in ihren Augen war nicht zu übersehen. „Ich fühle mich so mutlos, Lissi. Wir tun, was wir können, aber ich glaube langsam nicht mehr, daß wir es noch schaffen. Dauernd werden wir aufgehalten. Es ist, als ob jemand absichtlich dafür sorgt, daß wir zu spät kommen.“

Geerdina, die ihnen zugehört hatte, sagte: „Das Schattenwesen hat vielfältige Möglichkeiten, um einem das Leben schwerzumachen. Trotz seiner Bösartigkeit ist es ein magisches Wesen, und es nutzt alle ihm zur Verfügung stehenden Kräfte, um seine Feinde zu vernichten.“

„Willst du damit etwa sagen“, fragte Alissa mißtrauisch, „daß das Schattenwesen hinter dem Unwetter steckt?“

„Ich weiß es nicht“, antwortete die Hüterin. „Aber ich traue es ihm durchaus zu.“

Gegen Mittag kamen sie vom Hochgebirge in die flacheren Ausläufer des Vorlandes. Geerdina und Fulk bildeten die Spitze der Gruppe, dann Pola, Alissa und am Ende Grimbart und Hraban, die Bardulf in ihre Mitte genommen hatten und ihn beim Gehen unterstützten. Der Zwergenhauptmann hatte sich bei seinem Sturz in den Abgrund eine Gehirnerschütterung zugezogen, und bei jedem Schritt glaubte er, sein Schädel müsse zerspringen. Doch sein Wille und sein Durchhaltevermögen waren genauso stark wie die Berge.

„Geht es noch?“ fragte Grimbart.

„Es muß, mein König. Es muß.“

Grimbart lächelte. „Ich glaube, ich sollte mich für meine ungerechten Worte entschuldigen.“

„Wovon sprecht Ihr?“

„Ach. Ich erinnere mich an etwas, das ich vor einigen Tagen im

Palast gesagt habe. Es ging dort um die Verweichlichung meiner Männer. Man sollte immer erst nachdenken, bevor man etwas sagt, dann kommt einem nicht soviel dummes Zeug über die Lippen."

Bardulf verzog das Gesicht zu einem Grinsen und stöhnte danach leise. Die Bewegung verursachte ihm sichtlich Schmerzen.

„Geerdina!" rief Hraban.

„Was ist?"

„Bardulf braucht dringend eine Pause."

„In Ordnung. Wir alle haben eine Rast nötig."

Während die anderen auf einer Felsplattform saßen und ihren Gedanken nachhingen, kümmerte die Hüterin sich um Bardulf. Sie legte ihm einen frischen Verband an und gab ihm ein starkes Wundheilmittel, das er löffelweise hinunterschluckte.

„Brr", schüttelte er sich, „schmeckt ja grauenhaft."

„Aber es hilft, und das ist ja wohl das Wichtigste."

Der Zwerg warf Geerdina einen kurzen Blick zu, hielt sich aber mit einer Antwort wohlweislich zurück. Dieses Weib hat Haare auf den Zähnen, dachte er, und ein Streit war das letzte was er jetzt gebrauchte. Fulk kam herbeigetrottet und setzte sich, so daß sein Herrchen den Kopf an seine Schulter lehnen konnte. Als Geerdina das sah, trat sie vor und klopfte dem treuen Tier liebevoll die weiche Brust. „Feiner Kerl", lobte sie ihn.

Eine Stunde später hatten sie ihren Marsch ins Tiefland wieder aufgenommen. Die Reihenfolge der Gruppe hatte sich nicht geändert, nur Bardulf weigerte sich, weiterhin die Hilfe von Grimbart und Hraban anzunehmen. Sie redeten ihm gut zu und versicherten ihm ein ums andere Mal, daß es ihnen nichts ausmache, ihn zu stützen, aber er hörte nicht auf sie.

Schließlich, als Hraban keine Ruhe gab, wurde der Zwerg zornig.

„Ich bin verdammt noch mal ein erwachsener Mann", grummelte er, „und kein Wickelkind. Wenn ich nicht mehr kann, werde ich mich melden. Aber jetzt laß mich zufrieden. Wir müssen unseren Auftrag erfüllen, und wenn wir uns nicht beeilen, kann es zu spät sein. Und ich brauche dir ja wohl nicht zu erklären, was das bedeuten würde."

„Gut", wandte Hraban sich schulterzuckend ab, „wenn du es unbedingt so haben willst."

„Jawohl, Hraban", entgegnete der Zwerg, „genau das will ich."

König Grimbart, stolz auf seinen Hauptmann, schmunzelte.

Als der Abend näher rückte, konnten sie bereits die südlichen Ausläufer der weiten Ebene am Horizont erkennen, und das gab ihnen noch einmal zusätzliche Kraft. Die An- und Abstiege waren längst nicht mehr so beschwerlich, und das Wetter blieb freundlich. Erst als das Dämmerlicht in das dunkle Blau der Nacht überging, machten sie halt. Geerdina und die beiden Mädchen schwärmten aus, um Feuerholz zu sammeln, während Grimbart und Hraban sich um die Zubereitung des Essens kümmerten. Bardulf war seit seiner Verletzung aller Pflichten entbunden und wäre auch nicht in der Lage gewesen, sie bei den anfallenden Arbeiten zu unterstützen. Alle hatten große Achtung vor ihm entwickelt und rechneten ihm seine Tapferkeit hoch an.

Als sie mit dem Essen fertig waren, kroch Pola an seine Seite und drückte ihm verlegen einen Kuß auf die bärtige Wange. „Danke", sagte sie und wollte sich schnell verdrücken.

„Halt, Menschenkind!" stoppte Bardulf sie. „Wofür war das?"

Sie blickte beschämt zu Boden und schien sich zu winden. Dann sagte sie leise: „Dafür, daß du so tapfer bist und alles gibst, damit wir so schnell wie möglich das Feuer des Lebens finden."

Bardulfs Miene war ernst, als er antwortete: „Aber das ist doch selbstverständlich."

„Das sehe ich anders. Da, wo ich herkomme, kümmern sich die Leute häufig nicht besonders umeinander. Ich meine natürlich nicht meine Familie und unsere Freunde", versuchte sie ihre bitter klingenden Worte zu entschärfen, „aber in den großen Städten, wo ganz viele Menschen leben, denkt wohl jeder hauptsächlich an sich selbst."

Plötzlich wurde ihr warm ums Herz, und die Worte kamen ihr von ganz allein über die Lippen. „Ihr seid wirklich gute Freunde. Ihr alle. Und ich möchte euch danke schön sagen, daß ihr mir helft. Ohne euch wäre ich ganz allein und verloren."

Alissa kroch nahe an sie heran und drückte sie fest an sich.

„Es ist sehr freundlich von dir, das zu sagen", antwortete König Grimbart nach einer Weile der Stille, „aber ganz so uneigennützig, wie du uns darstellst, sind wir nicht. Wenn wir dir nicht helfen würden, hieße das, unserem Untergang tatenlos entgegenzusehen."

„Das weiß ich ja." Sie wischte sich mit dem Finger die Feuchtigkeit aus den Augenwinkeln und sah zum König der Zwerge hinüber. Grimbart strahlte in diesem Moment gleichzeitig die unerschütterliche

Weisheit des Alters und eine unbekümmerte Jugendhaftigkeit aus.

Dieser Mischung konnte Pola nicht widerstehen und in diesem zeitlosen Augenblick ließ sie ihn für immer in ihr Herz eintreten. Der König lächelte sanftmütig, und sie las in seinen Augen, daß er verstanden hatte.

In dieser Nacht war es Alissa, die lange Zeit nicht einschlafen konnte. Immer wenn sie die Lider senkte, sah sie groß und beunruhigend das Auge des schwarzen Einhorns vor sich. Ihr war, als würde sie in etwas hineingesogen. Und dieses Etwas war anziehend und abstoßend zugleich. Was willst du von mir? fragte sie. Aber sie bekam keine Antwort. Schließlich ließ die Müdigkeit das verwirrende Bild verblaßen und sie schlief ein.

Hraban schreckte hoch. Fulk, der zwischen ihm und Bardulf lag, schnüffelte verhalten in die Luft. Die dunklen Augen des Tieres funkelten im Licht des Mondes. Der Hund drehte langsam den Kopf und sah zu dem jungen Krieger.

„Was ist, Fulk? Riechst du etwas?"

Wie zur Bestätigung seiner Fragen richtete sich das Tier auf und knurrte leise. „Psst", sagte Hraban, „wir wollen die anderen nicht unnötigerweise aufwecken. Sie brauchen einen erholsamen Schlaf. Komm. Laß uns allein nachsehen. Es ist sicher nur ein jagendes Raubtier", schloß er sorglos.

Der junge Krieger schälte sich aus seiner Decke und verließ lautlos den Kreis der Schlafenden. Das Mondlicht erhellte nur notdürftig die kleine Waldlichtung, die sie sich zum Nachtlager erkoren hatten. Gemeinsam schlichen Mann und Hund durch das Unterholz und entfernten sich weit von den anderen. Hraban blieb stehen und lauschte. Doch es war nur Fulk, der im Wald herumstöberte. Einmal glaubte er, den schweren Tritt eines größeren Tiers zu hören. Sonst war alles still; kein Laubfrosch quakte, keine Insekten schwirrten. Fast, dachte er, als schweige die Welt in dieser Nacht aus Ehrfurcht vor dem Himmel. Dann stand Fulk wieder neben ihm, die feuchte Nase in die Dunkelheit gereckt, die gelben Augen wachsam.

Schließlich, als sie das Lager in einem weiten Bogen umrundet hatten und nichts Verdächtiges fanden, machten sie sich auf den Rückweg. Hraban beugte sich hinunter und tätschelte Fulk den Kopf. „Haben uns unsere Sinne mal wieder zum Narren gehalten was, alter

Junge. Laß uns ...“, waren seine letzten Worte, bevor etwas Hartes mit enormer Wucht gegen seinen Schädel schlug. Er verlor auf der Stelle das Bewußtsein.

Als Hraban wieder zu sich kam, dämmerte bereits der neue Morgen herauf. Seine Zunge lag ihm trocken im Gaumen, und in seinem Kopf brummte es wie in einem Bienenschlag. Er öffnete vorsichtig die Augen und sah nur graue tanzende Schleier. Übelkeit rollte in Wellen durch seinen Magen. Krampfhaft hustend drehte er sich auf die Seite und übergab sich. Als er sich wieder auf den Rücken legte, fühlte er sich etwas besser. Von seiner natürlichen Geistesklarheit war er allerdings noch weit entfernt. Doch mit der Rückkehr ins Leben kam auch ganz allmählich die Erinnerung. Obwohl er nicht wußte, wer ihn niedergeschlagen hatte, jagte ein heftiger Schreck durch seine Glieder und gleichzeitig machte er sich bittere Vorwürfe über seine Arglosigkeit. Er hatte sich übertölpeln lassen wie ein unerfahrener Jüngling, und diese Erkenntnis nagte noch schlimmer an ihm, als die, gefangen zu sein. Mit seinem unverantwortlichen Verhalten hatte er sie alle in Lebensgefahr gebracht, und diese Annahme bestätigte sich schneller, als ihm lieb war.

Plötzlich packte man ihn grob an den Schultern und zog ihn hoch. Hraban stöhnte vor Schmerz laut auf, aber das kümmerte seine Peiniger nicht. Jemand mit kräftigen, schwieligen und stark behaarten Händen legte ihn wie einen Mehlsack über die Schulter und stapfte los. Stunden ging das so, in denen er immer wieder für kurze Zeit in eine erlösende Ohnmacht sank. Doch je weiter der Tag voranschritt, desto mehr kehrte seine gewohnte Klarheit zurück. Das Brummen in seinem Schädel ließ nach und wich einem anhaltenden Pochen in der Schläfe, dort, wo ihn der harte Gegenstand getroffen hatte. Manchmal konnte er schwarzbefellte Gestalten erkennen, groß und stämmig. Hraban schwante Finsteres. Von Grimbart, Bardulf, Geerdina, Fulk und den beiden Menschenkindern war nichts zu sehen. Aber wahrscheinlich waren sie in derselben Lage wie er.

Noch besser wäre es natürlich, wenn sie diesen Barbaren entkommen waren. Aber daran glaubte er nicht.

Als kurz darauf ein schmaler Bachlauf ihren Weg kreuzte, hielten sie an. Der Kerl der ihn schleppte, ließ ihn einfach von der Schulter gleiten, und Hraban fiel wie ein nasser Sack auf den Boden.

Es dauerte noch fast zehn Minuten, bis sich auch die letzten eingefunden hatten. Zu seiner großen Erleichterung entdeckte Hraban seine Freunde. Ihnen schien, wenigstens auf den ersten Blick, nichts zu fehlen. Aber sie so zu sehen, mit dicken Stricken aneinandergebunden, tat weh. Selbst Grimbart, in dessen Augen immer ein hintergründiges Lächeln zu erkennen gewesen war, wirkte niedergeschlagen und müde. Und ich bin schuld, dachte der junge Krieger. Er verstand Geerdina und wie sie sich fühlen mußte. Ein altes Sprichwort seines Vaters fiel ihm ein: Bevor du jemanden verurteilst, wandere mindestens eine Meile in seinen Schuhen. Jetzt verstand er, was gemeint war.

Langsam drehte Hraban den Kopf und ließ den Blick schweifen.

Bardoks. Zwar hatte er sie noch nie zu Gesicht bekommen, aber der Beschreibung nach mußten sie es sein. Dazwischen gab es auch noch kleine krummbeinige Gnome, die sich um die Verpflegung zu kümmern hatten. Sie wieselten flink umher und hatten in Windeseile eine Kochvorrichtung erstellt, Holz aufgeschichtet und ein Feuer entzündet.

Hraban, dem wegen seiner Verletzung nur die Arme zusammengebunden worden waren, rollte sich vorsichtig näher zu seinen Freunden. Niemand achtete darauf. Erst als er kaum noch zehn Fuß von ihnen entfernt war, trat ihn ein Bardok mit voller Wucht in die Seite. Ein schadenfrohes Grunzen kam ihm über die wulstigen Lippen, und der Rest der Bande brüllte vor Lachen. Aber das Essen war fertig und sie ließen ihn in Ruhe.

„Was ist vergangene Nacht geschehen?" fragte Grimbart, als sie ungestört waren.

Hraban senkte schuldbewußt den Kopf.

„Wir haben jetzt keine Zeit für so was", rügte der König ihn. „Also?"

„Ich bin spät in der Nacht aufgeschreckt. Aber da war nichts Besonderes. Ich nahm an, daß ein größeres Raubtier durch die Büsche streicht, und habe Fulk mitgenommen ..."

„Warum hast du uns nicht geweckt?"

„Weil ich euch schlafen lassen wollte. Ihr hattet Ruhe nötig."

Der König der Zwerge blickte ihn zornig an und sagte: „Durch deine Unbedachtheit werden wir bald mehr Ruhe haben, als uns lieb ist. Ich bin alt und habe mein Leben gelebt, aber diese dort", er deutete auf Pola und Alissa, „sind noch jung und haben es noch vor sich. Wie konntest du nur so nachlässig sein? In unserer Welt treibt ein

Schattenwesen sein schändliches Tun, hast du das immer noch nicht begriffen?"

Jähe Wut flammte in dem jungen Krieger auf, weil er sich wie ein dummer Junge gemaßregelt fühlte, und harte Widerworte lagen ihm auf der Zunge. Doch als er dem König der Zwerge in die Augen sah, schluckte er sie hinunter. Grimbart hatte zweifelsfrei recht, und wenn es ihm tausendmal mißfiel, was er sagte. Er hatte einen Fehler begangen, der sie alle das Leben kosten konnte. Einen Fehler, der so unglaublich war, daß er ihn sich niemals verzeihen würde. Und damit, dachte er, habe ich Schande über mein ganzes Volk gebracht. Lachen werden sie über uns. Für einen Moment glaubte er, diese Bitterkeit nicht verkraften zu können.

Geerdina, die bisher schweigend zugehört hatte, mischte sich ein: „Du bist zu hart, Grimbart. Wir alle machen Fehler. Ich selbst weiß ein Lied davon zu singen."

„Laßt uns diese unerfreuliche Angelegenheit auf später verschieben", wiegelte der König ab, „und uns lieber Gedanken darüber machen, wie wir hier rauskommen. Es sieht verdammt nicht gut für uns aus. Im Grunde bin ich erstaunt, daß sie uns nicht an Ort und Stelle den Garaus gemacht haben. Bardoks sind nicht gerade für ihre Feinfühligkeit und Rücksichtnahme bekannt. Normalerweise schlagen sie ihren Feinden den Kopf ab und machen sich davon. Diese hier scheinen eine andere Absicht zu haben. Welche, ist mir allerdings ein Rätsel."

Für eine Weile betrachteten sie die ungeschlachte Meute, wie sie über das Essen herfiel und sich eine Freude daraus machten, die Gefangenen hungern zu lassen.

Pola und Alissa hingen unterdessen wie die Kletten aneinander und versuchten sich gegenseitig Trost zu spenden. Mit angsterfüllten Augen beobachteten sie die Bardoks, deren Aussehen ihnen Schauer den Rücken hinunterlaufen ließen. Groß waren sie, über und über mit schwarzem zotteligen Fell bedeckt. Die Augen lagen tief in den Höhlen und waren geschlitzt wie bei Raubtieren. Die Nasen waren flach und breit, affenähnlich, und aus ihren Mäulern, deren wulstige Lippen bedrohlich wirkten, staken zwei kurze spitze Reißzähne. Niemals zuvor hatten die beiden Mädchen etwas Häßlicheres gesehen. Doch sosehr sie das Äußere dieser Wesen auch abstieß, konnten sie den Blick nicht von ihnen wenden.

„Es ist hoffnungslos", nahm Hraban den Faden wieder auf. „Wir

können nicht fliehen. Es sind zu viele. Außerdem ...“, hielt er inne.

„Was außerdem?“ drängte Geerdina.

„Etwas beschäftigt mich die ganze Zeit. Warum hat Fulk nichts bemerkt? Er muß die verdammten Bardoks doch gerochen haben? Er kann doch nicht plötzlich seinen Geruchssinn verloren haben.“

„Hat er auch nicht“, mischte Bardulf sich ein, der, wie Hraban zufrieden feststellte, schon viel besser aussah. „Wenn die Bardoks auf Kriegszug gehen, wälzen sie sich vorher in einem Pflanzensud, der ihren Geruch überdeckt und selbst hochempfindlichen Nasen den Eindruck vermittelt, da sei niemand. Du kannst mir glauben, wir Zwerge haben einiges unternommen, um herauszufinden, welche Pflanze das ist. Aber die Bardoks hüten dieses Geheimnis.“

Geerdina schaute Hraban ins Gesicht, und die Zerknirschung und der quälende Selbstvorwurf, die sie darin sah, berührten ihr Herz. Obwohl sie sich bei ihrer ersten Begegnung gestritten hatten – lag das wirklich erst wenige Tage zurück? – hatte sie den jungen Krieger von Anfang an gemocht. Und jetzt mußte er eine schwere Bürde tragen. Das verband sie nur um so tiefer mit ihm.

Kurz darauf brachen die Bardoks das Lager ab, banden die Gefangenen aneinander und setzten ihren Marsch ins flache Land weiter fort. Das Tempo war unbarmherzig, und es wurde keine Rücksicht auf die Verletzten genommen. Bardulf hatte sich so weit erholt, daß er einigermaßen Schritt halten konnte, aber Hraban, um dessen Wunden sich niemand gekümmert hatte, trottete, je weiter der Tag voranschritt, wie im Dämmerschlaf hinter den anderen her. Manchmal stolperte er und schlug der Länge nach auf die Erde. Das brachte ihm gemeine Tritte und Hiebe ein. Doch gefangen in einer Welt des Schmerzes und der Niedergeschlagenheit, prallten diese Angriffe wie an einer unsichtbaren Mauer ab. Und seine Freunde konnten nichts für ihn tun. Sie hatten selbst alle Mühe, mit den Bardoks Schritt zu halten.

Es mochten noch einige Stunden bis zum Einbruch der Nacht sein, als sie schließlich in ein sanft geschwungenes Hügelland kamen. Hin und wieder zogen sie an Gehöften und Häusern vorbei, und nur selten zeigte sich jemand, der aber schleunigst das Weite suchte, wenn er sah, mit wem er es zu tun hatte.

Als die Nacht hereinbrach, wurde endlich das Lager aufgeschlagen. Pola und Alissa sanken völlig erschöpft auf die Erde. Alle waren so müde, daß sie auf der Stelle einschliefen. Nur Grimbart war noch wach, als die Bardoks sich zusammenhockten und sich lauthals über den folgenden Tag unterhielten. Er verstand jedes Wort, das sie sprachen, und als er hörte, was mit ihnen geschehen sollte, trat ihm der kalte Schweiß auf die Stirn. Es war grausamer, als er es sich in seinen schlimmsten Alpträumen hätte vorstellen können.

Nachdem sie den Leichnam der Bardokfrau unter ein dichtes Gebüsch gelegt hatten, suchten Sidhara und der Zauberer einen Platz, um dort den Rest der Nacht zu verbringen. Aber beide bekamen kein Auge zu, sondern hingen ihren Gedanken nach, die ausschließlich um das Schattenwesen kreisten. Wie weit mochte es seinen Einfluß inzwischen ausgedehnt haben? Wie viele Wesen hatte es schon auf seine Seite gebracht? All die Geschichten, die ihm sein Meister über das erste Schattenwesen erzählt hatte, zogen durch Agomars Geist. Und allesamt waren sie furchterregend. Immer zog diese Ausgeburt der Hölle eine Spur des Todes über das Land, und wie ein Vampir saugte es den Wesen die Seele aus und ließ nur leere Hüllen, angefüllt mit dem Haß ihres Herrn, zurück.

Dem Zauberer schauderte bei dieser Vorstellung. Seit seiner Erblindung waren die Bilder in seinem Kopf noch farbiger, noch lebendiger.

„Agomar?"

„Was ist, mein Freund? Bekommst du auch kein Auge zu?"

Sidhara lachte. „Aus deinem Mund klingt das im Augenblick etwas komisch."

Der Zauberer stimmte in sein Lachen ein. „Du hast recht. Vielleicht sollte ich ein wenig besser auf meine Wortwahl achten. Aber nun. Was willst du fragen?"

Eine Weile schwieg der Elb, dann sagte er: „Als meine Gedanken zur Ruhe gekommen sind, hatte ich ein sehr seltsames Empfinden. So, als befinde sich jemand in der Nähe, der dringend unsere Hilfe braucht. Und das ist mir unerklärlich. Ich kenne nur Elben und die anderen Wesen, die im Tal des Illuhin leben. Hier gibt es keine Elben, und ansonsten ist mir hier niemand bekannt."

„Wie stark ist dieses Empfinden?"

„Sehr stark."

„Ist es ähnlich dem Ruf, der uns zusammengeführt hat?"

„So stark nicht, aber ähnlich, ja."

„Dann laß uns sofort aufbrechen."

„Du sprichst mir aus der Seele, Freund."

„Nun, das sollte man von einem Zauberer erwarten können."

Beide lachten und machten sich auf den Weg.

Sidhara übernahm die Führung und ließ sich ganz von seinem Gefühl leiten. Nahm es ab, wechselte er die Richtung, bis es wieder zunahm, und schließlich war er sich seiner Wahrnehmung so sicher, daß sie schnell vorankamen.

Es war zur ersten Stunde des neuen Tages, als sie auf das Lager der Bardoks stießen.

„Halt!" zischte der Elb und packte den Arm des Zauberers.

„Was ist?" fragte Agomar ebenso leise.

„Bardoks."

„So wie die Frau?"

„Nein. Gefährlicher. Es sind Krieger."

„Wie kannst du das in der Nacht so genau erkennen?"

„Elben haben bessere Augen als Katzen. Wußtest du das nicht?"

„Nein. Immer wieder für eine Überraschung gut", murmelte der Zauberer. „Kannst du noch mehr sehen?"

Sidhara ließ den Blick langsam über die Schlafenden gleiten. Plötzlich hielt er inne und schnappte hörbar nach Luft.

„Was ist?"

„Ich glaube", antwortete der Elb langsam, „wir sind auf deine Freunde gestoßen. Auch wenn es mehr sind, als du beschrieben hast."

Agomar griff nach dem Arm des Elben. Er zitterte. „Sprich! Was siehst du?"

„Ich sehe zwei eng aneinandergeschmiegte Menschenkinder. Zwei Zwerge, einen großen Hund, eine alte Frau und einen schlanken grossen Mann."

„Zwei Menschenkinder und eine alte Frau? Das können nur Geerdina, Pola und Alissa sein. Es gibt keine andere Erklärung. Es muß ihnen gelungen sein, Grimbart davon zu überzeugen, ihnen mehrere Männer als Geleit mitzugeben auf der Suche nach dem Feuer. Wir müssen sie aus den Händen der Bardoks befreien, sonst sind wir alle verloren. Ohne die Menschenkinder wird der Phönix sterben."

„Dann warte hier und laß mich das machen", sagte Sidhara. Und fort war er, bevor der Zauberer auch nur ein einziges Wort des Widerspruchs von sich hatte geben können.

Als Sidhara nahe genug herangeschlichen war, schüttelte er über die Nachlässigkeit der Bardoks den Kopf. Nirgendwo war eine Wache zu entdecken. Sie mußten sich ihrer Sache sehr sicher sein. Sanft wie ein lauer Nachtwind bewegte der Elb sich vorwärts und trat zunächst zu Geerdina. Schnell beugte er sich hinunter und legte ihr seine feingliedrige Hand auf den Mund. Sie öffnete die Augen und schreckte hoch. Sidhara legte den Zeigefinger auf die Lippen. Sie verstand. Wer auch immer er sein mochte, er wollte sie retten. In Windeseile hatten sie auch die anderen geweckt und die Knoten gelöst, nur bei Hraban gab es Schwierigkeiten. Er war auch im Schlaf noch so sehr in sich selbst gefangen, daß er sich zuerst weigerte, die Augen aufzuschlagen. Erst als Grimbart sich über sein Ohr beugte und ihm eine Tracht Prügel versprach, öffnete er sie. Für einen Moment blieb dem jungen Krieger die Luft weg, dann verschwanden alle.

Sie schlichen aus dem Lager und befanden sich bald außerhalb des Gefahrenbereichs. Dann stießen sie auf Agomar.

„Zachäus?“ rief Alissa verblüfft und drückte sich entsetzt die Hände auf den Mund. Aber es war bereits zu spät. Plötzlich brach hinter ihnen ein Riesentumult los. Ihre Flucht war entdeckt worden. Sie hörten die Stimmen der Bardoks und machten, daß sie davonkamen. Aber das war leichter gesagt als getan. Der Zauberer war nicht in der Lage, ihnen so schnell zu folgen.

„Was ist mit ihm?“ fragte Geerdina den Elben, als sie stehenblieben. „Warum kann er nicht mithalten?“

„Er ist blind.“

„Was? Wie ...?“ stammelte sie ungläubig, „Wie ist das geschehen?“

„Nicht jetzt. Wir müssen weiter.“

„Entschuldige. Du hast natürlich recht.“

„Nimm du seine rechte Hand. Ich nehme die linke.“

Und so eilten sie mit halsbrecherischer Geschwindigkeit weiter, den Zauberer wie ein kleines, hilfloses Kind zwischen ihnen. Doch sosehr sie sich auch anstrengten, die Bardoks kamen unaufhörlich näher, und es war nur eine Frage der Zeit, wann sie die Flüchtenden einholen würden.

„Hierher“, hörten sie plötzlich König Grimbart. Ohne zu überlegen, schwenkten sie in seine Richtung und schlugen sich Hals über Kopf in die Büsche. Zweige schlugen ihnen ins Gesicht und hinterließen blutige Kratzer und Striemen. Alle drückten sich flach auf den Waldboden und spürten, die Nerven zum Zerreißen gespannt, das Herz wild in der Brust schlagen. Wenn man sie entdeckte, wäre alles umsonst gewesen, und sie würden sicher keine zweite Gelegenheit zur Flucht bekommen. Grimbart hob den Kopf und spähte angespannt durch das dichte Blätterwerk. Aber es war nichts zu sehen, dafür um so deutlicher zu hören. Das Trampeln schwerer, wuchtiger Schritte kam schnell näher, und die wütende Meute jagte mit einem Höllenlärm an ihnen vorbei. Sie warteten noch ab, bis auch die letzten Nachzügler verschwunden waren und drangen dann immer tiefer in den Wald. Sidhara übernahm die Führung, da er von allen den besten Richtungssinn hatte. Natürlich waren sie verwirrt, einen Elben in Begleitung des Zauberers vorzufinden, aber alle Fragen und alle Neugier mußten auf später verschoben werden. Jetzt galt es, sich schleunigst in Sicherheit zu bringen.

Stunde um Stunde ging vorbei, ohne daß Sidhara Rast machte. Die Mädchen waren an der Grenze ihrer Belastbarkeit angekommen, und immer wieder stolperten sie. Aber sie gaben nicht auf. Vor allen Dingen wollten sie den anderen nicht zur Last fallen. So bissen sie die Zähne aufeinander und quälten sich Schritt um Schritt durch das Gewirr ineinanderverflochtener Büsche und Sträucher und waren am Ende so erschöpft, daß ihnen Tränen die Wangen hinabliefen. Ein unbändiger Lebenswille trieb sie weiter, so lange, bis sie den Rand des Waldes erreichten und die Sonne bereits den wolkenlosen Himmel hinaufkletterte. Vögel zwitscherten ihre Lieder, und der Gesang war wie aus einer anderen Welt; einer Welt, die Schönheit und Freude verhieß, Lachen und Zufriedenheit.

Sie traten aus den Schatten der Bäume in das Licht der Sonne und waren überwältigt. Eine weite sattgrüne Wiesenlandschaft, durchsetzt von Buchen und Eschen, bot sich ihren Blicken dar, und überall schwankten farbenfrohe Blumen im seichten Morgenwind.

Alissa brach zusammen und weinte vor Glück. Ihr schlanker Körper zitterte unter Krämpfen, und es dauerte eine Weile, bis sie sich beruhigte. Eine große warme Hand legte sich auf ihren Rücken und bot ihr Anteilnahme und Vertrauen. Als sie sich schniefend umdrehte, blickte sie in die blinden Augen des Zauberes und wurde sofort von einem neuen Weinkrampf geschüttelt.

Dann wischte sie sich die Wangen trocken und fragte leise: „Was ist passiert, Zachäus? Warum bist du blind?“

Die anderen traten nun zu ihnen und bildeten einen Kreis um Alissa und den Zauberer. Alle außer Sidhara hingen gebannt an seinen Lippen.

Und dann erzählte er ihnen von seinem erbarmungslosen Kampf mit dem Schattenwesen und wie er nur durch die Hilfe des schwarzen Einhorns mit dem Leben davongekommen war. Aber die Krallen des finsteren Wesens hatten ihn verletzt, und durch sie war das Gift in seine Adern gelangt. Doch dank seiner Stärke hatte es ihn nicht vernichten können. Aber es hatte ihm das Augenlicht geraubt, und ohne Sidharas Hilfe wäre er niemals zu ihnen gestoßen. „Wer weiß“, endete er mit einem Lächeln, „wozu meine Blindheit noch gut sein mag? Ich habe festgestellt, daß sie nicht nur schlechte Seiten hat. Aber wie auch immer. Erst einmal liegt die Gefahr hinter uns, und wir sollten eine Weile ausruhen. Wir alle haben es bitter nötig.“ Er beugte sich vor und strich sanft mit dem Finger über Alissas Wange. Dann drehte er den Kopf ein wenig zur Seite und es sah aus, als schaue er in eine Welt, zu der nur er einen Zugang hatte. Mit einem versonnenen Gesichtsausdruck sagte er: „Unsere Welt erlebt einen tiefgreifenden Wandel. Ein namenloser Schrecken ist über uns gekommen und verbreitet lähmendes Entsetzen, doch auch hierin liegt ein leuchtender Keim der Hoffnung. Die Völker müssen wieder zueinanderfinden, sonst besiegeln sie ihr eigenes Ende. Und wenn ich überhaupt an etwas glaube, dann an den Überlebenswillen jedes einzelnen. Diese Kraft ist stärker als kleinliche Zänkereien und großtuerische Rechthaberei. Nun muß wieder jedem klar sein, daß wir es nur gemeinsam schaffen. Bei aller Düsternis ist das doch eine wunderbare Vorstellung.“

Alissa schmiegte sich dankbar an ihn.

Die anderen sahen lächelnd auf den Zauberer und waren von Herzen froh, ihn wieder bei sich zu wissen.

Der geheime Weg

Obwohl alle zum Umfallen müde waren, trieb Sidhara die Gruppe nach einer kurzen Rast zur Eile an. Er vermutete, daß sie nur wenig Vorsprung hatten.

Hin und wieder trugen Hraban oder Grimbart eines der Mädchen auf den Schultern. Aber der König und der junge Krieger waren kaum noch in der Lage, sich auf den Beinen zu halten. Allein ihrem eisernen Willen war es zu verdanken, daß sie trotz ihrer Erschöpfung gut vorankamen.

Gegen Mittag erreichten sie ein sanft abfallendes Tal, dessen nur leicht ansteigende Hänge über und über mit rotem Klatschmohn und weißen Margeriten bewachsen waren. Doch die Schönheit der Landschaft fand nur in den Augen des Elben einen Widerhall. Er war ein Kind des Glücklichen Volkes, und selbst im Moment der größten Gefahr würde ihm niemals der Blick für das Geheimnisvolle und Wunderbare verlorengehen. Sidhara atmete tief die frische Luft ein und spürte, wie er sich mit der Natur verband, wie er mit den lebendigen Sinnen seines Körpers, jede Farbe, jede unscheinbare Veränderung im sanften Wogen des Blumenmeeres, wie über einen unsichtbaren Strahl in sich aufnahm. Ein heiteres, versonnenes Lächeln malte sich in sein Gesicht, als er für einige Augenblicke die Harmonie in allen Dingen erkannte, eine wunderbare Ordnung, die ihm das Gefühl von tiefem Vertrauen schenkte.

Dann war dieser kostbare Moment vorbei. Ich werde mein Volk gehörig wachrütteln müssen, dachte er. Wir leben schon viel zu lange in unserer selbstgewählten Absonderung. Es würde nicht leicht werden, die alten und in vielen Dingen festgefahrenen Ordnungen, die im Laufe eines Jahrhunderts entstandenen Vorbehalte und Vorurteile zu beseitigen. Sorgenfalten traten auf seine Stirn, als er an einige Elben dachte, die die schwere Zeit der blutigen Auseinandersetzungen noch miterlebt hatten und die heute durch ihr fortgeschrittenes Alter ein hohes Ansehen hatten. Sie würden sich ihm gewiß in den Weg stellen und verlangen, daß das Elbenvolk sich zurückhielt und sich nicht einmischte. Aber ich komme nicht allein. Agomar ist bei mir und wird mir auf jeden Fall seine volle Unterstützung geben. Und dann war da noch die Hüterin der Schwelle. Auch ihr würde man Gehör schenken müssen. Was allerdings geschah, wenn der König der Zwerge das Wort ergriff, darüber war er sich mehr als nur im unklaren. Es konnte zu unerbittlicher Ablehnung, aber auch zu wohlwollender Duldung kommen. Vielleicht würde man ihm sogar verweigern, auch nur einen Fuß in das Land der Elben zu setzen. Wieviel wertvolle Zeit würde ihnen durch langwierige Verhandlungen an der Grenze verlorengehen?

„Sidhara?" Agomars Stimme holte ihn in die Gegenwart zurück. Der Elb drehte sich um und sah, wie weit sie sich schon von den anderen entfernt hatten.

„Ja?"

„Wir müssen eine Rast machen und wichtige Dinge besprechen. Außerdem brauchen alle eine längere Zeit der Erholung und Neubelebung. Ich spüre sehr deutlich, daß die Stimmung ins Schwanken gerät und in Wut und Abneigung umschlägt."

„Abneigung? Gegen wen oder was?"

„Gegen dich."

„Gegen mich?" fragte Sidhara verwundert. „Warum?"

„Du verlangst zuviel von ihnen. Sie sind keine Wanderer wie die Waldelben und Zauberer. Einige sind verletzt, und alle sind schon weit über ihre normale Leistungsfähigkeit hinausgegangen. Sie brauchen dringend Schlaf."

Agomars blinde Augen verwirrten Sidhara für einen Moment. Dann wandelte sich die Verwunderung in seinem Gesicht zu einem verständnisvollen Lächeln.

„Du hast recht, mein Freund. Entschuldige. Es war die Sorge, die mich so unachtsam sein ließ. Ich bin keineswegs sicher, daß wir den Bardoks bereits entkommen sind. Wir sollten ihre Fähigkeiten auf keinen Fall unterschätzen."

„Nein. Aber wenn wir unseren Freunden nicht wenigstens einige Stunden der Erholung gönnen, werden sie bald aufgeben. Und das können wir uns nicht erlauben."

„Du bist ein weiser Mann, Agomar."

„Hm", lächelte der Zauberer spöttisch, „soweit kann es damit nicht hersein. Wäre es so, hätte ich die Ereignisse schon viel früher heraufziehen sehen und danach gehandelt."

„Jetzt gehst du zu hart mit dir ins Gericht", antwortete Sidhara. „Niemand konnte das vorhersehen. Die Dinge sind, wie sie sind, und das einzige, was wir tun können, ist, unser Bestes zu geben."

Agomar kratzte mit dem Zeigefinger an seiner Wange.

„Nun", sagte er, „in bezug auf Weisheit scheinst du mir in nichts nachzustehen."

„Es hält sich in Grenzen, mein Freund."

Sie lachten.

„Was natürlich nicht bedeutet", fügte Sidhara hinzu, „daß ich mich nicht redlich bemühe, diese Grenzen zu erweitern. Es gibt einen unter meinem Volk, der mir ein Beispiel dafür ist, daß es sich lohnt, diesen Weg zu gehen. Es wird mir eine Freude sein, euch einander vorzustellen."

Als Grimbart zu ihnen aufschloß, sagte der Elb: „Eine gute halbe Stunde von hier liegt ein sehr schöner Platz zum Rasten. Dort werden wir uns einige Stunden ausruhen, bevor wir weiterziehen."

„Gut", nickte der König. „Bis dahin werden wir es noch schaffen." Er sah müde aus. Tiefe Linien hatten sich in sein Gesicht gegraben, und dunkle Ringe lagen um die sonst so vergnügten Augen. Die drei warteten schweigend, bis auch die anderen sich zu ihnen gesellt hatten. Als Sidhara seine Worte wiederholte, machte sich Erleichterung breit, die noch einmal Kräfte freisetzte.

Als sie das sanft geschwungene Tal hinter sich ließen, wurde die Landschaft bergiger. Nicht vergleichbar mit dem Hochgebirge, in dem die Zwerge lebten, so doch rauher. Sie hörten ein ungewohntes Geräusch. Je näher sie kamen, desto lauter, ja ohrenbetäubend wurde es. Sie bogen um einen hochaufragenden Felsenturm – und blickten auf ein atemberaubendes Naturschauspiel. Unglaubliche Wassermassen donnerten in eine tiefe Schlucht, die unter dem Dunst und den wogenden Wasserfontänen nur zu erahnen war. Der Weg führte an den Wasserfällen vorbei, in einen Wald. Die Stämme der Bäume glänzten vor Nässe und waren über und über mit Moosen und Flechten bewachsen, die wie graugrünes Haar von Gespenstern wirkten und von

den Kronen bis zum Boden hinabreichten.

Pola und Alissa fühlten sich, als seien sie aus einem furchtbaren Traum zurückgekehrt und in einem Zauberwald erwacht. Zwischen den Bäumen hatten sich Orchideen und andere Blütenpflanzen heimisch gemacht und boten der Welt in schwelgerischer Pracht ihre Schönheit dar. Am liebsten hätten beide sich hingelegt, das Bild einer traumhaften Blüte vor Augen, um dann nur noch zu schlafen. Aber Sidhara trieb sie weiter.

Ihr Rastplatz war eine von hohen Felswänden umgebene Ouelle, die aus einem Riß im Gestein sprudelte und einen kleinen Teich mit Wasser speiste. Farne bildeten mit ihren dunkelgrünen rispenartigen Blättern einen fast mystischen Gegensatz zu der Reinheit und Klarheit des Wassers. Smaragdjungfern tanzten über dem Wasser des Teiches und schwirrten aufgeregt davon, als die Wanderer sich im weichen Gras niederließen. Der Ort war mehr als gut gewählt. Alle, ob Geerdina, Hraban oder König Grimbart, sanken augenblicklich in einen tiefen, heilsamen Schlaf. Nur Agomar und Sidhara blieben wach. Doch für eine Weile ließen auch sie sich von der friedvollen Stimmung gefangennehmen. Es tat gut, die Seele für einige Momente unbekümmert baumeln zu lassen. Anstrengung und Gefahr würden früh genug wiederkehren.

Schließlich durchbrach der Zauberer die Stille. „Wenn wir zu deinem Volk kommen, Freund Sidhara“, sagte er, „kannst du mit meiner vollen Unterstützung rechnen. Aber ich weiß nicht, ob sie dir viel nützen wird.“

„Ich danke dir“, erwiderte der Elb, „und ich hatte, wie ich zugeben muß, auch fest mit dir gerechnet. Und nützen wird sie mir gewiß. Es werden starke Kräfte gegen uns sein. Der Hohe Rat der Ältesten hat seit der Entzweiung der Völker die Macht an sich gerissen und bestimmt die Riten und Regeln, nach denen wir leben.“ Sidhara seufzte. „Erst heute wird mir klar, wie sehr wir uns unter ihr Banner geschart haben, und alle Bestrebungen der Jüngeren, wie zum Beispiel neue Handelsverbindungen zu anderen Völkern aufzubauen, dadurch im Keim erstickt wurden. Unter den jungen Waldelben, die auch schon mal ein Wort mitreden dürfen ...“ Er hielt inne und lächelte. „Jung bedeutet in diesem Fall natürlich, daß sie das fünfzigste Lebensjahr bereits überschritten haben. Unter diesen, wollte ich sagen, gibt es eine große Gruppe, der dies schon lange nicht mehr paßt. Sie fühlen

sich einer wichtigen Erfahrungsmöglichkeit beraubt."
„Und die wäre?" fragte Agomar.
„Der Austausch mit anderen Kulturen und der Gewinn, den solche Beziehungen bringen."
„Ja", nickte der Zauberer. „Ich verstehe. Ihr habt euch abgeschottet auf Anraten der Ältesten und habt für die dadurch gewonnene Sicherheit einen hohen Preis gezahlt. Und nun seid ihr sozusagen an einem Scheidepunkt zwischen Alt und Jung."
„So ist es. Was ich sehe, sind einmal der Starrsinn, den das Alter häufig mit sich bringt, und auf der anderen Seite der jugendliche Schwung, der, wenn er nicht einer gewissen Überwachung unterliegt, sich sehr zerstörerisch äußern kann. Seit langer Zeit suche ich schon nach einer Lösung, die diese Kräfte miteinander aussöhnt und sie zum Wohle aller wirken läßt."
Agomar hob den Kopf. Er hätte Sidhara gern in die Augen gesehen, mußte sich aber ganz seinem inneren Erleben anvertrauen, als er entgegnete:
„Welche Rolle spielst du in deinem Volk, mein Freund? Ich muß dir gestehen, daß sich in mir immer stärker der Eindruck festsetzt, daß du eine tragende Rolle in deinem Volk hast."
Der Elb lachte sein schönes heiteres Lachen.
„Eine staatstragende sozusagen", antwortete er.
„Willst du damit sagen", entfuhr es dem Zauberer verblüfft, „du bist der König der Waldelben?"
„So ist es."
Agomar pfiff durch die Zähne. „Das verändert natürlich einiges."
„Inwiefern?"
„Ich denke doch, daß das Wort des Königs enormes Gewicht haben wird. Oder?"
„Ja und Nein. Bei uns ist es nicht wie bei den Zwergen. Dort kann der König eigentlich nach Gutdünken bestimmen. So habe ich es zumindest gelernt. Ist es ein weiser König, hat das natürlich für alle Vorteile. Ist es allerdings ein dummer und grausamer ... Nun ja. Dazu brauche ich wohl nichts zu sagen. Bei uns liegen die Dinge anders. Der König, also ich, hat hauptsächlich eine ordnende Stellung. Er achtet darauf, daß das Leben der Elben untereinander in größtmöglicher Harmonie stattfindet. Er hat nicht das Recht, Gesetze zu erlassen oder gar Befehle zu erteilen. Diese Macht liegt ganz in den Händen des

Hohen Rates. Und dort bin ich der einzige, der unter einhundertfünfzig Jahre alt ist."

Agomar ließ all das auf sich wirken.

„Wie auch immer", sagte er dann, „deine Stellung gereicht uns jedenfalls nicht zum Nachteil. Und alles andere muß sich finden. Das Glückliche Volk kann sich den Schicksalsmächten doch nicht entgegenstemmen, das würde seinen Untergang bedeuten."

„Starrsinn führt in den Untergang, mein Freund. Immer." Sidharas Stimme klang müde. „Und das Glückliche Volk, wie ihr uns immer zu nennen pflegt, hat sich verändert. Ein Jahrhundert der Abschottung geht an niemandem spurlos vorbei. Aber ...", der Elb machte eine kurze Pause, „... das ist nicht das, was mir die größten Sorgen bereitet."

„Was könnte noch schlimmer sein, mein Freund?"

„Der Weg ins Tal des Illuhin. Der Weg in das Land meiner Brüder und Schwestern."

„Was ist damit?"

„Er ist versperrt. Rings um unser Land beobachten Wachen die Grenzen und schirmen sie gegen Eindringlinge unerbittlich ab. Sie haben Anweisung, jeden zu töten, der ihren Anordnungen nicht Folge leistet."

Der Zauberer war entsetzt.

„So weit ist es mittlerweile gekommen? Immer waren die Elben für ihre herzliche Gastfreundschaft bekannt. Das erschüttert mich sehr."

„Nicht nur dich, guter Freund. Nicht nur dich. Es ist eine Schande. Und du kannst mir glauben, ich habe all meinen Einfluß geltend gemacht, aber der Rat ist hart geblieben. Er hat, bedingt durch die seltsamen Ereignisse in letzter Zeit, die Vorsichtsmaßnahmen sogar noch verschärft und die Anzahl der Posten verdoppelt. Nicht einmal einer Maus gelingt es, durch ihr dichtgesponnenes Netz zu schlüpfen."

„Und was bedeutet das für uns?" fragte Agomar, dem gar nicht wohl in seiner Haut war.

„Daß, wenn wir diesen Weg in das Tal des Illuhin wählen, die Wachen uns unweigerlich entdecken und viele, unnötige Fragen stellen. Sie werden darauf bestehen, den Hohen Rat einzuberufen. Weitere kostbare Zeit wird verstreichen. Nein. So geht es nicht."

„Wie dann? Gibt es eine andere Möglichkeit? Sprich!"

„Ja", antwortete Sidhara nur sehr zögerlich. „Es ... es gibt einen geheimen Weg ins Land der Elben. Er wurde vor langer Zeit angelegt, kurz nachdem das erste Schattenwesen vernichtet worden ist. Er sollte unserem Volk in Zeiten des Krieges die Möglichkeit zur Flucht bieten.“

„Einen geheimen Weg?“ fragte Agomar aufgeregt. „Können wir ihn benutzen? Oder birgt er unübersehbare Gefahren?“

„Keine Gefahren, soweit ich weiß. Aber wenn ich ihn mit euch gehe, breche ich einen Schwur. Jeder Elb muß ihn leisten. Und wenn ich mich nicht daran halte, verwirke ich die mir übertragene Königswürde. Man wird mich mit Schimpf und Schande aus dem Land jagen – wenn ich Glück habe. Vielleicht wird man mich auch zum Tod verurteilen.“

Der Zauberer schüttelte ungläubig den Kopf.

„Was ist nur aus dem einst so ehrwürdigen Volk der Elben geworden. Ich glaube es nicht.“

Sidhara schwieg. Aber die bitteren Worte Agomars brannten wie Feuer in seiner Brust. Was ist nur aus uns geworden? wiederholte er die Frage in Gedanken. Die Antwort schmeckte schal und fad. Für einen Moment schämte er sich seines Volkes, und das war mehr, als er im Augenblick ertragen konnte. Kraftvoll drängte er das Gefühl beiseite und widmete sich den gegenwärtigen Ereignissen. Die Umstände waren so, daß sie keine Zeit mehr zu verschenken hatten, und darum war er gezwungen die Gruppe über den geheimen Weg ins Tal des Illuhin zu führen. Auch wenn er dabei in Kauf nehmen mußte, sein Königsamt zu verlieren. Alles andere konnte den Tod der Elben und aller anderen Völker bedeuten oder lebenslange Sklaverei. Und dagegen würde er unternehmen, was auch immer in seiner Macht stand.

Sidhara schaute zur Sonne. Zwei Stunden der Erholung würde er sich und Agomars Freunden noch gönnen. Dann jedoch mußten sie weiter. Der König der Elben spürte, daß ein Verhängnis sich zu einer drohenden Wolke über ihren Köpfen zusammenbraute und daß es nur noch Tage, vielleicht auch nur Stunden dauern konnte, bis es wie ein Orkan losbrach und alles mit sich riß auf den Grund der Hölle. Ihn schauderte bei dieser Vorstellung und die finstere Ahnung hielt ihn noch lange in ihren unbarmherzigen Krallen gefangen.

Als es dunkel wurde weckte der Elb die Schläfer. Es gab ein wohliges Gähnen und sich Rekeln, ein behagliches Dehnen und Strecken.

„Das hat gutgetan“, seufzte Alissa mit einem breiten Lächeln im

Gesicht. „Ich fühle mich wie neugeboren."

„Du sprichst mir aus der Seele", bestätigte Hraban und zwinkerte ihr fröhlich zu.

Alissa blickte ihn erstaunt an. So heiter und gelöst hatte sie ihn noch nie erlebt. Aber gleichzeitig spürte sie einen leichten Zorn im Bauch. Seinen Vorschlag, sie nicht mitzunehmen, hatte sie ihm noch nicht verziehen. Hraban schien zu merken, woran sie dachte. Er reichte ihr die Hand und sagte: „Sollen wir nicht wieder Freunde sein? Meine Worte im Palast von König Grimbart tun mir leid. Immerhin haben wir bei der Rettung Bardulfs gemeinsam dem Tod ins Auge gesehen. Ich denke, das sollte doch ausreichen, um einen dummen Streit aus der Welt zu schaffen. Findest du nicht?"

Sie spürte, daß er es ehrlich meinte, und nahm die Entschuldigung an.

Sidhara lächelte. Dieser Ort war bei den Elben immer als ein besonderer Platz bekannt gewesen. Er hatte etwas, das die Herzen der Wesen reinigte und versöhnliche Gedanken weckte. Leider ist er zu klein, dachte er, um mein ganzes Volk hier zu versammeln. Es würde sicher vieles erleichtern. Zudem lag er außerhalb des Elbenreiches und war nur noch in alten Karten verzeichnet, die sich wiederum in den Händen des Rates befanden. Immer wieder der Rat, der alles unter seinem Einfluß hält. Es wird wahrlich Zeit, daß die Dinge sich ändern.

„So", sagte er und sprang anmutig von dem Felsen. „Wir müssen los."

Wieder setzte er sich an die Spitze der kleinen Gruppe, und diesmal ließen sie die Meilen im Eilschritt hinter sich. Jeder hatte frische Kraft gewonnen und Fulk jagte hin und her, bellte laut und sprang ein ums andere Mal an Hraban hoch, um ihm mit seiner langen Zunge das Gesicht zu lecken.

„Mach dich davon", lachte der junge Krieger, „du aufdringliches schwarzes Monstrum. Sonst sehe ich bald aus wie eine aufgeweichte Eierschale."

Pola drehte sich um und sagte frech: „Ich finde, du siehst jetzt schon so aus. Aber es steht dir."

„Meinen wirklich allerherzlichsten Dank", entgegnete Hraban mit gespieltem Ärger. „Selten hat man mir schöner geschmeichelt."

„Nicht wahr", antwortete Pola keck und richtete ihre Aufmerksamkeit wieder nach vorn. Sie mochte den jungen Mann, aber sie wollte ihre Zuneigung nicht so offenkundig darbieten. Ob ihr das allerdings gelingen würde, daran zweifelte sie sehr. Außerdem hatte sie keine Zeit für so was. Sie mußte das Feuer des Lebens finden und den Vogel der Unsterblichkeit retten. Manchmal, schalt sie sich, denkst du wirklich schrecklich erwachsen.

Der Weg führte jetzt an einem steilen Grat entlang und war höchstens noch drei Fuß breit. Sie mußte auf jeden ihrer Schritte achtgeben, und da waren Gedanken an junge Männer, auch wenn sie so gut aussahen wie Hraban, mehr als überflüssig.

Die Dämmerung brach herein, und das machte das Vorwärtskommen schwieriger. Am Ende des Grats führte der Weg in einen dunklen Wald aus dichtstehenden Tannen und Föhren. Jeder Laut wurde von dem weichen Boden geschluckt, und das Gehen bekam etwas Leichtes, Federndes. Niemand wagte seine Stimme zu erheben, gerade so, als befände man sich in einer Kathedrale und entweihe diesen Ort, wenn man die Stille brach. Selbst Fulk ging mit leicht gesenktem Kopf und langsam daher.

Pola fühlte indes ein süßes Prickeln durch ihren Körper strömen, als tanzten unzählige winzige Blasen durch ihre Adern, und gleichzeitig hatte sie das starke Empfinden, von einer geheimnisvollen Macht umgeben zu sein; von etwas Unsichtbarem, das wie ein wohlwollender, gütiger Vater über sie wachte. Sie dachte an den Phönix, und ihr kurzfristiger Glückszustand mischte sich sogleich mit Angst und Trauer. Wie mag es ihm jetzt gehen? fragte sie sich. Wieviel Kraft hat er noch, um sich dem Tod entgegenzustemmen? Ihre erste Begegnung trat vor ihr inneres Auge. Wie er dagelegen hatte, sterbensmüde, das einstmals wunderschöne Gefieder matt und bleich. Dann hatte er sein Auge geöffnet und sie angeschaut, und danach war alles anders gewesen. Der Vogel der Unsterblichkeit hatte tief in sie hineingesehen und etwas in ihr geweckt. Es bewirkte ein Brennen, so als umschließe eine glühendheiße Hand ihr Herz. Sie konnte sich nicht erklären, was das bedeutete, und hin und wieder fragte sie sich, ob sie vielleicht eine schwere Krankheit habe. Doch sie fühlte sich weder kränklich noch körperlich eingeschränkt. Nein. Da war etwas anderes im Gang, und es mußte mit dem Phönix zu tun haben.

Sidhara blieb plötzlich stehen.

„Was ist los?“ fragte die Hüterin, die direkt hinter dem Elben war.

„Die Bardoks. Sie haben den heiligen Ort geschändet. Sie ...“

„Aber wie willst du das wissen?“

„Ich weiß es, Hüterin. Wir Elben haben uns zwar in einigem zum Nachteil verändert, aber unsere Verbindung zur Natur ist immer noch ungebrochen. Wir müssen uns beeilen. Sie sind uns dicht auf den Fersen. Unser Vorsprung beträgt zwei oder drei Stunden. Bis zur Grenze meines Volkes ist es noch ein ganzer Tagesmarsch.“

„Gut“, mischte König Grimbart sich ein. Bisher hatte er sich aus allem herausgehalten. Der jahrhundertealte Zwist zwischen Elben und Zwergen war auch bei ihm nicht von einem auf den anderen Moment auszuräumen. Er wollte einen Vorschlag machen, damit sie schneller vorankamen. „Ich und Hraban werden die Mädchen, sobald ihre Kräfte nachlassen, wieder auf den Schultern tragen, und ihr, Sidhara und du, Geerdina, solltet Agomar zwischen euch nehmen.“

„Genauso machen wir es“, nickte der Elb. „Dann auf!“ spornte er die anderen an.

Der Zauberer drückte Sidhara seinen Stab in die Hand, und los ging die wilde Flucht durch den nächtlichen Wald. Der Mond hatte zugenommen und sein Licht erhellte die Finsternis immerhin so weit, daß man einigermaßen gut sehen konnte. Trotzdem schlugen den Mädchen immer wieder Zweige ins Gesicht, die ein brennendes Stechen auf der Haut hinterließen. Langsam muß ich aussehen, dachte Alissa, als habe man mich durch den Fleischwolf gedreht. Sie hielt nun den Blick fest und starr auf den Boden gerichtet und rannte einfach drauflos.

Agomar, der sich von Geerdina und Sidhara im Laufschritt leiten ließ, war anfangs verwirrt. Er war wieder einmal ganz auf die Hilfe der beiden angewiesen und das ärgerte ihn. Hilflosigkeit, befand er, sei ein höchst überflüssiges Gefühl und eines großen Zauberers nicht würdig. Ein ums andere Mal wären sie fast gestürzt, weil er gegen Baumwurzeln oder Steine stieß. Sein Ärger nahm dabei noch zu, und schließlich fluchte er innerlich wie ein Rohrspatz. Einen hilflosen dummen Trottel schimpfte er sich, ein lästiges Etwas, das die anderen nur daran hinderte, schneller voranzukommen, und das sich schlimmstenfalls sogar ihres Todes schuldig machte. Dieser Gedanke jagte ihm einen gehörigen Schreck ein. Du mußt ihnen sagen, sie sollen ohne dich die Flucht fortsetzen, drängte seine Vernunft. Bleib einfach stehen und erkläre es ihnen. Doch als er diesen Entschluß in die Tat umsetzen wollte, trat die Simme der Ersten in seinen Geist.

„Nihilà ăscht nuh dràh. Höre, Agomar. Es ist wahr, daß du ein Trottel und Dummkopf bist. Aber nicht weil du blind bist, sondern weil du dich weigerst zu erkennen, welche Möglichkeiten darin stecken."

Möglichkeiten? dachte der Zauberer.

„Ja. Möglichkeiten. Entfalte deine inneren Kräfte, statt dich mit Sorgen und überflüssigem Schwachsinn zu belasten. Sei wirklich ein großer Zauberer. Erkenne deine wahre Macht."

Dann lachte die Stimme in seinem Geist, so, als sei sie sich im klaren darüber, ihm ordentlich den Kopf gewaschen zu haben. *Dal Axăm. Ischt nuha."*

„Dal Axăm. Ischt nuha. Gehe in Frieden", antwortete Agomar trotz der für ihn nicht gerade schmeichelhaften Worte leise, während der kühle Wind beim Laufen über seine Haut strich. Eine Weile hing er noch seinen Gedanken nach, doch dann veränderte sich seine Wahrnehmung. Endlich begriff er, was die Stimme meinte. Ohne Wenn und Aber richtete er seine Aufmerksamkeit nach innen. Da war etwas Helles, und gleichzeitig nahm er wahr, wie wieder dieses verwirrende, aufreizende Gefühl entstand, die Welt um sich herum sehen zu können, wenn auch nur schemenhaft. Für einen Moment wurde ihm angst und bange, doch dann machten sich seine langen Lehrjahre bemerkbar. Es gelang ihm schnell, seine Gefühle zu beherrschen und sich ganz dieser neuen, aufregenden Erfahrung zu überlassen. Ihm war, als trete er in eine Art Schwerelosigkeit ein, und etwas Unerklärliches, Machtvolles schoß aus seiner Körpermitte. Wie ein Rausch packte ihn diese unglaubliche Empfindung.

Sidhara und Geerdina bekamen mit, daß etwas Außergewöhnliches mit ihrem Freund geschah. Plötzlich spürten sie, wie er seine Hände aus den ihren löste und einen gewaltigen Satz tat, der ihn an die Spitze der Gruppe versetzte. Der Elb und die Hüterin, glaubten ihren Augen nicht trauen zu können. Agomar war von allen Befürchtungen frei und bewegte sich durch den Wald, als könne er sehen. Die unerklärliche Macht leitete ihn trotz der hohen Geschwindigkeit um jedes Hindernis. Nicht einmal berührte er einen Zweig, einen Ast oder Stein. Es war unfaßbar.

„Dal Axam, mein Freund", sagte die Stimme und war wieder da. „Endlich verstehst du. Jetzt, in diesem Augenblick, bist du eins mit der Macht, die das Leben selbst ist. Vertraue, Freund. Vertraue rückhaltlos. *Ischt nuha.*"

Und das tat er. Wie in einer seherischen Erscheinung, wo der Bewegungsfreiheit keine Grenzen gesetzt sind, wo er Meile um Meile hinter sich ließ, ohne müde zu werden, ohne die traumwandlerische Sicherheit zu verlieren.

Agomar wußte später nicht mehr zu sagen, wie lange er in diesem Zustand der Verzückung gewesen war. Die Erfahrung würde sein ganzes Dasein von grundauf verändern. Dessen war er so sicher, wie auf jede Nacht ein neuer Tag folgt. Er wartete.

Es dauerte immerhin zehn Minuten, bis die ersten zu ihm aufschlossen. Und es dauerte eine weitere Viertelstunde, bis auch die letzten ankamen; unter ihnen Pola und Alissa.

„Was ... was ist in dich gefahren?" schnaufte Grimbart, nach Luft und Worten schnappend. „Hat sich das Schattenwesen an unsere Spur geheftet, oder was ist los?"

„Nein", lachte der Zauberer, „das Schattenwesen gewiß nicht. Es wäre gar nicht begeistert von dem, was ich erlebt habe."

„Und was hast du erlebt?"

„Nicht jetzt, Grimbart", wehrte Agomar die Frage ab. „Erst müssen wir in Sicherheit sein, dann können wir reden."

„Wie du meinst, alter Geheimniskrämer."

„Na, mein alter Freund. In dieser Hinsicht stehen wir uns in nichts nach."

Trotz seiner Erschöpfung lachte der König der Zwerge laut auf.

„Der verdammte Kerl ist einfach nie um eine Antwort verlegen", sagte er dann grinsend. „Aber was beschwere ich mich. Ich kenne dich schließlich lange genug. Und bisher war es niemals zu meinem Schaden."

„Das ist doch beruhigend, oder?"

Alle lachten und genossen den Augenblick der Unbekümmertheit.

Nachdem sie eine halbe Stunde gerastet hatten, machten sie sich wieder auf den Weg. Schon bald erreichten sie das Ende des Waldes und stießen auf einen breiten Fluß.

„Der Illuhin", sagte Sidhara und trat ans Wasser. Mit einer anmutigen Geste schöpfte er eine Handvoll aus dem Fluß und ließ es sich über den Kopf rinnen. Es sah aus, als segne er sich selbst, aber es war die Freude, wieder auf heimatlichem Boden zu stehen.

„Wohin jetzt?" fragte Hraban, als er sich ihnen wieder anschloß.

„Dorthin." Sidhara wies in Richtung des Flußverlaufs. „Noch zwei

Stunden Fußmarsch, dann stoßen wir auf eine kleine Hügelgruppe, an deren westlichem Ausläufer sich der geheime Gang in das Reich meines Volkes befindet.“

„Der geheime Gang?“ fragte der junge Krieger. „Ich verstehe kein Wort.“

„Das ist auch nicht nötig. Sobald wir uns in der Sicherheit meines Heimattales befinden, können wir über alles sprechen. Jetzt sollten wir schleunigst machen, daß wir verschwinden.“

So eilten sie weiter. Pola und Alissa waren in ein Gespräch über Hraban vertieft.

„Er sieht wirklich gut aus“, sagte Alissa, „findest du nicht auch?“

„Ja“, antwortete Pola beiläufig.

„Jetzt tu doch nicht so“, erwiderte Alissa, „meinst du, ich sehe nicht, was für verliebte Blicke du ihm manchmal zuwirfst?“

„Du spinnst doch. Verliebte Blicke.“ Sie tippte sich mit dem Finger gegen die Stirn. „Ich habe ganz andere Sachen im Kopf. Ja“, gab sie zu, „ich finde auch, daß er gut aussieht. Aber Aussehen ist nicht alles. Außerdem ist er viel zu alt“, versuchte sie das Gespräch in eine andere Richtung zu lenken.

Alissa kicherte, und als sie etwas dazu sagen wollte, ertönte hinter ihnen lautes Geheul. Sie wirbelten herum und erstarrten. Die Bardoks. Wie hatten sie sie nur vergessen können. Sie wollten um Hilfe rufen, aber die anderen waren längst hinter einer Hügelkuppe verschwunden. Noch war der Feind weit entfernt, doch er kam schnell näher.

Pola und Alissa brüllten, was ihre Kehlen hergaben, und endlich tauchten Fulk, Bardulf, Grimbart und Geerdina auf.

Pola wies mit ausgestrecktem Arm hinter sich, doch alle wußten, wer da kam.

„Hierher“, rief Sidhara. Er stand auf einem Hügel. So schnell sie konnten rannten sie zu ihm.

„Der Eingang zum geheimen Weg ist nicht mehr weit“, machte der Elb ihnen Mut, erwähnte aber nicht, daß er seit Jahrzehnten nicht mehr benutzt worden war und er keine Ahnung hatte, ob er nicht längst von wildem Gestrüpp überwuchert war. Er warf einen letzten Blick auf den Fluß und übernahm die Führung. Ein Hügel reihte sich an den anderen und überall strömten kleine Bäche dem Illuhin zu. Dies war ein fruchtbares, lebendiges Stück Erde, doch dafür hatten sie jetzt keinen Blick übrig. Sie durchhasteten eine schmale Senke, bis sie zu einem Birkenwald kamen. Zielsicher strebte Sidhara einem kaum noch sichtbaren Pfad zu, der nur vom geübten Auge des Naturmenschen zu erkennen war.

Das siegesgewisse Geheul der Meute war jetzt schon deutlich zu hören, und es konnte sich nur noch um Minuten handeln, bis sie ihren Aufenthaltsort herausgefunden hatten. Wo war nur dieser verdammte Eingang? Sidhara kniete nieder und untersuchte einen Steinsockel, schien etwas ganz Bestimmtes zu suchen, aber nicht zu finden. Verzweiflung zeichnete sein schönes Gesicht und seine Gelassenheit wich fiebriger Anspannung.

„Ich finde es nicht", sagte er schließlich niedergeschlagen.

„Wonach suchst du denn?" fragte Grimbart.

„Nach einem in den Stein eingeritzten Zeichen. Ein ovales, in sich selbst verschlungenes Muster."

„Wann ist der Weg zum letzten Mal benutzt worden?"

„Ich weiß es nicht genau, aber es ist sicher Jahrzehnte her."

„Dann kann die Erdkrume angewachsen sein. Durch das Laub der Bäume, oder was weiß ich. Jeder nimmt sich einen der Steine vor und gräbt mit den Händen den Sockel frei", befahl der König der Zwerge und alle folgten dieser Anweisung augenblicklich. Wie von Sinnen krallten sie ihre Finger in den weichen Waldboden und gruben so schnell es nur ging. Fingernägel brachen und Fingerkuppen bluteten. Aber was spielte das jetzt für eine Rolle. Der erste Bardok tauchte auf und stieß, als er sie entdeckte, ein triumphierendes Kriegsgeschrei aus.

Geerdina schob Hraban beiseite. „Laß mich weitermachen. Nimm du deinen Bogen und halte uns die Kerle vom Leib."

Der Sohn des Raben, der niemals einen Kampf herausgefordert hatte, aber auch keinem aus dem Weg ging, wenn es die Umstände erforderten, schaltete sofort um. Sein Gesicht strahlte eine unerschütterliche Ruhe aus, als er den ersten Pfeil auf die Sehne legte.

„Ich habe es gefunden!" hörte er einen freudigen Ausruf hinter sich. Jeder Muskel seines Körpers war leicht angespannt, sein Geist gesammelt und klar. Grimbart und Bardulf traten ihm zur Seite, die scharfschneidigen Streitäxte in den schwieligen Händen. Der König der Zwerge ließ seinen Blick über den jungen Krieger gleiten und nickte voller Bewunderung.

„So etwas hat man nicht von Kindheit an im Blut. Du hattest einen guten Lehrmeister, wie ich annehme?“

„Einen herausragenden. Und wenn es nach mir geht, möchte ich ihn noch einmal wiedersehen.“

„Dann laß uns schnellstens verschwinden, Sohn des Raben. Sollten die Bardoks uns in die Finger kriegen, werden sie uns die Haut bei lebendigem Leibe abziehen. Eine Art zu sterben, der ich nach wie vor keinen sinnlichen Genuß abgewinnen kann.“

„Sie kommen“, knurrte Bardulf gereizt. Fulks Nackenhaare sträubten sich, und er stieß ein tiefes drohendes Knurren aus, bereit, mit seinem Herrn in den Kampf zu ziehen.

Im nächsten Moment hörten sie hinter sich ein mahlendes Geräusch, dann ein dumpfes Knacken und die aufgeregte Stimme Sidharas. „Der Gang ist offen, Freunde. Schnell!“

„Geht nur“, sagte Hraban. „Ich komme sofort. Ich will nur ihre Angriffslust ein wenig bremsen.“

„Aber warte nicht zu lange. Dann könnte es zu spät sein.“

„Keine Sorge, König Grimbart.“

Etwa vierzig Bardokkrieger wälzten sich wie eine dunkle Wolke über den Hügel, schwangen mächtige Äxte und langstielige Speere, die an ihren Spitzen mit Widerhaken versehen waren. Diese Waffen rissen einem das Fleisch in kleinen Stücken aus dem Leib.

Zuvorderst stand ein riesiger Kerl und musterte Hraban aus seinen böse funkelnden Augen. Plötzlich stieß er ein tiefes Grunzen aus, das Zeichen zum Angriff.

Mit unerschütterlicher Ruhe spannte Hraban die Sehne des Bogens und wartete. Genau im richtigen Augenblick ließ er los. Der Pfeil zischte durch die Luft und steckte Sekunden später in der Brust des Anführers. Er hatte das Herz durchbohrt. Der Hüne sank mit einem Gurgeln zusammen, und sofort scharte die Meute sich um ihn. Pfeil um Pfeil jagte der junge Krieger in den Pulk schwarzer Leiber, bis sein Köcher leer war. Dann nutzte er das kopflose Durcheinander und eilte, mit einem jubelnden Aufschrei, in großen Sprüngen zur Öffnung des Ganges. Eine mächtige Steinplatte ragte in die Höhe, davor gähnte ein schwarzes Loch aus dem jetzt Sidharas Kopf hervorlugte.

„Schnell“, drängte er. „Sie sammeln sich bereits wieder.“

Der junge Krieger entdeckte grob in den felsigen Untergrund gehauene Stufen. Augenblicke später war er unter der Erde verschwunden. Der Elb betätigte eine aus geschliffenen Kristallen hergestellte Vorrichtung, und die Platte senkte sich mit einem Knirschen herab. Gerade als sie mit einem dumpfen Laut die Öffnung verschloß, hagelten Speere und Streitäxte darauf nieder. Sie waren in Sicherheit.

Die Gegensätze konnten verschiedener nicht sein. Oberhalb der Erde herrschte ein heilloser Tumult. Wutentbrannt schrien die Bardoks sich gegenseitig an, und es kam sogar zu brutalen Schlägereien.

Unterhalb der Erde dagegen war es stockfinster und still wie in einem Grab. Nur die leisen Atemgeräusche der Anwesenden waren zu hören.

„Agomar?"

„Was ist, Sidhara?" fragte der Zauberer, der die Stimme des Elben sofort erkannt hatte.

„Übernimmst du die Führung?"

„Aber ich kenne den Weg nicht."

„Ich auch nicht. Ich bin ihn noch niemals gegangen. Außerdem hast du in den vergangenen Tagen ein ungewöhnliches Gespür für die Dunkelheit entwickelt und darum bist du am geeignetsten."

„Du hast recht. Also gut. Einverstanden. Jeder hält sich am vor ihm Gehenden fest, so behalten wir als Gruppe immer die Verbindung untereinander. Alles klar?"

„Alles klar", antworteten die anderen, und so setzten sie ihren Weg unter der Führung des Zauberers fort.

„Eine Frage noch", wandte er sich an den hinter ihm gehenden Elben. „Wird die Steinplatte den Bemühungen der Bardoks widerstehen?"

„Das ist schwer zu sagen. Auf jeden Fall werden sie lange brauchen. Aber ich vermute, daß sie unverrichteterdinge abziehen werden. Elben können für die Ewigkeit bauen, wenn es sein muß. Und auf die Herstellung dieser Platte ist besondere Sorgfalt verwendet worden. Nein. Wir brauchen uns keine Sorgen zu machen."

„Das beruhigt mich ungemein, mein Freund."

„Mir ist eben daran gelegen, daß es dir gutgeht."

Der Zauberer schmunzelte.

Stunde um Stunde verging, und der Gang schien kein Ende nehmen zu wollen. Agomar fühlte sich in der Dunkelheit immer mehr heimisch, aber Alissa wurde immer unangenehmer zumute. Ein beklemmendes Gefühl breitete sich in ihr aus. Sie hatte Angst, daß der Gang vor ihnen vielleicht irgendwo eingebrochen sein mochte und sie umkehren mußten. Eine nicht unberechtigte Furcht. Oder sie glaubte die Masse der Erde über sich wie ein niederdrückendes Gewicht auf den Schultern zu spüren. Und dann war da noch die Enge des Ganges, die ihr manchmal die Luft zum Atmen nahm. Aber bisher war es ihr immer wieder gelungen, all ihren Mut zusammenzunehmen und einen Fuß vor den anderen zu setzen. Hin und wieder lauschte sie gebannt in die sie umgebende Finsternis oder richtete ihre Aufmerksamkeit auf den muffigen, manchmal fauligen Geruch, der von abgestandenem Wasser herrühren mochte. Und allein der Gedanke, daß Wasser hier eindrang, weckte neue Befürchtungen. So hielt sie sich an König Grimbart fest und ließ sich mitziehen.

Doch schließlich fiel das Gespenst der Angst wie ein erstickendes dichtgewobenes Netz über sie her. Sie zitterte am ganzen Leib. Jegliche Kraft, jeglicher Mut schien aus ihren Knochen gesogen zu werden. Am liebsten hätte sie laut aufgeschrien. Lieber Gott, hilf mir, murmelte sie immer und immer wieder. Und dann tauchte wieder das Auge des Einhorns auf. Wie ein Lichtfunken tanzte es in der Dunkelheit. Es beruhigte sie nicht. Im Gegenteil.

Doch dann rief Sidhara: „Wir sind da. Dies ist das Reich meines Volkes, das ihr alle das Glückliche Volk nennt. Dies ist das Elbenland.“

Im Land der Elben

Alissa trat aus dem dunklen Gang in das Licht der Sonne und gleichzeitig war ihr, als wechsle sie von der Hölle ins Paradies.

Für eine Weile blendete sie die Helligkeit. Doch als sie wieder alles klar erkennen konnte, fielen Angst und Schrecken wie unwirkliche Erscheinungen von ihr ab.

Die Öffnung des Ganges lag hoch oben in einer Felswand, und man hatte von hier eine wunderbare Aussicht über das Tal des Illuhin. Am Horizont waren hochaufragende, feingeschwungene Gebäude zu sehen. Direkt zu ihren Füßen führte ein Weg in einen Wald, der überwältigend schön war. Wie gemalt wirkte alles auf den Betrachter, wie von zauberischer Hand gestaltet. Bäume mit smaragdgrün und seidig glänzenden Stämmen schraubten sich in die Höhe, und lange, schmale, perlmuttschimmernde Blätter schaukelten im Wind. Der Boden war übersät mit einem elfenbeinfarbenen Blütenteppich lilienähnlicher Pflanzen, und überall plätscherten schmale Rinnsale und erfüllten die Luft mit dem heiteren Klang fließenden Wassers. Zahllose, in ihrer Buntheit unübertroffene Vögel zwitscherten in den Ästen oder flogen in großen Schwärmen durch das Kronendach der Bäume. Es herrschte eine wunderbare Stimmung von Friede, Leichtigkeit und Freude, wie Alissa sie niemals zuvor kennengelernt hatte.

Dieser rasche Wandel von starker Angst zu ergreifender Schönheit trieb ihr Tränen ins Gesicht, und sie ließ ihnen freien Lauf. Sie war schlicht überwältigt. Es erging den anderen ebenso.

„Schade, alter Freund, daß du das nicht sehen kannst", bedauerte Grimbart und umfaßte den Arm des Zauberers.

„Man kann nicht alles haben", entgegnete Agomar. Doch obwohl es gelassen klingen sollte, war eine Spur von Bitterkeit darin nicht zu überhören. Natürlich hätte er zu gern die Heimat des Glücklichen Volkes mit seinen eigenen Augen gesehen. Wie lange war den Zauberern diese Möglichkeit verwehrt gewesen. Und nun, da er seinen Fuß auf dieses geheiligte Stück Erde setzte, war er blind. Das tief empfundene Gefühl des Glücks, ja der Glückseligkeit, das ihn nach seiner rauschhaften Erfahrung bis zu diesem Augenblick begleitet hatte, vermischte sich nun mit einem wehmütigen Schmerz. Doch wie hatte sein Meister immer gesagt: Leid ist die wunderbare Absicht des Lebens, uns auf Dinge aufmerksam zu machen, denen wir sonst beharrlich ausweichen. Leid erzeugt Wahrhaftigkeit und Mitgefühl. Dem Zauberer war nicht klar, was das in diesem Augenblick für ihn selbst bedeuten mochte, aber der Gedanke half ihm, sich nicht in seine Wehmut hineinzusteigern.

Sidhara, den es verständlicherweise weiterdrängte, setzte sich als erster in Bewegung, und die anderen folgten ihm dichtauf. Allerdings kostete es sie einige Mühe, sich von dem betörenden Eindruck der Schönheit des Elbenlandes zu lösen und ihre Aufmerksamkeit wieder dem Gehen zuzuwenden.

Als sie das Ende des Weges erreichten, wurden sie in eine Wolke verführerisch süßlichen Dufts eingehüllt, der von den elfenbeinfarbenen Blüten aufstieg und die Sinne verwirrte. Der Elb winkte ihnen, sich zu beeilen, aber alle folgten nur äußerst widerwillig seinem Ansinnen. Hatte er denn gar keine Empfindungen für die Verlockungen seines eigenen Landes? Wie konnte er so achtlos durch diese traumhaft schöne Landschaft stapfen und sie auch noch auffordern, sie rasch hinter sich zu bringen. Einige unter ihnen spürten bereits Zorn aufsteigen. Sie wollten bleiben und genießen. Aber Sidhara blieb unerbittlich. Einmal zog er Pola sogar vorwärts. Sie hatte sich hingesetzt und verweigerte stur seine Bitte, ihm zu folgen. Schließlich hatte er sie hochgezogen und unmißverständlich Gehorsam von ihr verlangt. Pola war so überrascht von diesem ungewohnten Verhalten des Elbenkönigs, daß sie ihm widerspruchslos folgte.

„Warum hast du das getan?“ erregte Geerdina sich, als sie das Blütenmeer hinter sich hatten. „So eilig haben wir es nun auch nicht.“

„O doch, das haben wir“, antwortete Sidhara. „Außerdem ist dieser Bereich unseres Landes aus ganz bestimmten Gründen so gestaltet.“

„Und die wären?“

„Um, falls es irgendwelchen Feinden doch gelingen sollte, den geheimen Weg zu uns zu finden, ihn hier, allein durch die Schönheit des Ortes, gefangenzunehmen. Ihr habt am eigenen Leib erfahren, wie verführerisch er wirkt und wie ungehalten man wird, wenn man ihn verlassen soll.“

„Warum hast du uns das nicht vorher gesagt?“

„Weil es keinen Zweck gehabt hätte, Hüterin. Ihr hättet es sofort vergessen. Schönheit kann einem starke Fesseln anlegen, vielleicht sogar mehr als alles andere. Und ich wollte, daß ihr es erlebt, damit ihr wirklich begreift, wovon ich spreche.“

Einige Sekunden lang starrte Geerdina den Elben verständnislos an, doch dann schien sie zu begreifen.

„Ich glaube zu verstehen, was du meinst. Aber sicher bin ich nicht.“

„Wessen ist man schon sicher“, antwortete Sidhara vieldeutig, lächelte und setzte den Weg fort.

Geerdina sah ihm hinterher und als sie für einige Augenblicke in der Anmut seiner geschmeidigen Bewegungen versank, war sie froh, dies alles, trotz des schwerwiegenden Fehlers, den sie begangen hatte, miterleben zu dürfen.

Kaum eine halbe Stunde später trafen sie auf zwei Elbenkrieger, die auf dem Weg zur Grenze waren. Im ersten Moment blieben die beiden wie vom Donner gerührt stehen und musterten die Ankömmlinge feindselig. Aber als sie Sidhara entdeckten, der hinter Agomar ging, kamen sie sofort herbeigeeilt.

Ehrerbietig neigten sie ihre Köpfe und warteten darauf, von ihrem König angesprochen zu werden. Sie trugen lange, bis zu den Knien reichende, federleichte Umhänge aus grünem Stoff. Jeder hielt einen Bogen aus Eschenholz in der Hand und hatte sich einen Köcher mit Pfeilen mit einem Schultergurt auf den Rücken geschnallt. An den Füßen trugen sie enganliegende Schaftstiefel aus weichem Leder, die bis zu den Waden reichten.

„Nennt mir Eure Namen“, bat Sidhara. Er vermutete, daß sie zu den ausgebildeten Kriegern gehörten, die als Posten an der Grenze Wache hielten.

„Ich heiße Lhelwin“, sagte der eine. „Und das ist Alban.“

„Gut, Lhelwin und Alban. Ich nehme an, ihr seid auf dem Weg zur Grenze.“

Sie nickten.

„Sagt unseren Mitbrüdern und -schwestern, sie sollen die Augen offenhalten. Ein Schattenwesen ist in unsere Welt eingedrungen, und es ist nur eine Frage der Zeit, wann wir in den Kampf ziehen müssen."

„In den Kampf?" Die Gesichter der beiden Elben wurden bleich. „Aber ..."

„Ich weiß", nahm Sidhara Albans Einwand vorweg. „Wir haben seit über einem Jahrhundert nicht mehr kämpfen müssen. Aber nun zwingen uns die Ereignisse dazu. Und ich hoffe aus ganzem Herzen, daß unser Volk nicht verlernt hat, sich seiner Haut zu wehren. Eilt jetzt!"

Alban hielt kurz inne.

„Darf ich Euch etwas fragen, mein König?"

„Ja", erwiderte Sidhara, „aber nur eine Frage."

„Wie seid Ihr mit diesen hier in unser Land gekommen?" Er wies mit ausgestrecktem Finger auf die beiden Zwerge, Pola, Alissa und die anderen.

Zunächst wollte der Elbenkönig ihm für die ungehörigen Worte und vor allem für die unbotmäßige Art seines Benehmens über den Mund fahren. Aber dann schluckte er seinen aufkeimenden Zorn hinunter, da er gleichzeitig Verständnis für die Unerfahrenheit dieses jungen Mannes hatte.

„Wir haben den geheimen Weg benutzt."

„Den geheimen Weg!" riefen beide entsetzt wie aus einem Mund. „Das ... das durftet Ihr nicht, mein König", rutschte es Alban heraus. Am liebsten hätte er sich die Zunge abgebissen.

„Bei aller Achtung, die ich vor dir hege, junger Alban", entgegnete Sidhara, und in seinen Augen glitzerte ein dunkles Feuer, „aber du hast mir sicher nicht vorzuschreiben, was ich zu tun oder zu lassen habe."

„Nein, mein König. Natürlich nicht", antwortete der junge Elb kleinlaut. „Es war nur ..."

„Ich weiß. Ich habe meinen Schwur gebrochen und werde mich dafür verantworten müssen. Aber sicher nicht vor euch. Und jetzt eilt!"

Die beiden verneigten sich und machten sich davon, froh, noch einmal so glimpflich davongekommen zu sein.

Hraban schaute ihnen nach, bis sie hinter den Bäumen verschwunden waren, und dachte an Sidhara. Seit sie das Tal des Illuhin, das Land seines Volkes, betreten hatten, war er ein anderer geworden. Fast, als sei ein Ruck durch ihn gegangen. Eine ganz besondere Ausstrahlung ging von ihm aus; eine Ausstrahlung, die Stärke, Verantwortungsgefühl und Zielstrebigkeit miteinander verband. Aber da war auch noch etwas anderes. Eine Anspannung, eine kaum wahrnehmbare Angst, was in den so wichtigen Stunden, die vor ihnen lagen, geschehen mochte. Er war der König und sein Wort hatte Gewicht. Aber würde man ihm überhaupt zuhören? Oder würde man ihn aus dem Land jagen? Der Elbenkönig hatte einen Schwur gebrochen. Natürlich, die Umstände hatten es von ihm verlangt, und er hatte keine Wahl gehabt. Aber was nutzte das? Hraban wußte nur zu gut, was in seinem eigenen Land mit Eidbrechern geschah. Ein Frösteln lief durch seinen Körper, als er sich umdrehte und der Gruppe folgte, die sich schon ein wenig von ihm entfernt hatte. Schön sind sie ja, die Elben, dachte er. Aber sind sie auch in der Lage, über ihren eigenen Schatten zu springen und so zu handeln, wie die Umstände es erfordern? Oder sind sie in ihren eigenen Riten und Bräuchen so sehr erstarrt, daß keine Bewegung mehr möglich ist? Und Beweglichkeit, dachte der junge Krieger, ist dringend vonnöten, wenn wir dem Feind ernsthaften Widerstand entgegensetzen wollen.

Mit sorgenvollem Blick ging er weiter. Schon bald würde er es wissen. Auf jeden Fall beneidete er Sidhara nicht um seine Aufgabe. In diesem Moment war er froh, nicht in der Haut des Elbenkönigs zu stecken. Aber was immer geschehen wird, dachte Hraban. Ich stehe an seiner Seite.

Vier Stunden später erreichten sie das Ende des Waldes. Außer den beiden jungen Elben war ihnen niemand begegnet. Als sie aus dem Schatten der Bäume traten, öffnete sich die Umgebung zu einer weiten grasbewachsenen Ebene. Der Illuhin strömte träge durch sein breites Bett. Zu seiner Rechten sah man ein Gebirge, dessen schneebedeckte Gipfel im Sonnenlicht glitzerten.

Pola ließ den Blick schweifen und hielt inne. Ein banger Schreck lähmte für einen Moment ihre Glieder. Hinter der Elbenstadt ragte ein gewaltiger Berg in die Höhe. Wie ein Mahnmal thronte er spitz und bedrohlich über der Landschaft, als wolle er allen lebenden Wesen zeigen, wie unbedeutend sie in Wirklichkeit waren. Um seinen Fuß herum sah man eine träge, dunkelgraue Wolkenmasse schweben, die den Anblick noch furchterregender machte.

„Sidhara?“

„Ja, Pola?“

„Das ist die Todesspitze, nicht wahr?“

Der Elbenkönig nickte. „Viele tapfere Elben haben dort ihr Leben gelassen in den letzten Jahrzehnten. Alle wollten sie herausfinden, welches sagenhafte Geheimnis er birgt. Doch niemand ist zurückgekehrt, um davon zu berichten. Seinem schrecklichen Namen hat er wahrlich alle Ehre gemacht."

„Wie haltet ihr es nur aus, ständig in seinem Schatten zu leben?" fragte König Grimbart, der die letzten Worte mitbekommen hatte.

Sidhara wandte sich ihm zu und betrachtete den Zwerg schweigend. Als er bemerkte, wie unhöflich sein Verhalten war, streckte er ihm die Hand entgegen.

„Entschuldigt. Nehmt meine Hand, König Grimbart. Schon viel zu lange liegen euer und mein Volk im Zwist miteinander. Bisher hatte ich wenig Gelegenheit, euresgleichen kennenzulernen. Doch ich muß sagen, mir gefällt, was ich sehe, und es würde mich freuen, im Kampf gegen das Schattenwesen an Eurer Seite stehen zu dürfen."

Grimbart, der sich sichtlich geschmeichelt fühlte, nahm die Hand und erwiderte die freundschaftliche Geste.

„Ihr wißt gar nicht, wie gut das tut. Ich bin ein alter Mann. Doch man sollte das Alter niemals geringschätzen, denn es hat häufig die gute Angewohnheit, einen friedfertiger zu stimmen. So nehmt meinen Dank, König Sidhara, und laßt uns unser Amt dafür einsetzen, die leidvolle Vergangenheit zu begraben, um eine hoffnungsfrohere Gegenwart und Zukunft zu bauen. Die Zeit ist mehr als reif dafür."

Sidhara lächelte. „Selten, wenn überhaupt, hat ein König der Zwerge bessere Worte für eine gemeinsame Zukunft gefunden. So laßt uns alles dafür tun, daß es nicht nur Worte bleiben."

„Ihr könnt auf mich zählen."

„Ich weiß. Ich wußte es vom ersten Augenblick an, als ich Euch sah. Euer Volk kann sich glücklich schätzen."

Grimbart neigte den Kopf und erwiderte: „Eures auch."

Eine halbe Stunde später wurden sie von fünf Elbenkindern, die am Flußufer spielten, entdeckt. In Windeseile sprach sich die Nachricht herum, und schon bald waren sie von einem Pulk sie neugierig musternder Kinder umgeben. Doch da Sidhara unter ihnen war, hüteten sie sich, Laute des Mißfallens von sich zu geben oder gar zu nahe an die Gruppe heranzutreten. Einmal versuchte Alissa eines der kleinsten Kinder, das vorwitziger und mutiger als die anderen war, am Arm zu fassen. Mit einem hellen Aufschrei stob es davon und ließ sich nicht mehr blicken.

Als sie schließlich die äußeren Anlagen der Stadt erreichten, war die Gruppe auf über einhundert angewachsen.

Eine Abordnung Elben-krieger in schimmernden Rüstungen, jeder mit einer Lanze bewaffnet, kam ihnen entgegen. Sidhara trat vor und bat die anderen, in gebührendem Abstand hinter ihm zu bleiben. Die acht Elbenkrieger gruppierten sich um den König und begleiteten ihn gemessenen Schrittes.

Alissa und Pola nahmen sich Zeit, um die Stadt genauer anzusehen. Was sie sahen, raubte ihnen den Atem. Die aus einem ihnen unbekannten Material erbauten Häuser schienen wie riesige Vogelhäuser in der Luft zu schweben. Die hauchdünnen Streben, die als Bodenverankerung dienten oder die einzelnen Häuser miteinander verbanden, schienen eher Zierat als wirklich notwendig für den Zusammenhalt zu sein. Alle Häuser waren in verschiedenen Pastelltönen gestrichen und mit meisterlich gearbeiteten Tier- oder Pflanzenmotiven versehen, die erst nach eingehender Betrachtung die Aufmerksamkeit auf sich zogen. Zwischen den einzelnen Häusern schwangen sich Treppen in schwindelerregende Höhen. Sie sahen aus wie ein riesiges Spinnenmuster, das die ganze Stadt miteinander verband. Alle waren hingerissen; selbst Grimbart, der, was die hohe Baukunst betraf, ein gewichtiges Wort mitreden konnte. Aber dies, erkannte er doch neidvoll, übertraf selbst das, was die Zwerge zu leisten imstande waren.

Goldene Zwiebeltürme blitzten im Sonnenlicht, und Türkisfarbene, smaragdgrüne und rubinrote Dächer wanden sich gen Himmel. Und über all dem lag eine wunderbare Leichtigkeit, die jeden verzauberte und nicht mehr losließ.

Wenn dies, dachte König Grimbart, nur noch ein Abglanz dessen ist, wozu die Elben in alter Zeit fähig waren ... Ja, was dann? Ihm wurde allein bei dem Gedanken schwindelig.

Die Gruppe hielt an.

„Hab acht, alter Freund“, sagte der Zauberer, als der König der Zwerge ihn rempelte, „und nicht nur auf meine Knochen.“

„Wie meinst du das?“

„Rechne damit, das dir kein freundlicher Empfang gewährt wird. Die Elben des Hohen Rates sind nach wie vor nicht gut auf dein Volk zu sprechen. So hat Sidhara die Lage geschildert. Und ich habe kei-

nen Grund, an seinen Worten zu zweifeln."

„Meinst du, es könnte gefährlich für Bardulf und mich werden?"

„Das wohl kaum. Man kann euch natürlich des Landes verweisen, aber eine Gefahr für Leib und Leben besteht wohl nicht. Das verbietet ihnen das Gesetz der Gastfreundschaft. Außerdem sind wir in Begleitung des Königs. Da werden sie es nicht wagen, mit ungebührlicher Härte vorzugehen."

„Ich hoffe, du behältst recht. Ich hoffe es sehr."

Sie betraten einen hohen lichtdurchfluteten Kuppelraum. Der Boden war mit verschlungenen Mosaiken belegt, deren Bedeutung nur Eingeweihte kannten. Ansonsten war der Raum jedoch frei von Verschönerungen und sehr schlicht gehalten. Nichts lenkte das Auge des Betrachters ab. In der Mitte des Raumes stand ein kreisrunder Tisch mit etwa zwanzig Stühlen, an dem acht in weiße Umhänge gekleidete Elben saßen und die Eintretenden fast feindselig musterten. Hraban, der sich nicht einschüchtern ließ, reihte sich stolz in die Reihe seiner Freunde ein. Ein weiterer Elb sah, den Rücken ihnen zugewandt, an einem großen runden Fenster nach draußen. Er trug, im Gegensatz zu den anderen, einen tiefblauen Umhang. Allen gemeinsam war ihr langes schlohweißes Haar.

„Setzt euch", bot einer der Elben ihnen an.

Nachdem alle Platz genommen hatten, fuhr er, sich an Sidhara wendend, fort: „Seid Ihr also zurückgekehrt, König Sidhara, und wie man sieht, habt Ihr Gäste mitgebracht." Die Worte kamen ein wenig zu glatt über seine Lippen.

„Ja, Derivan", antwortete der König der Elben. „Ich bin zurückgekehrt, obwohl ich denke, daß auch ihr nicht damit gerechnet habt. Aber diese hier sind nicht nur Gäste. Sie sind Freunde."

„Ihr schließt schnell Freundschaften, mein König", erwiderte der Elb scharf. „Anscheinend selbst mit Feinden unseres Volkes."

Grimbart knurrte verärgert, schwieg aber.

„Wenn Ihr Euch dabei auf die Zwerge bezieht, die mit uns am Tisch sitzen, dann könnte man zugegebenermaßen diesen Eindruck gewinnen. Aber die Zeiten haben sich geändert, Derivan. Ein viel größerer Feind sammelt sich vor unserem Land und gegen ihn können wir nur gemeinsam bestehen."

„Ein größerer Feind? Wovon sprecht Ihr?"

„Ein Schattenwesen ist in unsere Welt gedrungen. Und jede Stunde nehmen seine finsteren Heerscharen zu. Wenn sich nicht alle freien Völker zusammenschließen, werden sie untergehen. Elben oder Zwerge, das macht keinen Unterschied."

Unter den sieben anderen Elben am Tisch entstand lebhaftes Getuschel, bis Derivan mit einer gebieterischen Handbewegung Einhalt gebot.

„Habt Ihr das Schattenwesen mit eigenen Augen gesehen?"

„Nein, aber ..."

„Wie könnt Ihr dann etwas so Ungeheuerliches behaupten?"

Darauf wußte Sidhara im ersten Moment nichts zu entgegnen. Agomar sprang in die Bresche und nahm das Wort an sich: „Verzeiht, wenn ich mich einmische. Aber ich habe es gesehen. Ich habe sogar mit ihm gekämpft."

„So? Und wer seid Ihr, der Ihr den Kampf mit einem Schattenwesen überlebt haben wollt?" fragte Derivan spöttisch.

„Mein Name ist Agomar", antwortete er mit klarer, durchdringender Stimme, „in anderen Bereichen des Landes nennt man mich auch Zachäus Zauberhand."

„Ein Zauberer also, wenn ich richtig rate."

„So ist es."

„Und Ihr glaubt ernsthaft, Ihr könnt uns weismachen, den Kampf mit einem Schattenwesen überlebt zu haben. Haltet Ihr uns für altersschwache Greise? Niemand kann ohne Hilfe im Kampf gegen ein Schattenwesen überleben."

„Da habt Ihr gewiß recht. Aber ich war nicht allein, ehrenwerter Derivan."

„Ah. Und wer hat Euch in diesem heldenhaften Kampf beigestanden?"

„Das schwarze Einhorn."

Für mehrere Augenblicke herrschte beklemmende Stille. Derivan beäugte Agomar mißtrauisch, erhob sich und ging hinter dem Tisch auf und ab.

„Ihr behauptet also", sagte er dann, „nicht nur ein Schattenwesen bedroht unser Land, sondern auch das schwarze Einhorn ist aus der sagenumwobenen Welt in die unsere zurückgekehrt. Ich glaube Euch kein Wort."

„Und ich glaube Euch jedes Wort", sagte der Elb, der am Fenster stand und sich damit erstmals in das Gespräch einmischte.

„Gestattet, Agomar, daß ich mich vorstelle. Nandur ist mein Name. Erzählt uns von Eurem Kampf und der Begegnung mit dem Boten der Wahrheit."

Derivan stemmte sich wütend mit den Händen gegen den Rand der Tischplatte, nahm wieder Platz und warf Nandur einen bösen Blick zu. Aber er wagte nicht, einen Einwurf zu machen.

Agomar, dessen Gespür sich durch seine Blindheit immer mehr verfeinert hatte, wußte auf Anhieb, mit wem er es hier zu tun hatte. Dies mußte der Elb sein, den Sidhara einmal erwähnte hatte. Was hatte der Elbenkönig gesagt? Es gibt da jemandem, bei dem ich mich freue, ihn dir vorstellen zu können. Er ist mir ein Beispiel dafür, daß es sich lohnen kann, den Weg der Weisheit zu gehen. Der Zauberer lächelte innerlich, ohne eine Miene dabei zu verziehen. Nandur war auf ihrer Seite, und er schwor sich, diese Gelegenheit zu nutzen.

„Seid Ihr blind, Agomar?" Nandurs Stimme hatte einen weichen, sanftmütigen Klang. „Ich frage, weil Eure Augen keinen Halt im Raum zu finden scheinen."

„Ja."

„Seit Eurer Geburt?"

„Nein. Seit dem Kampf mit dem Schattenwesen."

Ein leises Raunen entstand. Nur Derivan zeigte keine Regung.

„Gut dann", ermunterte Nandur den Zauberer, „erzählt. Wir werden Euch zuhören, bis Ihr fertig seid."

Und so lauschten alle Anwesenden Agomars Worten. Auch die, die die Geschichte bereits kannten, wurden noch einmal davon gefangengenommen. Es war die höchst anschauliche Darstellung des Zauberers, die sie in den Bann zog, und als er endete, hatte er alle Elben auf seine Seite gezogen. Sie waren sicher, so etwas konnte er sich unmöglich aus den Fingern gesogen haben.

Sidhara legte seinem Freund die Hand auf den Arm und bedankte sich schweigend. Nun, war er sicher, würde er mit Nandurs Hilfe auch das Volk auf seine Seite ziehen können, und sie würden sich endlich gegen den Feind rüsten, der sich vielleicht schon auf ihr Land zubewegte, um es zu vernichten. Er war mehr als zufrieden mit der Entwicklung des Gesprächs. Er hatte mit erheblich größerem Widerstand gerechnet. Ein Gefühl des Triumphes konnte er nicht verhehlen. Er ließ seinen Blick langsam durch den Raum schweifen. Als er Derivans wütend funkelnde Augen sah, wusste er, daß er sich einen Feind geschaffen hatte, den er nicht unterschätzen durfte.

Als er einen jungen Elbenkrieger aufforderte, etwas zu essen für seine Freunde zu besorgen, drang von draußen tumultartiger Lärm an sein Ohr.

„Was geht da vor?“ rief Derivan, der die Gelegenheit nutzte, um wieder das Wort an sich zu reißen. Er war nicht bereit, aufzugeben. Schon einmal, vor über einem Jahrhundert, hatten die Elben seiner Ansicht nach die Drecksarbeit übernommen und waren dabei fast aufgerieben worden. Sollten sich doch diesmal die Zwerge der finsteren Macht entgegenstellen und ihr Leben lassen im Dienst für das gesamte Reich. Warum immer die Elben? Daß bei diesem Kampf ebenso viele Zwerge wie Angehörige des Glücklichen Volkes ihr Leben geopfert hatten, verdrängte er.

Ein Elbenkrieger betrat den Raum, der von zwei anderen gestützt wurde und eine häßliche, klaffende Wunde am Kopf zugefügt bekommen hatte. Blut rann ihm über das Gesicht.

„Was hat das zu bedeuten?“ Derivan hatte in diesem Augenblick das sichere Gefühl, daß das Stimmungspendel wieder zu seinen Gunsten umschlagen würde.

„Sprich! Was ist geschehen?“ forderte er den Elben auf.

„Bardoks“, antwortete der verletzte Mann mit heiserer Stimme.

„Bardoks? Was ist mit diesem elenden Geschmeiß?“

„Sie ... sie sind in unser Land eingedrungen.“

„Wie das?“ schrie Derivan aufgebracht und schnellte hoch.

„Sie sind durch den geheimen Gang gekommen. Plötzlich ...“

„Den geheimen Gang?“ murmelten die Elben fassungslos.

Agomar spürte, wie Sidhara erneut die Hand auf seinen Arm legte und wie sich die Finger des Königs in den Stoff seines Umhangs krallten.

„Wie ist das möglich?“ Derivans Augen sprühten vor Wut.

„Sie sind mir und meinen Freunden gefolgt“, antwortete Sidhara. Es klang verunsichert.

„Willst du ...“, entgegnete Derivan, sichtbar nach Luft ringend und die förmliche Anrede beiseite lassend. „Willst du damit etwa sagen, du hast diese hier“, er wies mit ausgestrecktem Arm auf Sidharas Freunde, „durch den geheimen Gang hierhergebracht?“

„So ist es.“

Es herrschte entsetztes Schweigen. Die Vorstellung allein war für die Elben so ungeheuerlich, daß es ihnen für eine Weile die Sprache verschlug. Dann spürte Agomar, wie eine Welle des Zorns durch den Raum flutete.

„Laßt mich erklären", sagte er, um den drohenden Streit abzuwenden. „Es ..."

„Haltet Euch da raus, Zauberer", schnitt Derivan ihm harsch das Wort ab. „Das ist eine innere Angelegenheit der Elben und geht Euch nichts an. Dies ist eine Anghelegenheit zwischen dem König und ..."

„Entschuldigt", erwiderte Agomar ungerührt, „aber das sehe ich anders. Die Zeiten ..."

„Wie Ihr das seht, ist für uns nicht von Belang. Schweigt jetzt! Ihr befindet Euch im Haus des Hohen Rates und habt Euch dementsprechend zu benehmen!"

„Aber das gilt auch für uns", ergriff Nandur wieder das Wort. Er wandte sich an den verletzten Elben. „Was ist mit den Bardoks? Wie viele waren es und wie viele leben noch?"

„Es waren etwa vierzig. Sie sind alle tot. Aber wir wissen nicht, ob noch mehr kommen."

„Wie ist dein Name?"

„Gefion."

„Hab Dank, Gefion, für die rasche Überbringung der Nachricht. Und nun", ordnete er an, „kümmert euch um seine Wunden und laßt ihm die beste Versorgung und Verpflegung zukommen. Aber", hob er kurz die Hand, „eine Frage habe ich noch. Wie viele von unseren Brüdern und Schwestern haben bei dem Kampf den Tod gefunden?"

„Keiner von den unseren ist getötet worden. Die Bardoks waren im Bann des Schutzzaubers gefangen, und erst als wir sie angegriffen haben, sind sie daraus erwacht. Aber da war es bereits zu spät für sie."

„Wie seid ihr auf sie getroffen?"

„Wir waren ein Trupp von dreißig Kriegern, auf dem Weg von der Grenze in die Stadt. Als wir aus dem Wald traten, sahen wir sie im Blütenhain der Mondlichtkelche."

„Gut. Noch einmal. Habt Dank, Gefion. In unser aller Namen. Ich wünsche Euch eine rasche Genesung. Nun geht."

Die beiden Elben trugen den verletzten Mann hinaus.

Hraban hatte gebannt dem Gespräch gelauscht. Nandur war durch und durch ein Mann nach seinem Geschmack. Er kümmerte sich zuerst um die Leute seines Volkes, anstatt jede Möglichkeit zum eigenen

Vorteil zu nutzen. Ganz im Gegensatz zu Derivan, dessen tiefblaue Augen nach wie vor wutentbrannt funkelten. Hraban stritt ihm nicht einmal die ehrliche Anteilnahme für sein Volk ab, aber hauptsächlich unterstellte er ihm einen starken Hang zu berechnender Macht und damit, hauptsächlich auf seinen eigenen Vorteil bedacht zu sein. Sie mußten auf der Hut sein. Auf keinen Fall durfte man ihn unterschätzen. Das konnte in der momentanen Lage verhängnisvoll sein.

Nandur blickte Sidhara an.

„Was, mein König, hat Euch veranlaßt, den heiligen Eid zu brechen?“

„Das spielt hier keine Rolle“, warf Derivan mit vor Zorn zitternder Stimme ein. „Der König hat den Schwur gebrochen, und die Gesetze unseres Volkes haben dafür eine eindeutige Mindeststrafe festgelegt. Er muß das Land auf immer verlassen. Die Satzung würde dem Hohen Rat sogar eine noch härtere Bestrafung erlauben.“

Nandur wirbelte herum, und glasklarer Zorn ließ seine silbergrauen Augen aufleuchten.

„Es reicht, Derivan“, sagte er immer noch bewundernswert geduldig, doch man spürte die dahinterstehende Macht. „Wir alle hier kennen unsere Gesetze. Schließlich haben wir sie selbst geschaffen. Aber jeder Angeklagte hat ein Recht auf Verteidigung. Oder gilt diese Freiheit in unserem Land nicht mehr?“

Die beiden Elben maßen sich Aug in Aug. Spannung lag im Raum. Derivan senkte den Blick und gab sich zähneknirschend geschlagen.

„Natürlich gilt dieses Recht noch“, murmelte er kalt und nahm wieder Platz.

„Also, mein König“, wiederholte Nandur, „was hat Euch dazu veranlaßt?“

„Die Not, rasch zu handeln. Alle hier wissen sehr wohl, warum ich unser Land verlassen habe. Da war eine geheimnisvolle Stimme in mir ...“

„Geheimnisvolle Stimme. Unsinn“, zischte Derivan zwischen den zusammengepreßten Lippen hervor.

„Jawohl“, betonte der Elbenkönig noch einmal. „Und niemand außer Nandur hat mir Glauben geschenkt. Trotz aller Widerstände bin ich den Anweisungen der Stimme gefolgt und bin dadurch auf Agomar gestoßen.“ Er schenkte dem blinden Zauberer ein kurzes Lächeln. „Von ihm habe ich von der uns alle bedrohenden Gefahr erfahren und wie dringend notwendig ein gemeinsames Handeln der Völker ist. Wir müssen die alte Fehde begraben. Grimbart, König der Zwerge, der hier zu meiner Seite sitzt, ist ein Mann von Ehre und bereit, uns die Hand zum Frieden zu reichen. Wollen wir sie wirklich zurückweisen nur um der Ereignisse willen, die über ein Jahrhundert zurückliegen? Sind wir Elben so kleinlich und verbittert geworden?"

„Nein", unterbrach Derivan ihn wieder. „Wir Elben sind weder kleinlich noch verbittert. Aber wir haben schon einmal mit einem hohen Blutpreis bezahlt. Seit wir uns jedoch abgesondert haben, leben wir in Frieden. Was, frage ich Euch, gibt es für einen besseren Beweis, sich aus den Angelegenheiten anderer herauszuhalten?"

Von den sieben Elben kam zustimmendes Gemurmel. Hraban fragte sich, was für eine Rolle sie überhaupt spielten. Bisher hatte niemand von ihnen eine Bemerkung abgegeben. Vielmehr sah es so aus, als dienten sie Derivan lediglich zur Unterstützung seiner Ansichten. Eine eigene Meinung schienen sie nicht zu haben.

„In all den Jahren unserer Absonderung", entgegnete König Sidhara, „haben wir auch niemals einer solch tödlichen Gefahr gegenübergestanden. Die Zeichen sind unmißverständlich, und wir müssen uns augenblicklich rüsten ..."

„Nein!" erwiderte Derivan aufgebracht und verlor endgültig die Beherrschung. „Ich erlaube nicht, daß du unser Volk in den Krieg führst. Ich selbst werde es dazu aufrufen, dir die Gefolgschaft zu verweigern." Mit zitterndem Finger zeigte er auf Sidhara und schrie mit überschnappender Stimme. „Niemals! Hörst du! Niemals werde ich zulassen, daß ein Eidbrecher das Volk der Elben in seinen Untergang stürzt." Mit kaltem, ja eisigem Glitzern in den Augen fuhr er fort: „Warum weichst du uns aus? Warum sprichst du von einem nahenden Krieg? Geht es dir nicht vielmehr darum, von deiner niederträchtigen Tat abzulenken?"

„Komm wieder zur Besinnung, Freund Derivan, und überlege, was du sagst", erwiderte Nandur und kam Sidhara zuvor. „In solch außergewöhnlichen Zeiten kann man nicht immer nach Gesetz und Ordnung handeln. Bisher konnten wir uns über unseren König nicht beklagen. Immer hat er sein Amt getreu in den Dienst unseres Volkes gestellt, und wenn ihr mich fragt, zweifle ich auch jetzt nicht einen Augenblick daran, daß er die Entscheidung, den geheimen Gang zu benutzen, aus der Erwägung heraus getroffen hat, damit das Beste für sein Volk zu tun.“ Nandur spürte, wie die Stimmung sofort zu seinen Gunsten umschwenkte und fügte hinzu: „Und so frage ich Euch, Brüder und Mitglieder des Hohen Rates. Hattet Ihr jemals einen Grund, unserem König zu mißtrauen? Hat er jemals seine Macht zum eigenen Vorteil mißbraucht?“

Derivan öffnete den Mund.

„Schweig!“ knallte Nandurs Stimme wie ein harter Peitschenhieb durch die Luft. „Zuerst will ich eine Antwort!“

Hraban und den anderen stockte der Atem. Der junge Krieger war sicher, daß die ehrwürdige Halle des Hohen Rates niemals zuvor eine solch spannungsgeladene Auseinandersetzung erlebt hatte. Gebannt sah er zu Nandur, der mit kühler Gelassenheit jedem einzelnen Elben, Derivan eingeschlossen, in die Augen blickte.

„Nein“, gaben sie schließlich zu.

Ein kaum wahrnehmbares, zufriedenes Lächeln zeigte sich auf Agomars Lippen. Er wußte, Sidharas Freund hatte auf geschickte und eindrucksvolle Weise den Streit zu seinen Gunsten entschieden. Welche Einwände noch folgen mochten, sie hatten ihren Biß verloren. Schade, daß ich dich nicht sehen kann, Nandur, dachte er. Du bist es wahrlich wert, gesehen zu werden.

Grimbart, der die Auseinandersetzung ebenfalls mit Spannung beobachtet hatte, schaute zu Derivan, der vor sich hinstierte und von einem Moment zum nächsten um Jahre gealtert schien. Um seine Augen lagen dunkle Ränder der Erschöpfung und sein Mund war verhärtet. Doch obwohl alle nur darauf warteten, daß er seine Stimme zum erneuten Widerspruch erhob, blieb er stumm. Er war geschlagen, und er wußte es. Aber würde er es auch hinnehmen? Grimbart zweifelte daran. Er hatte schon viele Wortgefechte in seinem langen Leben mitbekommen, und es gab nur wenige Männer, die eine Niederlage mit Würde und Anstand ertragen konnten. Und dieser dort, mochte er auch einer aus dem Glücklichen Volk sein, machte ihm ganz und gar nicht den Eindruck, daß er zu jenen gehörte.

„Derivan.“

Der Angesproche hob müde den Kopf.

„Was willst du noch, Nandur? Du hast den Sieg davongetragen. Reicht dir das nicht? Willst du mich weiter vor den Augen aller demütigen?“

„Du kannst nicht wirklich denken, daß das der Wahrheit entspricht“, antwortete Nandur jetzt wieder mit weicher, mitfühlender Stimme. „Es geht doch nicht um Sieg oder Niederlage. Du bist mein Bruder und weißt, wie sehr ich dich schätze. In all den zurückliegenden Jahren konnte unser Volk sich glücklich schätzen, ein so weises Mitglied im Hohen Rat zu wissen. Es gibt keinen Grund der Verbitterung für dich. Aber wir können uns nicht länger vor den Ereignissen, die unsere Welt in den Abgrund zu stürzen drohen, verschließen. Ich verstehe deine Sorge und habe Verständnis dafür, rührt sie doch aus einer Zeit, an die sich heute nur wenige erinnern können."

Nandur trat vor und streckte Derivan die Hand entgegen.

„Verzeih mir", bat er, „wenn ich dich verletzt haben sollte. Es lag wahrlich nicht in meiner Absicht. Es täte mir weh, wenn wir beide, die wir so viele wunderbare erhellende Gespräche miteinander geführt haben, heute, zu dieser Stunde, da der Zusammenhalt unseres Volkes so dringend nötig ist, im Gram und mit bitterem Herzen auseinandergehen würden. Ich entschuldige mich gerne, wenn du das wünschst. Aber ich stehe in dieser Angelegenheit nun einmal auf der Seite des Königs und kann nur dem folgen, was mein Innerstes mir eingibt."

Derivan schaute lange auf die ihm dargebotene Hand. Es war deutlich zu sehen, wie sehr er mit sich rang. Dann, endlich, stieß er einen langen Seufzer aus und erhob sich. Sein Gesicht erhellte sich, als er sagte: „Du brauchst dich nicht zu entschuldigen, Nandur. Deine Worte sind gut gewählt. Und selbst ich, der, wie du richtig erkannt hast, aus der Sorge um sein Volk mit dir gestritten hat, muß anerkennen, daß sie den meinen überlegen sind. Ich merke wohl, sie kommen aus einem starken Herzen und einem klaren Geist."

Mit einem freundlichen Leuchten in den Augen legte er seine Hand in Nandurs.

„Ich hoffe für uns alle, daß der von dir und König Sidhara vorgeschlagene Weg der rechte sein mag. Friede sei mit dir, Bruder."

„Und mit dir", antwortete Nandur.

Für einen Moment herrschte Stille im Raum. Dann klatschten alle Beifall, um so ihrer Erleichterung über die Beilegung des Streites Ausdruck zu geben. Und Grimbart war froh, sich in Derivan, im Guten, getäuscht zu haben.

Hraban, den es nicht mehr auf seinem Platz hielt, ging zu Nandur und drückte ihm die Hand.

„Ihr seid ein großer Mann."

„So, meint Ihr?“ Der Elb stellte sich neben den jungen Krieger. Sein Kopf ragte Hraban bis zu den Schultern. „Wenn ich es richtig beurteile, aber immer noch um einiges kleiner als ihr.“

Beide lachten.

Licht und Dunkel

Einen Tag später waren die Vorbereitungen bereits in vollem Gange. Sidhara, dem eine Zentnerlast von den Schultern genommen worden war, schien überall gleichzeitig zu sein. Mal sah man ihn bei den Oberen der Kriegerkaste, um Schlachtpläne zu entwerfen, mal stand er mit den Mitgliedern des Hohen Rates beisammen, um noch ungeklärte Dinge zu besprechen. Er strotzte förmlich vor Unternehmungsgeist und ging jedem zur Hand.

Als sich die Nachricht vom bevorstehenden Kriegszug unter den Elben verbreitet hatte, war Angst spürbar geworden. Doch als Nandur das Volk zusammengerufen und ihm in einer flammenden Rede nahegebracht hatte, was geschehen würde, wenn sie sich nicht mit den Zwergen vereinten und dem Feind entgegentraten, war Furcht in Erkenntnis des Notwendigen und manchmal sogar in Begeisterung umgeschlagen. Kein Elb liebte bewaffnete Auseinandersetzungen, aber die Vorstellung die Freiheit zu verlieren und damit unter den grausamen Bann des Schattenwesens zu gelangen, ließ sie ihr Widerstreben rasch vergessen. Die Freiheit der Meinung und die Freiheit jedes einzelnen, sein Leben nach den eigenen Wünschen gestalten zu können, waren von alters her ihr höchster Grundsatz gewesen, und eher wollten sie sterben, als ihn der Macht der Furcht zu opfern.

Besonders die jüngeren Elben, die sich seit einiger Zeit nur sehr unwillig den Anordnungen des Hohen Rates gebeugt hatten, schufen in Windeseile Übungsstätten, um sich im Bogenschießen und im Speerwurf zu verbessern. Jeder wußte, daß die Zeit drängte, und sie wollten jeden Augenblick nutzen.

Alissa und Pola, die an diesem Tag zum Müßiggang verurteilt waren, staunten, als sie sahen, was ein Volk leisten konnte, wenn die Kräfte auf ein gemeinsames Ziel gerichtet waren.

„Schade“, sagte Grimbart, als er sich zu ihnen gesellte, „daß solcher Tatendrang meistens nur durch eine Bedrohung entsteht. Welche Schönheit, ja welchen Glanz muß ein Volk erschaffen können, wenn es diese Kraft aus dem Bedürfnis der Liebe und Weisheit statt aus der Angst vor Unterjochung gebiert?“

Alissa sah ihn an.

„Meint Ihr, wir haben wirklich eine Chance gegen das Schattenwesen?“

„Diese Frage kann ich dir nicht beantworten, mein Kind. Wir alle haben unser Bestes gegeben und bisher unverschämt viel Glück gehabt. Aber wer kann sagen, wie viele das Schattenwesen bereits auf seine Seite gezogen hat. Die Völker der Bardoks und der Gnome werden seinen Verlockungen sicher verfallen sein, hatten sie doch immer einen verhängnisvollen Hang zum Reich der Finsternis. Doch wie weit sein Einfluß auch in andere Gebiete unseres Landes vorgedrungen sein und welche Wesen es zu neuem Leben erweckt haben mag, die einem durch ihr Aussehen das blanke Entsetzen durch die Knochen jagen ... Ich weiß es nicht. Ich hoffe nur, daß Bardulf und Hraban rechtzeitig mit meiner gesamten Armee zur Stelle sind.“

Als Fulk den Namen seines Herrn und des jungen Kriegers hörte, stieß er ein leises Winseln aus und lehnte seinen Kopf wie um Trost heischend an Grimbarts Schulter. Der kraulte ihm nachdenklich das Ohr.

„Wann sind sie aufgebrochen?“ fragte Pola, die beide an diesem Morgen nicht gesehen hatte.

„Heute früh, noch vor dem ersten Licht des neuen Tages. Sidhara hat ihnen Pferde zur Verfügung gestellt. Beide sind gute Reiter und dürften die Strecke in kürzester Zeit bewältigen. Wichtig ist einzig, daß sie nicht dem Schattenwesen begegnen. Allen anderen sind sie mit den Tieren an Schnelligkeit überlegen.“

Pola wurde bleich. Daran hatte sie nicht gedacht. Die Vorstellung, Hraban könne von den Klauen des unheimlichen Wesens zerfetzt werden, ließ die Angst wie eisiges Wasser durch ihre Adern rinnen. Sie hatte den jungen Mann liebgewonnen, sogar mehr, als sie sich eingestehen wollte, und der Gedanke, er könne auf grauenhafte Weise sterben, peinigte sie bis in ihr tiefstes Inneres. Mit bangem Blick folgte sie dem fieberhaften Tun der Elben und bat den Himmel inständig um Beistand, daß Hraban und Bardulf nichts geschehen möge.

Die Sonne stand im Zenit und brannte erbarmungslos aus einem wolkenlosen Himmel auf die beiden Reiter hinunter. Hin und wieder spürte Bardulf ein schmerzendes, stechendes Ziehen im Rücken. In seinem Schädel dröhnte das schnelle Trommeln der Pferdehufe und ließ eine brennende Hitze in seiner noch längst nicht verheilten Kopfwunde entstehen. In der Innentasche seines Wamses steckte ein Brief des Königs an Ratbod, worin er den unmißverständlichen Befehl erteilte, die Zwergenarmee auf der Stelle in Marsch zu setzen. Bardulf drückte seinem gescheckten Hengst die Hacken in die empfindliche Flanke, um ihn zu mehr Eile anzutreiben. Die wunderbaren, edlen Tiere taten, was sie konnten, und preschten mit vorgestrecktem Hals wie der Wind über die weite Ebene.

Das Land der Elben hatten sie schon am frühen Morgen hinter sich gelassen. Der Gedanke, diese Schönheit vielleicht nie wiederzusehen, hatte Bardulf mit Wehmut erfüllt. Er bedauerte zutiefst, daß Zwerge und Elben so lange in Fehde miteinander gelegen hatten; einer Fehde, die so weit zurücklag, daß selbst die Ältesten sich kaum daran erinnern konnten. Alter schützt vor Fehlern nicht, dachte er und war dankbar, daß zumindest ein Elb dieser Wahrheit nicht zu entsprechen schien. Nandur. Noch jetzt durchströmte den Zwerg ein wärmendes Gefühl, wenn er an ihn dachte. Mit welcher Gelassenheit und Kraft er die Dinge an sich gezogen und für alle, selbst Derivan, zum Guten gewendet hatte, das beeindruckte ihn immer noch sehr. Bardulf lächelte. Manchmal konnte ein einzelner nur durch die Macht seiner Worte die Welt bewegen. Und in diesem Fall war das gut so.

Vor ihnen tauchten vereinzelte Gehöfte auf. Kleine, weit versprengte Rinderherden grasten träge in der Sonne, und ab und an kläffte ein Köter, aufgeschreckt durch das Getrappel der Hufe. Ansonsten schien das Land wie leergefegt. Nicht ein einziger Bardok oder Gnom tauchte auf, selbst die sonst immer am Himmel kreisenden Raubvögel schienen wie von Geisterhand in irgendeinen Winkel des Landes verscheucht zu sein. Je weiter sie kamen, desto drückender wurde dieses Gefühl. Es war, als sei alles Leben im Umkreis einfach ausgelöscht und es herrsche nur noch die unsichtbare Anwesenheit des Todes. Auch die beiden Pferde schienen das auf ihre Weise wahrzunehmen. Immer häufiger fielen sie vom gestreckten Galopp in den Trab, und die Tiere sprachen nicht mehr auf die Anweisungen ihrer Reiter an.

Es war später Nachmittag und die ersten Anzeichen der Dämmerung kündigten sich an, als sie sich auf eine Hügelgruppe zubewegten. Als sie die Ausläufer erreichten und kurz anhielten, scheuten die Pferde plötzlich und die beiden Reiter konnten sich kaum im Sattel halten. Irgend etwas lag in der Luft, ein gallebitterer und ekelerregender Geruch der Verwesung. So sehr die beiden sich auch mühten, die beiden Hengste waren nicht dazu zu bewegen, einen Schritt nach vorn zu machen. Sie rollten die Augen, schnaubten ängstlich und schlugen mit der Hinterhand aus.

„Verdammt", schrie Hraban zornig, „was ist denn mit euch Viechern los?"

„Sei still!" mahnte Bardulf ihn mit gedämpfter Stimme und wies zur Hügelkuppe. „Laß uns die Tiere anbinden und allein dort hinaufgehen."

Sie wickelten die Zügel um ein Gestrüpp und machten sich auf den Weg. Aber das war leichter gesagt als getan. Mit jedem Schritt war ihnen, als sauge etwas Namenloses, durch und durch Böses alle Kraft aus dem Körper. Eine zähe klebrige Masse schien sich um ihre Glieder zu legen und ihr Atem ging schwer. Es war unheimlich.

Fünfzig Fuß vor der Kuppe sanken sie in die Knie und kamen nur noch auf allen vieren voran.

„Was geht hier vor? Welch bösartiger Zauber liegt über diesem verfluchten Land?" stöhnte Hraban. Bardulf war viel zu erschöpft, um ihm darauf eine Antwort geben zu können.

Als sie die Kuppe schließlich erklommen hatten und hinunterblickten, waren sie überzeugt, einer Sinnestäuschung, einer Art Verschiebung der Wirklichkeit zu erliegen. Es konnte nicht sein, was sie sahen. Das war unmöglich.

Doch das ganze Tal, in seiner Ausdehnung mehrere Meilen lang und breit, war überschwemmt von schwarzen Gestalten. Grobknochige, stämmige Bardoks, kleine, hagere, wieselflinke Gnome, spitzschnabelige, krallenbewehrte Furien und bocksgestaltige Waldgeister mit pelzigen Klauen hockten dort nebeneinander. Sturmdämonen in Gestalt riesiger Greifvögel kreisten über der Meute und stritten sich mit panzerbeschuppten Echsen, die Feuer aus den Nüstern sprühten. Und überall tummelten sich weitere grauenerregende Gestalten, wie die beiden sie sich in ihren wildesten Alpträumen nicht erdacht haben könnten. Eine Schauergesellschaft hatte sich hier versammelt.

„Bei meiner Seele", stieß Hraban entsetzt aus. „Sag, daß das nicht wahr ist." Sein Gesicht war aschfahl. Ein tiefer Schreck war ihm bis ins innerste Mark gefahren.

Langsam legte er seine Hand auf Bardulfs Arm und flüsterte mit tonlosem Entsetzen: „Wie sollen wir dagegen jemals bestehen?"

Agomar saß an einem Bach im Wald und lauschte den vielfältigen Klängen des Wassers. Niemals zuvor war ihm aufgefallen, welch feine Unterschiede zwischen den einzelnen Tönen lagen. Wenn er sich ihnen einfach hingab, glaubte er manchmal das meisterhafte Spiel einer Harfe darin zu erkennen oder den schwingenden Gleichklang der Flöte.

Eine lange Nacht der Ruhe und Erholung lag hinter ihm, die er dringend nötig gehabt hatte. Für eine Weile richtete er seine Sinne ganz auf das Erspüren der ihn umgebenden Natur. Noch immer war er überrascht, wie sehr die Blindheit seine Wahrnehmung veränderte. Ihm war, als nehme er die Natur immer stärker über seinen ganzen Körper und nicht nur mit den Ohren wahr. Manchmal schien es ihm, als gleite etwas unvorstellbar Feines aus seinem Inneren über die Leibesmitte hinaus in das, was er seit der Begegnung mit dem Schattenwesen nicht mehr sehen konnte. Innen und außen begannen dabei zu verschmelzen, so als seien diese Bereiche in Wirklichkeit nicht voneinander getrennt, als würden sie nur auf den ersten Blick nicht zueinandergehören, und bildeten im Grunde eine Einheit.

„Seltsam", murmelte er leise. „Sehr seltsam."

„Was ist seltsam?" fragte eine ihm wohlbekannte Stimme.

Agomar schrak heftig zusammen. Dann lächelte er.

„Ihr seid leiser als die Stille selbst, Nandur. Ich glaube, niemand sonst könnte sich so nahe an mich anschleichen."

„Entschuldigt. Es ist mir zu einer so starken Angewohnheit geworden, daß es mir selbst nicht mehr auffällt."

„Ihr liebt die Stille?"

„O ja. Sie ist mir das Liebste in der Welt. Aber das war nicht immer so. Es gab Zeiten, da habe ich sie verflucht und wollte nichts davon wissen."

„Wie das? Was hat Euch so sehr daran gestoßen?"

„Die anfängliche Empfindung der Leere. Die Empfindung der Sinnlosigkeit, wenn man in den oberflächlichen Dingen verharrt."

„Ah. Ich verstehe. Und was hat Euch veranlaßt, sie dennoch zu suchen?“

„Das Leben, Agomar. Der einzig wahre und erbarmungslose Lehrer.“

„Das hört sich ein wenig verbittert an.“

„O nein. So habe ich es keinesfalls gemeint“, wehrte Nandur den Einwand ab. „Ich wollte damit lediglich zum Ausdruck bringen, daß das Leben keine Rücksicht darauf nimmt, ob uns gefällt oder nicht gefällt, was wir zu lernen haben. Erbarmungslosigkeit bedeutet für mich, daß das Leben uns so lange bestimmten Dingen gegenüberstellt, bis wir sie erkennen. Was für mich heißt, daß wir sie am Ende liebend in unser Herz aufnehmen und damit aus der Umklammerung der Dunkelheit befreien.“

„Wollt Ihr damit sagen, daß auch ich meine Blindheit auf diese Weise betrachten sollte?“

„Es wäre sicher von Vorteil“, bestätigte der Elb. „Wenn wir das Leben selbst als den höchsten Wert betrachten und ihm dann noch eine allem Geschehen innewohnende, zielgerichtete Absicht unterstellen, sollte einem diese Vorstellung nicht schwerfallen.“

„Wenn man es aber nicht so betrachtet?“

Nandur lachte. „Was einem natürlich freisteht. Aber ich kenne beide Seiten. Und da ich sie kenne, bevorzuge ich die von mir beschriebene. Denn sie hat mir Freiheit, Würde und Stolz geschenkt. Allerdings nicht jene Art von Stolz, die so häufig in der Verhärtung des Herzens endet und andere unnötigerweise verletzt. Der Stolz, den ich meine, bedeutet, daß ich niemandem erlaube, den Kopf vor mir zu beugen, aber auch niemals den Kopf vor jemandem beuge, außer vor dem Leben selbst natürlich.“

„Ihr seid ein weiser Mann.“

„O nein, Agomar. Mit dem Begriff der Weisheit bin ich sehr vorsichtig. Außer Ihr wollt damit sagen, daß man immer wieder dazu neigt, sich selbst etwas weiszumachen.“

Beide lachten laut und herzlich.

„Ihr habt Humor, Nandur. Eine leider viel zu seltene Eigenschaft in unserer Welt.“

„Wenn man schon wenig Einfluß auf das Geschehen hat, sollte man es zumindest nicht noch mit düsteren Gedanken beschweren.“

„Nun seid Ihr mir doch zu bescheiden, lieber Freund. Wenn Ihr mir erlaubt, daß ich Euch so nenne?"

„Gern."

„Euer Einfluß auf das Geschehen, wie ich gestern eindrucksvoll miterleben durfte, ist beachtlich. Ohne Euch wäre das Gespräch verhängnisvoll geendet und Sidhara des Landes verwiesen worden."

„Ich habe nur befolgt, was mein Innerstes mir eingegeben hat."

„Gibt es eine größere Weisheit?"

„Es ist nicht an mir, das zu beurteilen, Freund Agomar."

„An wem dann?"

„An dir."

Der Zauberer horchte auf. Warum sagte Nandur so etwas? Er war kein Mann, der seine Worte unbedacht wählte.

„Was willst du damit andeuten?"

„Eine gute Frage", antwortete der Elb verhalten lächelnd. „Ich hatte immerhin über zweihundert Jahre, um eine Antwort darauf zu finden. Nun bist du dran. Und dein Nachteil scheint die sehr knapp bemessene Zeit. Aber vielleicht ist es auch genau umgekehrt. Mit dem Rücken an der Wand erzielen wir häufig die besten Ergebnisse. Wenn ich dir meine Antwort darauf gäbe, würde dich das nur verwirren. In dieser Angelegenheit ..." Nandur hielt kurz inne. „Aber was rede ich. Du bist ein Zauberer und weißt selbst, was zu tun ist."

„Manchmal kann ein winziger Hinweis einem bis dahin verschlossene Türen öffnen."

„Wohl wahr, mein Freund. Aber hier ist kein Hinweis angebracht. Auf diese Frage mußt du ganz allein eine Antwort finden. Wie heißt es doch so schön: Wer suchet, der findet. Leider klingt dieser Satz für die meisten zu fade, zu flach. Dabei ist er einer der wichtigsten, der jemals aus der unsichtbaren Welt der Ideen in die Form der Sprache gebracht wurde. Und bevor ich jetzt gehe, füge ich noch einen hinzu. Er lautet: Was du suchst, ist das, was sucht. Nicht weniger flach und fade." Nandur lachte ein weiches, heiteres Lachen. „Viel Spaß damit", verabschiedete sich der Elb und ging schmunzelnd seiner Wege, während Agomar ihm aus seinen blinden Augen verblüfft hinterhersah.

Dann richtete er seine Aufmerksamkeit wieder nach innen. Wer suchet, der findet, dachte er. Das mag wohl sein. Nur muß man wissen, wonach man sucht. Des Zauberers Gedanken schweiften zu der geheimnisvollen Stimme, die Sidhara und er gehört hatten. Waren diese Stimmen ein und desselben Ursprungs? Steckte das Einhorn dahinter? Fragen, die ständig neue Fragen aufwarfen. Dabei brauchte er nichts dringender, als Antworten. Agomar lauschte dem Klang des Wassers und hoffte, daß ihm von dort eine hilfreiche Botschaft zufliesse. Doch alles was er fand, war die Stille, und er war nicht in der Lage, dieses kostbare Geschenk zu nutzen.

Hraban und Bardulf rannten in großen Sprüngen den Hang hinunter, schwangen sich auf den Rücken der Pferde und preschten in gestrecktem Galopp davon. Sie schlugen einen weiten Bogen um die Hügellandschaft. Die Vorstellung, entdeckt zu werden, trieb sie an. Ihre Gedanken waren verwirrt. Wie hatte das Schattenwesen es geschafft, all diese Monstren zum Leben zu erwecken? Was konnten sie gegen diese Ausgeburten der Hölle überhaupt ausrichten? Allein die schiere Masse würde ihre eigenen Armeen hinwegfegen wie ein Sturmwind. Sie waren ihnen zehn-, ja zwanzigfach überlegen. Hraban schlug seinem Hengst die Fersen so ungestüm in die Seite, daß er fast bei fliegendem Galopp aus dem Sattel gestürzt wäre.

Eine halbe Stunde später war die Sonne hinter dem Horizont verschwunden. Sie hielten an und gönnten den Pferden eine Pause. Auch sie selbst waren nahe am Rand der Erschöpfung. Das, was sie in dem Tal gesehen hatten, ließ sie nicht mehr los, und manchmal glaubte Bardulf schon die Grenze zum Wahnsinn überschritten zu haben. Die bösartigen Schreie der Echsen und Furien hallten wie ein teuflisches Echo durch seinen Geist. Und sosehr er sich auch mühte, sie hörten nicht auf. Er legte sich hin, um eine Weile zu schlafen. Aber es war hoffnungslos. Sobald er die Augen schloß, wurde alles nur noch schlimmer. Hraban erging es nicht anders. Er wälzte sich hin und her und konnte keine Ruhe finden. Er hatte die überwältigende Macht des Feindes gesehen, und sie machte ihm angst. Der junge Krieger legte sich auf den Rücken und starrte in den Nachthimmel. Ein bleicher Mond stieg auf.

„Es hat keinen Zweck, Bardulf", sagte er und sprang auf. „Laß uns die Tiere bei den Zügeln nehmen und weitergehen. Ich werde verrückt, wenn ich hier noch länger liegenbleibe."

Bardulf war mehr als dankbar für diesen Vorschlag. Eine lähmende Mutlosigkeit hatte sich über ihn gelegt. Ständig huschten schreckenerregende Bilder durch seinen Kopf. Er sah seine Zwergenbrüder, wie sie sich heldenhaft in den Kampf stürzten und von den Alptraumwesen in Stücke gerissen wurden. Die Zwerge waren ein tapferes Volk und hatten sich niemals ihrer Freiheit berauben lassen. Aber sie hatten auch niemals solch einem Feind gegenübergestanden. Oder war es vor einem Jahrhundert ähnlich gewesen? Hatten Elben und Zwerge auch damals gemeinsam einem übermächtigen Gegner Widerstand geboten und ihn zu guter Letzt doch noch in die Knie gezwungen? Hoffnung keimte auf und verlor sich wieder in den grauenhaften Bildern, die ihn überschwemmten.

Die ganze Nacht über machten sie keine Rast, und endlich, als der Morgen graute, erreichten sie die ersten Ausläufer des Gebirges. Auf Abschnitten, wo die Wege eben und breit genug waren, kamen sie schnell voran. Aber immer wieder wurde das Gelände schroff und sie hatten erhebliche Mühe, die Pferde zu leiten. Als sich der Tag schließlich dem Ende zuneigte, blickten sie von einer vorstehenden Felsennase auf die lange gepflasterte Straße zum Palast des Königs.

„Endlich", seufzte Bardulf mit vor Müdigkeit dunklen Ringen unter den Augen. Die Dämmerung war weit fortgeschritten und tauchte die Welt in ein verschwommenes Zwielicht. Für einen Moment glaubte Bardulf gar, die heimeligen Lichter der Häuser seien lediglich eine Täuschung. Dann atmete er tief durch und war froh, das dem nicht so war.

Nach wenigen Minuten hallte das Klappern der Hufe auf dem Kopfsteinpflaster von den Häuserwänden wider. Fensterläden wurden aufgerissen und neugierige, besorgte Blicke folgten den beiden Reitern, die auf geradem Weg dem Palast zustrebten. Einige Zwerge, die einen Spaziergang machten und die laue Abendluft genossen, sprangen hastig beiseite. Alle erkannten Bardulf und staunten nicht schlecht, als er auf dem großen Pferd an ihnen vorbeiritt.

„Was ist los?" riefen einige, doch der Zwerg achtete nicht darauf. Es war Eile geboten. Am frühen Morgen mußte das gesamte Zwergenheer aufbruchbereit sein. Zu seiner Freude entdeckte Bardulf unter den Wachhabenden Frodwolf.

„Was ist geschehen?" fragte er besorgt. „Wo ist der König?"

„In Sicherheit. In der Obhut der Elben."

„Der Elben? Und das nennst du in Sicherheit?"

„Brecht jetzt keinen unnötigen Streit vom Zaun", mischte Hraban sich ein. „Elben und Zwerge werden gemeinsam gegen das Schattenwesen und seine Helfershelfer in den Krieg ziehen. Und wir brauchen jetzt keine dummen Fragen und überflüssiges Mißtrauen."

„Was fällt Euch ein?" knurrte Frodwolf. „Ich werde Euch ..."

„Nichts werdet Ihr", entgegnete Hraban gelassen. „Ich bin dieses ständige Mißtrauen und dieses alberne wichtigtuerische Gehabe leid. Wißt Ihr, warum Elben und Zwerge seit einer halben Ewigkeit im Streit miteinander liegen?" Er ließ Frodwolf nicht zu einer Antwort kommen. „Ihr braucht nichts zu sagen. Denn Ihr wißt es nicht. Niemand weiß es heute noch. Aber was solls", brach er das Gespräch ab. „Gebt ihm den schriftlichen Befehl Eures Königs, Bardulf. Dann dürften wohl alle weiteren Worte überflüssig sein."

Der Angesprochene fischte den Brief aus der Innentasche seines Wamses und reichte ihn Frodwolf. Der las und mit jeder Zeile wurden seine Augen größer.

„Bis morgen früh sollen wir abmarschbereit sein? Unmöglich!"

„Dann solltet Ihr, statt hier Maulaffen feilzuhalten, die Dinge in Gang bringen, und zwar schnell."

Frodwolf sah Hraban mit wütendem Blick an. Dann schluckte er eine harsche Entgegnung hinunter, wirbelte auf dem Absatz herum und verschwand im Palast.

Nicht einmal fünf Minuten später wurde das Kriegshorn der Zwerge geblasen, dessen durchdringender markerschütternder Klang seit über einem Jahrhundert nicht mehr gehört worden war. Alle Zwergenmänner waren aufgerufen, noch vor dem Morgengrauen gerüstet und mit Verpflegung für mehrere Tage vor den Toren des Palastes zu erscheinen. Wer sich dieser Anordnung widersetze, werde statt dessen in den Verliesen vor sich hinschmoren. Aber diese Drohung war völlig überflüssig. Nachdem sich herumgesprochen hatte, worum es ging, gab es niemanden, der sich drücken wollte. Auch die Zwerge liebten den Krieg nicht, aber sie hatten keine Wahl. Sie nahmen die Herausforderung an, auch wenn sie dabei mit den seit langem verhaßten Elben gemeinsame Sache machen mußten.

Beim ersten Hahnenschrei trat Hraban aus dem Schatten des mächtigen Palastes und blickte auf die Menge hinunter, die sich vor den Toren versammelt hatte. Es waren sicher über tausend Mann. Ein beeindruckendes Heer. Dann erinnerte er sich, was Bardulf und er im Tal hinter den Hügeln gesehen hatten. Und wieder packte ihn das schlechte Gewissen, daß der Zwerg und er bei den nächtlichen Besprechungen mit Ratbod, Ardok und Frodwolf kein Wort darüber verloren hatten. Plötzlich war er sicher, all diese mutigen Männer ohne Vorwarnung in den Tod zu schicken. Die bittere Last der Schuld drückte ihn nieder, als er daran dachte. Doch obwohl er ihnen allen seine Befürchtungen am liebsten lauthals entgegengeschrien hätte, blieb er standhaft. Was nutzte es, wenn er ihnen schon jetzt den Mut nahm? Der Kampf war unausweichlich. Er wurde ihnen einfach aufgezwungen und es gab kein Entrinnen. Manchmal gab es auch Wunder. Und sie würden eines brauchen, das war gewiß.

„Seid Ihr bereit, Hraban?" Ratbod, der die Führung übernehmen würde, trat an seine Seite. Die dunklen Augen des Zwerges leuchteten auf, als der erste Sonnenstrahl auftauchte.

„Ja. Ich bin bereit."

Frodwolf trat an die andere Seite des jungen Kriegers, das Kriegshorn an einem breiten Schultergurt befestigt. Gemeinsam schritten sie schweigend die Stufen der Palasttreppe hinunter, und niemand unter ihnen hatte einen Blick für die fast überirdische Schönheit der Statuen im frühen Morgenlicht. Keiner wollte daran denken, diese Pracht vielleicht nicht wiederzusehen.

Hraban nickte Bardulf zu, der ihnen das breite Tor öffnete. Für einen kurzen Moment sahen sie einander in die Augen. Jeder wußte, welche Gedanken den anderen quälten.

Pola hatte in der vorigen Nacht schlecht geträumt und fühlte sich selbst noch zur Mittagszeit wie gerädert. Sie spürte eine beständig steigende Unruhe und fand keine Erklärung dafür. Einmal hatte sie sich in eine Ecke des Raumes gehockt und für lange Zeit die Augen geschlossen. Sie hatte geduldig in sich hineingehorcht. Aber da war nichts. So sehr sie sich auch wünschte, daß der Phönix zu ihr sprechen möge, er tat es nicht, und das machte sie nur noch reizbarer.

Alissa, die versuchte hatte, ihr Trost zu spenden, gab schließlich auf und schloß sich Geerdina an, die einen Spaziergang durch die Stadt der Elben machte.

Als die beiden am Nachmittag zurückkamen, war Pola verschwunden. Als sie auch bei Anbruch der Dämmerung nicht auftauchte, begannen sie sich Sorgen zu machen. Niemand hatte sie gesehen.

Alissas Gedanken kreisten um ihre Freundin und wo sie abgeblieben sein mochte.

„Vielleicht will sie einfach nur für eine Weile allein sein“, versuchte Geerdina sie zu beruhigen. „Sie hat bestimmt Angst um den Phönix und möchte uns damit nicht belästigen.“

„Wahrscheinlich hast du recht“, antwortete Alissa. „Es ist nur, weil sie heute so komisch war. Sie hat kein Wort mit mir geredet. Und sie erzählt mir sonst alles, was sie bedrückt.“

„Manchmal beneide ich euch um eure Freundschaft. Ich dachte immer, Menschen seien dazu gar nicht fähig.“

„Wie kommst du denn auf so was? Natürlich können Menschen Freunde sein, und verdammt gute sogar.“

Geerdina lachte, als sie den Ärger in Alissas Augen sah.

„Ich habe es nicht böse gemeint“, beschwichtigte sie. „Es ist anscheinend nichts als ein dummes Vorurteil. Ich verspreche, ich werde mich bessern, was meine Ansichten über Menschen betrifft. Ihr beide seid ja ein hervorragendes Beispiel dafür. Aber ...“

Plötzlich stürmte Alissa los.

„Endlich! Wo bist du denn die ganze Zeit gewesen?“ rief sie und rannte auf ihre Freundin zu. „Ich habe mir schon Sorgen gemacht.“

„Das hättest du aber nicht müssen“, antwortete Pola lächelnd. „Ich bin zum Fluß gegangen und an seinem Ufer entlangspaziert. Nandur und ich habe uns lange miteinander unterhalten, und das hat mir sehr geholfen.“

„Wobei?“

„Nicht jetzt. Ich erzähle es dir später. Jetzt habe ich einen Bärenhunger.“

„O ja“, sagte Alissa. Bei der Vorstellung von frisch gebackenem Brot lief ihr bereits das Wasser im Mund zusammen. Wenn es um leckeres Essen ging, war sie durchaus in der Lage, alles andere zu vergessen. Immer schön eins nach dem anderen, wie ihr Onkel zu sagen pflegte. Und eins war immer das Essen, das andere konnte warten.

Ganz anders Agomar. Er hatte das Gefühl, die Zeit liefe ihm davon. Etwas Wichtiges bahnte sich an, und er hockte auf einem Baumstumpf und wußte nicht, was. Die Macht des Schattenwesens hatte ungeheuerliche Ausmaße angenommen. Es war selbst hier, im Mittelpunkt des Elbenlandes, immer deutlicher zu spüren. Wie ein unsichtbares Spinnennetz warf diese Ausgeburt der Finsternis seine Fäden über das Reich, und dem Zauberer war klar, daß es seine ganze Aufmerksamkeit auf das Land des Glücklichen Volkes richtete. Allein der Name mußte ihm ein Greuel sein, und sein Bestreben konnte nur dahingehen, es bis auf die letzte Seele zu vernichten. Als dieser Gedanke immer festere Gestalt in seinem Geist annahm, fühlte Agomar, wie ein glühender Zorn in ihm erwachte. Ein Zorn, so klar und rein wie das Wasser einer Quelle und so stark wie die Wellen des Meeres, die mit ihrer unaufhörlichen Wucht selbst das harte Gestein einer Küste aushöhlten und schließlich zum Einsturz brachten.

Ist es das, was ich brauche? fragte der Zauberer sich. Zorn? Einen Zorn, der selbst die Götter verstummen läßt? Dann lachte er in sich hinein. Das war schon mehr als anmaßend. Und trotzdem. Seine Gedanken kreisten immer wieder um das Schattenwesen. Er versuchte seine Schwäche zu finden.

Gorodin.

Deinen wahren Namen kenne ich bereits, und du selbst hast ihn mir in deiner maßlosen Selbstüberschätzung genannt. Ich hoffe aus ganzem Herzen, daß du diesen Fehler noch bitter bereuen wirst. Agomars Erinnerung ging zum Kampf zurück. Die Bilder waren von solcher Lebendigkeit, daß er für einige Momente glaubte, es finde alles noch einmal statt. Der ekelerregende Gestank der Bestie schien an ihm zu kleben, und die Luft war geschwängert vom Atem des Todes. Agomar spürte, wie der Schlag seines Herzens sich beschleunigte und ein Mißklang sich breitmachte. Und dann, so überraschend, daß er keine Möglichkeit zur Abwehr fand, fiel das hinterhältige Gespenst der Angst über ihn her. Eine Angst, die sein ganzes Sein, all das, was in seinen Augen den Zauberer Agomar ausmachte, bis in die Grundfesten erschütterte und ihn mit der unbarmherzigen Faust eines Riesen zu zerquetschen drohte.

Er sah wieder die giftgrünen Augen des Schattenwesens. Und was er dort erblickte, ließ ihn erstarren. Ihm war, als sehe er erst jetzt, welcher Feind ihnen da wirklich gegenüberstand. Dieser Feind war nicht einfach nur darauf aus, sie zu vernichten. O nein. Seine Absicht war so berechnend, so durch und durch böse, daß ihm der Gedanke daran für einige Momente die Luft zum Atmen nahm. „Es will unser aller

Seelen“, murmelte er fassungslos. Es war, als erfasse Agomar zum ersten Mal, was das letztlich bedeutete. „Es weiß, daß wir in Wahrheit nicht unsere Körper sind. Und wenn es ihm gelingt, seine Absicht in die Tat umzusetzen, dann ist unser Schicksal auf ewig besiegelt und nichts wird bleiben. Weder an die Elben, noch an die Zwerge, noch an ein anderes Wesen wird es eine Erinnerung geben. Es wäre, als hätten wir alle nie gelebt. Als seien wir verwelkte Blätter, die das Schattenwesen mit seinen mächtigen Pranken zu Staub zertritt. Dies durfte nicht geschehen. Niemals! Aber was sollte er dagegen tun? Auf das schwarze Einhorn konnte er nicht bauen. Daß es ihm einmal geholfen hatte, bedeutete nichts. Es war ein Wesen der sagenumwobenen Welt. Und was von dort kam, lebte nach seinen eigenen Regeln. Nein! Die Vorstellung, daß das schwarze Einhorn ihnen erneut zu Hilfe kam, war zwar sehr verlockend, aber auch sehr unvernünftig. Sich darauf zu verlassen, hieße, mit mehr als nur dem Feuer zu spielen. Die Lage ließ keinen Raum für solch verantwortungsloses Verhalten. Was sie jetzt dringend brauchten, war Klarheit in ihren Entscheidungen, Nüchternheit im Denken und verdammt viel Glück. Drei Dinge, die äußerst selten zusammen auftraten. Agomar beugte sich vor und stützte den Kopf auf die Hände. Nun ist so viel geschehen, dachte er müde. So viele unerwartet gute Entwicklungen sind eingetreten und am Ende bleibt nichts als nackte, schiere Verzweiflung.

Zwei Tagesmärsche entfernt lag das Schattenwesen im Gras und blickte von einer baumbestandenen Hügelkuppe auf sein gewaltiges Heer hinab. Ein zufriedenes Funkeln glitzerte in seinen giftgrünen Augen, als es sich erhob und seinen mächtigen, geschmeidigen Körper genußvoll dehnte und streckte.

Stunden hatte es regungslos dagelegen und gewartet. Es hatte sich noch einmal an seine erniedrigende Flucht erinnert. Aber gegen den Zauberer und das Einhorn hätte es nicht siegen können. Zumindest damals nicht. Heute sahen die Dinge anders aus. Seine Macht hatte zugenommen. Unermüdlich war es durch das Reich gezogen und hatte unzählige Wesen unter seinen dunklen Bann gebracht.

Das Schattenwesen ließ den Blick über das wogende Meer schwarzer Leiber gleiten und betrachtete mit Genugtuung das Kreisen der Echsen und Sturmdämonen am klaren Himmel. Seine Untergebenen brannten darauf, endlich in die Schlacht zu ziehen und den abgrundtief verhaßten Elben den Garaus zu machen. War dieses Volk erst einmal vernichtet, war der Rest ein Kinderspiel.

Aber noch war es nicht soweit. Mit einem tiefen, langgezogenen Fauchen legte es sich wieder ins Gras und wartete. Nichts konnte seine Siegesgewißheit erschüttern. Wann der Sieg eintreten würde, war nur noch eine Frage der Zeit. Und wenn es sein mußte, hatte das Schattenwesen alle Zeit der Welt. Aber so gewiß, wie es den Sieg vor Augen sah, so sicher war es, daß es nicht mehr lange dauern würde. Es legte den Kopf auf die breiten Pranken und döste.

Und dann, ganz langsam, regte sich etwas. Seit es mit dem Zauberer gekämpft und ihm seine Krallen in die Schulter geschlagen hatte, stand es mit ihm in Verbindung. Und dieser hohlköpfige Narr hatte es nicht einmal bemerkt. O Agomar, dachte es, und ein teuflisches Grinsen erschien auf seinem Gesicht. In seinem tiefsten Innern spürte es, daß es den Zauberer genau an dem Punkt hatte, wo es ihn haben wollte. Er hatte alle Anstrengungen unternommen, deren er fähig war. Und doch hatten sie ihm nichts genutzt. Nackte Verzweiflung hatte sich statt dessen wie eine zweite Haut über ihn gelegt, und in seiner unglaublichen Dummheit erkannte er nicht einmal, daß seine Kraft wie ein schleichendes Gift von der Finsternis aufgesogen wurde.

O Agomar.

Das Schattenwesen erhob sich und ein Zittern lief durch seinen Körper, als es sich zu voller Größe aufrichtete. Ein letztes Mal betrachtete es in Ruhe seine Heerscharen. Dann stieß es ein gewaltiges Brüllen aus. Das Signal zum Aufbruch. Die abertausend schwarzen Leiber erhoben sich, und wie eine Wolke des Todes bewegte sich die Armee der Finsternis in Richtung Elbenland.

Das Feuer des Lebens

Nandur stand allein in der Halle des Hohen Rates und blickte aus dem Fenster in den weitläufigen Garten. Er hatte sich hierher zurückgezogen, um in Ruhe nachdenken zu können. Aus einem ihm unerklärlichen Grund hatte er das sichere Gefühl, daß ihrer aller Schicksal in den Händen von zwei Menschenkindern und einem Zauberer lag. Niemals zuvor hatte er einer Sachlage so hilflos gegenübergestanden. Nun ja, dachte er. Ich habe mir wahrlich nichts vorzuwerfen, da ich mein Bestes zu den Geschehnissen beigetragen habe. Aber wird das reichen? Daß er Derivan im Wortgefecht besiegt hatte, war sicherlich keine besondere Leistung. Aber nicht etwa, weil er ihn für altersschwach und greisenhaft hielt, sondern weil dessen Beweisführung nicht der Lage entsprach. Früher oder später hätte der rücksichtslose Ansturm der Wirklichkeit den Rat und alle anderen vom Gegenteil überzeugt. Daß es früher war, nun, dies konnte er sich auf seine Fahne schreiben. Aber angesichts dessen, was über sie hereinzubrechen drohte, war das nur ein schwacher Trost.

„Was", seufzte er, „kann ich noch tun? Ich will nicht meine Hände in den Schoß legen und der Dinge harren, die da kommen mögen."

Doch so aufmerksam er in sich hineinhorchte und nach einer Idee forschte, die ihn weiterbringen würde, da war nichts. Das Leben ließ ihn im Stich. Ein Zustand, der ihm aus den Sturm- und Drangjahren seiner Jugend wohlbekannt war, den er aber längst überwunden zu haben glaubte. „So kann man sich irren, alter Narr", murmelte er und beobachtete mehrere Schmetterlinge, die einen anmutigen Tanz über den scharlachroten kelchförmigen Blüten eines Eibischbaumes vollführten. Das Herz tat ihm weh bei der Vorstellung, daß dies und noch vieles Wunderbare mehr, das er in seinem Leben gesehen hatte, dem Untergang geweiht sein sollte. Und schlimmer noch war, daß er rein gar nichts dagegen unternehmen konnte.

Sidhara betrat den Raum. „Möchtest du ungestört sein?“

„Nein. Komm nur. Die Grübelei führt zu nichts Vernünftigem. Aber sag. Wie weit bist du mit den Vorbereitungen?“

„Wir werden in zwei Stunden aufbrechen.“

„Sehr gut.“ Nandur ging dem Elbenkönig entgegen und legte ihm freundschaftlich die Hand auf die Schulter. „Verglichen mit mir“, sagte er, „bist du noch jung an Jahren. Aber ich bin stolz auf dich. Das Volk der Elben hätte sich keinen fähigeren König wünschen können. Es ist dir auf ewig zu Dank verpflichtet, auch wenn einige das noch nicht ganz verstehen. Die Geschichte wird ihre eigenen Worte dafür finden.“

„Wenn es nach alldem noch eine Geschichte der Elben geben wird, Nandur. Oder wenn es noch jemanden geben wird, der darüber berichten kann. Aber was erzähle ich hier und belaste dich mit meinen düsteren Gedanken, wo doch allein schon die Höflichkeit von mir verlangt, mich für deine freundlichen Worte zu bedanken.“

Nandur lächelte nur und schwieg.

„Auch ich möchte dir in dieser schweren Stunde noch etwas sagen“, fuhr Sidhara fort. „Du warst mir immer ein guter und verläßlicher Freund, hast mir mit Rat und Tat zur Seite gestanden und mir nicht einmal, wie sagt man, Honig um den Mund geschmiert.“

Der Elbenkönig blickte ein wenig verlegen zu Boden. Nandur nahm die Hand von Sidharas Schulter und betrachtete seinen Schützling liebevoll. Beim Leben und meiner Seele, dachte er, dies alles darf nicht zu Ende gehen. Nicht auf diese Weise.

„Deine Weisheit und deine Geduld haben mir immer den richtigen Weg gewiesen. Und nun stehe ich hier und finde keine Worte, die meinen Gefühlen angemessen wären.“ Der König der Elben trat vor und drückte seinen alten Freund an sich. „Hab Dank“, sagte er leise. „Hab Dank für alles, was du mir gegeben hast. Ich werde es niemals vergessen.“

Sie lösten sich voneinander.

„Du erweist mir zuviel der Ehre“, antwortete Nandur. „Denn in der Stunde der größten Not hat es mit der von dir so oft beschworenen Weisheit nicht viel auf sich. Denn ich muß gestehen, daß ich den Ereignissen so ohnmächtig wie nie zuvor gegenüberstehe. Was also, frage ich dich, nutzt mir alle diese sogenannte Weisheit?“

Sidhara blickte ihn ratlos an.

„Entschuldige“, sagte Nandur, „du hast wahrlich andere Dinge zu tun, als einem alten verschrobenen Narren den Sinn des Lebens zu erklären. Geh nun“, forderte er den König auf, „die Zeit drängt.“

„Ja, ich werde gehen. Aber ich bin nicht nur gekommen, um mich von dir zu verabschieden. Ich habe eine Bitte an dich.“

„Dann immer heraus damit.“

„Wir brauchen jemanden, der die beiden Menschenkinder über den Silberhöhlenpaß zur Todesspitze geleitet. Und ich habe gedacht ...“

„Recht hast du gedacht.“ Nandurs Augen leuchteten begeistert auf. „Ich bin kein Krieger. Bin es nie gewesen. Aber das ist eine Aufgabe, die ich mit Freude übernehme.“

„Gut“, antwortete Sidhara sichtlich erleichtert. „Ich hätte nicht gewußt, wenn ich sonst hätte entbehren können. Du verstehst das doch nicht falsch?“

„Wo ich so vieles in meinem langen Leben falsch verstanden habe. Kommt es da auf dieses eine Mal noch an?“

Sie lachten beide. Nandur heiter und gelöst, Sidhara ein wenig gequält.

Zwei Stunden später trafen sie sich erneut. Nandur, mit Pola und Alissa, sowie Geerdina, die darauf bestanden hatte, die Mädchen zu begleiten. Sidhara mit Agomar, Derivan, Grimbart und seinem vierbeinigen Begleiter Fulk, der in Abwesenheit von Hraban und Bardulf nicht von dem Zwergenkönig wich.

Da alles gesagt worden war, fiel der Abschied kurz aus. Sie reichten sich nacheinander die Hände und wünschten sich Glück. Alle wußten, daß sie sich vielleicht zum letzten Mal sahen, und ein stiller Kummer lag über der kleinen Gruppe, als sie sich schließlich mit einem allerletzten Winken umdrehten und ihren Aufgaben zuwandten.

Während Derivan sich darum kümmerte, die Frauen und Kinder um sich zu scharen, um sie nach dem Abzug der Männer an einen sicheren Ort zu bringen, begaben sich Sidhara, Agomar und Grimbart an die Spitze des Elbenheeres. Ohne einen Ton, ohne ein Kriegshorn erschallen zu lassen, wie die Zwerge es getan hatten, setzte der annähernd tausend Köpfe zählende Trupp sich in Bewegung. Die Grenze des Elbenlandes lag einen halben Tagesmarsch entfernt, und niemals zuvor war das Land ringsum Zeuge eines solchen Zuges geworden. Niemand sprach, niemand wagte ein Lied anzustimmen, um weitere

Kräfte zu wecken. Über allem lag das unsichtbare drohende Schwert der Vernichtung und selbst die Elbenfrauen und Kinder wagten kaum den Blick zu heben, um ihren Männern Lebewohl zu sagen. Vor allem die jungen Elben, die noch vor wenigen Stunden voller Tatendrang und Unternehmungsgeist gewesen waren, waren bedrückt. So hatten sie sich den Krieg nicht vorgestellt. Dabei hatte er noch nicht einmal mit all seiner Schrecklichkeit begonnen.

Und so schlichen sie mit einer unbestimmbaren Angst im Nacken durch ihren geliebten Wald, dessen wildromantische Reize nicht mehr zu ihnen durchdrangen. Was zählte Schönheit noch, wenn man auf dem Weg war, in den gefräßigen Rachen des Todes zu blicken?

Als der Zug des Elbenheeres unter den dunklen Schatten der Bäume verschwand, machten sich Nandur, Geerdina und die Mädchen auf den Weg zum Silberhöhlenpaß.

Mehrere Stunden zogen sie am Ufer des Illuhin entlang und waren in Gedanken versunken. Alissa schmunzelte. Die Erinnerung an die Begegnung mit dem Einhorn war so frisch wie beim ersten Mal. Sie fühlte einen warmen Schauer den Rücken entlanglaufen und empfand erneut diese seltsame Verbundenheit mit dem Leben. Auf eine unerklarliche Weise wußte sie etwas, das mit Worten nicht ausgedrückt werden konnte. Was auch immer es sein mochte, es machte sie glücklich.

Ganz anders Pola. Sie dachte an den Vogel der Unsterblichkeit, und das Gefühl der Sehnsucht, das sie schon oft heimgesucht hatte, nistete sich wieder in ihrem Herzen ein. Manchmal wurde es so stark, daß sie am liebsten geweint hätte. So trottete sie, in schwermütige Gedanken versunken, hinter den anderen her und hoffte inständig, daß es ihnen gelingen möge, das Feuer des Lebens zu finden. Hin und wieder überkamen Pola Zweifel, ob die Verbindung zu ihm wirklich so stark war, wie sie glaubte. So lange schon hatte er sich nicht mehr gemeldet. Vielleicht lebte er nicht mehr, und sie begaben sich unnötigerweise in eine tödliche Gefahr. Je länger sie unterwegs waren, desto häufiger wurde ihr Geist von solch beklemmenden Gedanken gequält, und als ihre Widerstandskraft verbraucht war, blieb sie einfach stehen und hockte sich erschöpft in den weichen Sand des Flußufers.

„Was ist mit dir?“ fragte Geerdina.

Aber Pola schüttelte nur den Kopf und brachte kein Wort heraus.

Nandur ging in die Knie und legte seine schmale feingliedrige Hand auf ihre. Er sagte nichts, sondern betrachtete sie aufmerksam. Dann, als er ein kaum wahrnehmbares Zittern um ihre Lippen sah, fragte er sanft: „Welcher Kummer bedrückt dein Herz? Möchtest du darüber sprechen?“

Als Pola den Kopf langsam hob und in seine milden grauen Augen blickte, brach der so mühsam errichtete Damm zusammen, und ein aus der Tiefe kommendes Schluchzen schüttelte ihren Körper.

„Ich kann nicht mehr“, schniefte sie, während dicke Tränen ihre Wangen hinabliefen und in den Sand fielen. „Hier“, sagte sie und zeigte mit dem Finger auf ihre Brust, „brennt die ganze Zeit etwas. Es tut nur weh und ich weiß überhaupt nicht, warum. Immer muß ich an den Phönix denken und ob er noch lebt. Warum sollen wir das Feuer des Lebens suchen, wenn er längst tot ist? Ich habe Angst, daß alles umsonst ist.“

Nandur, der froh war, daß sie ihre Befürchtungen endlich aussprach und nicht mehr einsperrte, lächelte mitfühlend.

„Du hast eine schwere Last zu tragen, Menschenkind“, sagte er. „Und die Wahrheit ist, daß wir sie dir nicht abnehmen können. Niemand weiß, warum das Leben gerade dich ausgesucht hat. Aber da ich es seit langem erforsche, bin ich sicher, daß es seine Gründe dafür hat. Auch wenn wir sie im Augenblick noch nicht verstehen.“ Er nahm ihre Hände. „Aber was wir tun können, ist, dir bei deiner Aufgabe beizustehen. Und ich glaube, ich spreche im Namen aller hier anwesenden, daß wir das mit allen uns zur Verfügung stehenden Kräften tun werden.“ Er schaute zu Geerdina und Alissa hoch, die ihm bestätigend zunickten. „Du kannst dich auf uns verlassen. Und wenn ich dir noch einen Rat geben darf. Vertraue dem Leben, vertraue ihm rückhaltlos.“ Und wie ist es mit dir selbst? fragte Nandur sich. Tust du, was du ihr so bedenkenlos rätst? Vertraust du dem Leben rückhaltlos? Darauf hatte er keine Antwort. Aber immerhin, hielt er sich selbst zugute, bemühst du dich seit Jahren redlich darum, und das ist wahrscheinlich mehr, als die meisten von sich behaupten können. Trotz der Ernsthaftigkeit der Lage schmunzelte er.

Es dauerte noch eine Weile, bis Pola sich beruhigte und der Trä-nenfluß abebbte. Doch dann wagte sie wieder ein vorsichtiges Läch-eln. Und als Alissa ihr die Hand reichte, sie hochzog und an sich drückte, war die Welt fast schon wieder in Ordnung.

„Ich werde immer zu dir halten“, flüsterte Alissa ihr zu. „Immer.“

Dann lösten sie sich langsam voneinander und sahen sich an. Pola nickte nur. Jedes Wort hätte diesen Augenblick der Verbundenheit nur zerstört.

Als die Dämmerung hereinbrach, hatten sie die Grenze des Elbenlandes schon hinter sich gelassen. Vor ihnen lagen die Ausläufer des Gebirges, aus dem die gewaltige Todesspitze ragte. Ein Frösteln lief durch Alissas Körper, als sie die bleigraue Wolke betrachtete, die das untere Drittel des Berges verbarg. Was hatte Agomar gesagt? Bisher war es niemandem gelungen, zurückzukehren und zu berichten, was hinter der Wolke lag. Die Knie wurden ihr weich, als sie noch einmal bedachte, was das am Ende bedeutete. Es konnte eigentlich nur heissen, daß die, die es bisher gewagt hatten, in das brodelnde Nebelmeer hineinzutreten, tot waren. Kalter Schweiß trat ihr auf die Stirn. Wie gern hätte sie sich jetzt einen wärmenden Mantel um die Schultern gelegt oder sich unter ihre kuschelige Bettdecke verkrochen. Aber das blieb nur ein frommer Wunsch. Die Wirklichkeit war nicht so rücksichtsvoll; sie verlangte, daß sie der ungeschminkten Wahrheit ins Gesicht sah. Doch noch fühlte sie sich nicht stark genug dafür.

Statt dessen heftete sich Alissas Blick an Nandur. Trotz seines für Menschen unvorstellbar hohen Alters hatten seine Bewegungen eine jugendliche Frische und Anmut, die sie immer wieder in Erstaunen versetzte. Selbst unter den Elben war er eine herausragende Erscheinung, und seine einfache, herzenswarme Art rührte sie immer wieder. Daß er sie auf ihrem schweren Weg begleitete, war mehr als nur beruhigend. Es war wohltuend. Eine andere Frage, die ihr immer wieder durch den Kopf ging, betraf Geerdina. Warum hatte sie unbedingt mitkommen wollen? Alle, Agomar und Sidhara eingeschlossen, hatten versucht, ihr das auszureden. Aber sie hatte alle Einwände harsch, ja fast zornig zurückgewiesen. Schließlich ließ man sie gewähren.

Als der Mond schon hoch am nächtlichen Himmel stand, machten sie Rast. Sie befanden sich in einem kleinen Fichten- und Kiefernwäldchen, dessen Boden dick mit weichen Nadeln bedeckt war und einen würzigen, harzigen Geruch verbreitete. Niemand war besonders mitteilsam und darum war schon bald das gleichmäßige Atmen der Schlafenden zu hören.

Beim ersten grauen Schimmer, der sich am Horizont zeigte, waren sie wieder auf den Beinen. Geerdina hatte Trockenobst und Nüsse ausgepackt, aber keiner verspürte Lust, etwas zu essen. So packte sie die Sachen wieder ein und zuckte nur mit den Achseln.

Gegen Mittag erreichten sie den Silberhöhlenpaß. Der Name, wie Nandur ihnen erklärte, rührte daher, daß hier, noch bevor die Elben sich am Fluß niedergelassen hatten, ein unbekanntes Volk Silbererz geschürft habe. Heute waren die Felswände rechts und links des Weges löchrig wie ein Termitenbau. Die Stollen führten meilenweit in das Gebirgsmassiv hinein, sagte der Elb und das Gestein sei bereits so ausgeplündert, daß sich ein weiterer Abbau nicht lohne. Außerdem war niemandem daran gelegen herauszufinden, was dort unten in der Tiefe hausen mochte.

„Manchmal kann es mutiger sein, den Verlockungen eines Abgrundes zu widerstehen, als blindlings in etwas Unbekanntes hineinzutappen", endete Nandur und ließ offen, was genau er damit meinte.

Den Rest des Passes legten sie schweigend zurück, während sie den Blick nicht mehr von der Wolke abwenden konnten. Es war, als wohne ihr eine eigene Macht inne, die sie anzog und, einmal in ihrem Dunstkreis, nicht mehr freizugeben gedachte. Alle verspürten einen heftigen Widerwillen, auch nur einen Fuß vor den anderen zu setzen. Aber sie hatten keine Wahl. Wenn es das Feuer des Lebens wirklich gab, konnte es nur hier sein. Keine andere Stelle im Reich kam dafür in Frage.

Nandur gab das Zeichen anzuhalten. Er drehte sich um und schaute nacheinander Pola und Alissa in die Augen.

„Ab hier, so leid es mir tut, müßt ihr allein weitergehen", sagte er. „Ich darf keinen Schritt mehr tun, sonst kann ich dieser Anziehungskraft nicht mehr widerstehen." Er trat vor und drückte die Mädchen kurz an sich. „Ich wünsche euch von Herzen Glück und daß ihr findet, wonach ihr sucht. Möge die Kraft, die das Leben selbst ist, euch zur Seite stehen." Sanft strich er ihnen noch einmal mit dem Finger die Wange entlang. „Ich werde mich jetzt zurückziehen und auf eure Rückkehr warten." Damit wandte er sich um und ging ohne ein weiteres Wort des Abschieds. Die drei sahen ihm nach, bis er hinter einer Felsbiegung verschwand.

„Was ist mit dir?" fragte Pola die Hüterin der Schwelle, als die ihm nicht folgte. „Kannst du der Anziehungskraft widerstehen?"

„Nein. Nicht mehr lange. Ich warte lediglich, bis ihr gegangen seit. Irgend jemand muß eure mutige Tat schließlich bezeugen. Und dieser

Jemand werde ich sein.“ Auch sie nahm die beiden noch einmal in die Arme und trat dann zwei Schritte zurück. „Es ist mir eine Ehre, euch kennengelernt zu haben“, sagte sie und verneigte fast andächtig den Kopf. „Und nun macht euch auf den Weg. Denn ich weiß nicht, ob ich es sonst noch ertrage, euch gehen zu lassen.“

„Aber ...“, wollte Alissa einwenden, wurde von Geerdina jedoch sofort unterbrochen.

„Kein Aber! Geht jetzt! Sofort!“

Sie trat zurück und drehte ihnen den Rücken zu. Die Hüterin schien kein weiteres Wort mehr mit ihnen wechseln zu wollen.

Alissa und Pola sahen sich kurz an und fügten sich in ihr Schicksal. Schließlich war ihr ganzes Bestreben darauf ausgerichtet gewesen, genau an diesem Ort zu stehen. Und so viele hatten ihnen, auch auf die Gefahr hin, ihr Leben zu verlieren, geholfen. Jetzt gab es kein Zurück mehr.

„Komm“, sagte Pola, all ihren Mut zusammennehmend, und griff nach der Hand ihrer Freundin. Sie blickten noch einmal zu der Wolke. In beklemmender Stille wirbelte sie um den Fuß des Berges und schien nur auf sie gewartet zu haben. Ohne noch einmal einen Blick hinter sich zu werfen, traten die beiden gemeinsam nach vorn.

Kurz darauf verschlang die bleigraue Masse sie wie das Maul eines Ungeheuers.

Nandur wurde unterdessen unruhig, weil Geerdina nicht folgte. Er ging zurück, und als er sie erblickte, stockte ihm der Atem. Fassungslos mußte er mitansehen, wie die Hüterin der Schwelle den beiden Mädchen folgte und die neblige Wand sich binnen weniger Augenblicke hinter ihr schloß.

Warum, Hüterin? fragte er sich. Warum gehst du freiwillig in den Tod und bringst ein sinnloses Opfer?

Alissa und Pola versuchten zur selben Zeit irgendeinen Anhaltspunkt in dem grauen Nebel zu finden. Irgend etwas, wohin sie sich wenden konnten. Aber da war nichts. Um sie herum wogte ein Meer aus dunstigen Schleiern, die sich mit jedem weiteren Schritt noch zu verdichten schienen. Aber da war noch etwas, und dieses Etwas war so fein, von so hinterhältiger Spitzfindigkeit, daß sie es nicht bemerkten. Sie hatten nicht den Hauch einer Möglichkeit, sich dagegen zu wehren. Heimlich und ganz leise flüsternd nistete es sich in ihre Köpfe und raubte ihnen nach und nach jede Erinnerung.

Nach einer Viertelstunde hatten sie alles vergessen. Sie wußten nicht, woher sie kamen, wer sie waren, warum sie hier waren und wohin sie wollten. Sie waren nichts. All das, was Alissa und Pola ausmachte, war ausgelöscht. Ihre Arme fielen herab, als habe man die Fäden bei einer Marionette durchschnitten. Abwesend glotzten sie in das wirbelnde Grau, verloren und hilflos in einer Welt, deren Mächten sie nicht gewachsen waren. Hätten sie nur einmal zu Boden gesehen, dann wären ihnen die zahllosen verblichenen Skelettknochen derjenigen aufgefallen, die vor ihnen hier ihren Untergang gefunden hatten. Doch auch das hätte ihnen keinen Ausweg gewiesen. Die Falle hatte zugeschnappt, schnell und erbarmungslos.

Agomar, der neben Sidhara an der Spitze des Elbenheeres ging, spürte, daß die Stimmung immer bedrückender wurde. Die Furcht ballte sich wie ein schwarzer fester Knoten in seinem Magen zusammen, und er fand kein Mittel, sie zu vertreiben. Einen Moment dachte er, was für ein jämmerlicher Haufen sich da auf dem Weg zum Grenzland befand, und Zorn regte sich in ihm. Aber er verblaßte genauso schnell, wie er gekommen war, und nichts blieb, als das Gefühl der Angst. Das große Heer bewegte sich so leise durch den Wald, daß dem Zauberer regelrecht unheimlich zumute war. Die Elben zogen in den Krieg, und Furcht, die nicht zu erklären war, hatte sich in ihre Herzen geschlichen. Da muß etwas anderes dahinterstecken, argwöhnte der Zauberer. Aber was?

Sidhara quälten ganz andere Überlegungen. Er dachte an die Frauen und Kinder und was aus ihnen wurde, falls sie unterlagen. Je näher der Zeitpunkt der Schlacht rückte, desto stärker drangsalierte ihn diese Vorstellung. Ein schreckliches Bild setzte sich vor seinem inneren Auge fest und wollte nicht mehr weichen. Er sah, wie die Wesen der Finsternis, angeführt vom Schattenwesen, über die Frauen, die Kleinen und Kleinsten herfielen, sie auf grauenhafte Weise töteten und ihrer Seelen beraubten. Wie Aasgeier sich auf ihre Beute stürzen, fielen diese Gedanken über ihn her und erfüllten ihn mit einer Furcht, wie er sie nie zuvor erlebt hatte. So mächtig war sie, daß sie ihm sogar die Luft zum Atmen nahm. Wie gern hätte er Nandur an seiner Seite gewußt und mit ihm darüber gesprochen. Aber sein alter Freund hatte eine andere Aufgabe übernommen, und Sidhara hoffte inständig, daß er und die drei anderen sie auch bewältigen konnten. Ihrer aller Überleben hing davon ab. Ohne das Feuer des Lebens, das hatte Agomar ihm tags zuvor unmißverständlich klargemacht, wären sie ganz auf sich selbst und die Unterstützung der Zwerge angewiesen. Der Blick des Zauberers verhieß nichts Gutes.

Als das Heer gegen Abend das Grenzland erreichte, hatte der Elbenkönig mit dem Aufbau des Lagers zu tun. Die Arbeit nahm ihn völlig in Anspruch, und er war dankbar dafür, daß er auf diese Weise für einige Stunden von den aufdringlichen, schwermütigen Gedanken befreit war. Doch als die Ruhe der Nacht hereinbrach, kehrten sie unweigerlich zurück und nagten an ihm wie ein eitriges Geschwür.

Doch Sidhara war nicht der einzige, der in dieser Nacht kein Auge zubekam. Grimbart und Agomar erging es nicht anders. Der Zauberer hatte die Hände hinter dem Kopf verschränkt und sah mit seinen blinden Augen zum sternenfunkelnden Nachthimmel. Immer noch lag die Angst schwer in seinem Bauch. Ja, sie hatte sogar noch zugenommen. All sein Sinnen und Trachten, ihren Ursprung zu entschlüsseln, hatte nichts gebracht. Wie ein hilfloser Sklave kam er sich vor, der der Macht seines Herrn auf Gedeih und Verderb ausgeliefert ist. Ein Zustand, der ihm zutiefst verhaßt war und dem er sich zu widersetzen gedachte. Aber im Grunde hatte er nicht die Kraft. So viel war in den letzten Tagen über ihn hereingestürzt. Zuviel für einen einzelnen. Solchen Gedanken darfst du dich nicht hingeben, schalt er sich. Sie rauben dir das letzte bißchen Zuversicht, das noch in dir schlummern mag. Agomar drehte sich auf die Seite und versuchte zu schlafen. Aber es gelang ihm nicht. Manchmal trudelte er für wenige Minuten in einen Dämmerzustand hinüber, um dann, von peinigenden Gefühlen geplagt, aufzuwachen und stumm in die schwarze Welt zu starren.

Nicht viel anders erging es Grimbart. Auch er schaute zum Himmel hinauf. Das Glitzern und Funkeln der Sterne schien ihm wie eine Schmähung der Wirklichkeit. Der Tod kreiste gleich einem flammenden Schwert über ihren Köpfen, und gleichzeitig ging das Leben seinen Gang, als sei es davon unberührt. Aber vielleicht ist dem auch so, dachte der König. Ob unsere Welt, ob die Völker der Zwerge und Elben weiterbestehen werden oder nicht, was macht das schon für einen Unterschied? Das Rad des Lebens wird sich trotzdem weiterdrehen. Aber, meldete sich eine Stimme in ihm zu Wort, es wird nicht mehr so sein wie vorher. Etwas Wunderbares würde auf ewig verlorengehen, und glaube nicht, daß das Leben dieser Tatsache gleichgültig gegenübersteht. Trotz aller Befürchtungen hatte dieser Gedanke auch etwas Tröstliches, und schließlich gelang es ihm sogar, für einige Stunden einzuschlafen und sich von den Anstrengungen des Tages zu erholen.

Beim ersten Sonnenstrahl war das Heer wieder auf den Beinen und nichts hatte sich verändert. Weiterhin lag die Angst über ihnen und verstärkte sich, je näher sie dem Ort der endgültigen Auseinandersetzung kamen.

Dann, gegen Mittag, war es soweit. In einer langen Linie bewegte sich die Armee der Elben einen Hang hinauf und sammelte sich dort. Noch war außer ihnen niemand zu sehen. Aber Sidhara, dessen Augen von ungewöhnlicher Schärfe waren, erkannte bereits kleine schwarze Punkte, die am Himmel kreisten. Ein untrügliches Gefühl sagte ihm, daß diese Punkte keine Raubvögel oder Aasgeier waren. Der König der Elben ahnte, was sich da auf sie zubewegte, und eisige Furcht schnürte ihm für einen Augenblick die Kehle zu. Dann fing er sich wieder und begann sogleich, Befehle zu erteilen und das Heer der Elben nach einer längst geplanten Schlachtordnung aufzustellen. Als dies geschehen war, blieb ihnen nichts anderes zu tun, als auf das Eintreffen des Feindes zu warten.

Hraban, Sohn des Raben und Ratbod, Anführer der Zwerge, blickten bei Sonnenaufgang vom Rand eines Felsvorsprungs auf die vor ihnen liegende Ebene hinunter. Sie hatten ihre Armee gnadenlos vorwärtsgetrieben und nicht einmal gerastet.

„Rasten“, hatte der junge Krieger den Zwergen zornig entgegengeschrien, als einige bereits zu murren begannen, „könnt ihr bald in alle Ewigkeit. Nämlich dann, wenn wir zu spät kommen. „Verdammt“, hatte er gebrüllt, „seid ihr Zwerge, hart und ausdauernd wie der Fels oder seid ihr verweichlichte Jüngchen, die an den Rockzipfeln ihrer Mütter hängen. Vor uns steht der größte Feind, den dieses Land jemals gesehen hat, und ihr beklagt euch über schmerzende Füße und ein Zipperlein im Rücken. Wollt ihr jammern oder kämpfen?“

Er war auf einen Felsbrocken geklettert und sah auf die Zwergenarmee hinunter.

„Nun?“ forderte er eine Antwort.

Einen Moment waren die Zwerge verdutzt, von einem Fremden auf diese Weise zusammengestaucht zu werden. Doch dann erhob sich ein einhelliger Schrei.

„Kämpfen! Wir wollen kämpfen!“

„Gut“, rief Hraban über die Menge hinweg, als sich der Tumult gelegt hatte. „Dann hört auf, euch zu beklagen, und hört statt dessen auf den Ruf eures Herzens. Man hat mir gesagt, das Herz der Zwerge sei so unzerstörbar wie ein Diamant. Beweist es mir!“

Damit sprang er vom Felsbrocken und gesellte sich zu Ratbod, der ihm anerkennend und dankbar zunickte.

Wenige Minuten später waren sie wieder auf der Fährte des Feindes. Hraban legte eine Geschwindigkeit vor, die die Zwerge zwang, in den Laufschritt zu fallen. Etwas drängte ihn vorwärts, eine Ahnung, ein Wissen, daß sie sich höllisch beeilen mußten, um den Elben noch rechtzeitig zu Hilfe zu kommen.

Eine Stunde vor der Mittagszeit entdeckten sie die ersten schwarzen Punkte vor sich, und eine halbe Stunde später waren sie sicher, die Nachhut des feindlichen Heeres vor sich zu haben. Noch war also nichts verloren. Aber, fragte Hraban sich, der mehr wußte als alle anderen, führe ich sie nicht in einen aussichtslosen Kampf? Dann schob er diesen Gedanken wie ein lästiges Übel beiseite. Lieber heldenhaft sterben, ermahnte er sich, als jämmerlich die Flucht ergreifen. Niemals! Nicht, solange ich das Sagen habe!

Agomar, Sidhara, Grimbart und das Elbenheer dachten ganz anders. Als sie allmählich die volle Stärke des Feindes erkannten, wären sie am liebsten Hals über Kopf geflohen. Aber wo sollten sie hin? Die Angst hielt sie noch immer in ihrem Klammergriff gefangen, und sie glaubten schon das hämische Grinsen im Gesicht des Schattenwesens erkennen zu können. Es würde auf einen Gegner treffen, der wie gelähmt dastand und sich seinem unausweichlichen Schicksal kampflos ergab.

Betrübt spürte Agomar das näherrückende Heer auf sich zukommen, und er schämte sich zutiefst für seine Furcht, die seiner Ansicht nach eines Zauberes unwürdig war. Aber was sollte er tun? Alle Möglichkeiten waren ausgeschöpft. Und so gallebitter die Erkenntnis auch schmeckte, es gab nichts, womit er diese unerklärliche Angst einfangen und in ein dunkles Loch vergraben konnte, wo sie niemandem Schaden zufügte. Ein wahrlich großer Zauberer bist du, dachte er kleinmütig und schuldbewußt. Jetzt, da es wirklich darauf ankommt, versagst du. Er dachte an den König der Elben, und ein schmerzhafter Stich fuhr ihm in die Brust. Was hatte Sidhara nicht alles getan und seinen Worten ohne Wenn und Aber Vertrauen geschenkt. Und jetzt? Jetzt, König der Elben, mußt du mitansehen, wie dein Volk auf grauenvolle Weise seiner Seele beraubt wird. Möge es schnell gehen, bat Agomar inständig. Niemand soll über Gebühr leiden müssen. Aber er glaubte nicht, daß dieser Wunsch in Erfüllung ging. Das Schattenwesen würde seinen Sieg bis zur bitteren Neige auskosten und das bedeutete, daß es ihnen langanhaltende Qualen zufügen würde. Denn auch seine Helfershelfer, die Bardoks, Gnome und wie sie alle heißen mochten, würden ihren Spaß haben wollen. Agomar senkte den Kopf. Am liebsten wäre er in den weichen Boden unter seinen Füßen versunken.

Pola und Alissa standen erstarrt in der wirbelnden Wolkenmasse. Ihr Verstand, ihr ganzes Sein hatte aufgehört zu leben. Plötzlich tauchten zwei knorrige Hände aus dem nebligen Dunst auf. Alte, faltige, von braunen Flecken überzogene Haut spannte sich über dürre Fingerglieder, die sich in die Hemden der Mädchen krallten. Mit einem kräftigen Ruck zog die unsichtbare Gestalt Alissa und Pola hinter sich her, die ihr wie ferngesteuert folgten. Wie lange das so ging, konnte niemand sagen. Denn die Zeit schien hier, an diesem gespenstischen Ort, außer Kraft gesetzt.

Schließlich gelangten sie an das Ende der Wolkenbank und sanken langsam auf von Wind und Wetter glattpolierten Felsengrund. Dort lagen sie und es dauerte lange, bis sie wieder Lebenszeichen von sich gaben. Pola kam als erste zu sich. Mit großen, verwundert dreinschauenden Augen sah sie sich um. Vor ihr stand Geerdina, die Hüterin der Schwelle. Sie war stark gealtert. Die Haut in ihrem Gesicht war von tiefen Falten durchzogen. Alle Zähne waren ihr ausgefallen und ihre Augen blickten so müde und gebrochen, daß Pola das Herz von dem Anblick weh tat. Um nicht in Tränen auszubrechen, fragte sie: „Was ist passiert, Geerdina? Wo sind wir?“

Bevor die Hüterin antworten konnte, kam Alissa ebenfalls zu sich und richtete sich stöhnend, die Hände an die Schläfen gedrückt, auf.

Nach mehreren Minuten war auch sie wieder gänzlich hergestellt. Mit feuchten Augenwinkeln betrachtete sie die jetzt uralte Frau und fühlte sich nicht in der Lage, auch nur ein einziges Wort an sie zu richten.

Schließlich war es die Hüterin, die das Schweigen brach.

„Ihr habt das giftige Wolkenmeer durchschritten", flüsterte sie mit heiserer, krächzender Stimme. „Ein Gift beherbergt es, das so hinterhältig ist, wie man es sich nicht vorzustellen vermag. Aber ihr habt es geschafft und müßt nun weitergehen. Das Feuer des Lebens ist hier. Ich weiß es. Fragt nicht, warum. Ihr dürft die Suche nicht aufgeben. Habt ihr verstanden?"

Die Mädchen nickten nur als Antwort, während Geerdina einen schlimmen Hustenanfall bekam.

„Ich werde euch jetzt verlassen", sagte sie, als er abgeklungen war. „Meine Zeit ist um. Lebt wohl."

„Warte noch", bat Alissa. „Ich kann mich nicht erinnern, wie wir durch die Wolke gekommen sind. Hast du uns geholfen?"

Die Hüterin der Schwelle nickte, und ein letztes warmes Lächeln stahl sich in ihr Gesicht.

„Ja", sagte sie.

„Warum hast du dein Leben für uns gewagt? Und wie hast du es geschafft, dich diesem hinterhältigen Gift zu entziehen?"

„Ich bin die Hüterin der Schwelle", antwortete sie mit leiser Stimme, „und auch dies hier", sie wies auf die dunkle Wolke, „ist eine Schwelle. Und zu deiner anderen Frage. Manchmal muß man, um eine große Schuld zu tilgen, ein ebenso großes Opfer bringen. Irgendwann werdet ihr das verstehen."

Damit drehte sie sich um und war im nächsten Augenblick im bleigrauen Nebeldunst verschwunden.

„Neiiin", schrie Alissa entsetzt und wollte ihr hinterherlaufen, aber Pola hielt sie mit aller Kraft zurück.

„Du stirbst, wenn du das tust", versuchte sie ihrer Freundin klarzumachen.

„Aber wir können sie doch nicht einfach ihrem Schicksal überlassen", schrie Alissa entsetzt. „Ohne sie wären wir nie bis hierher gekommen. Ohne sie wären wir längst tot."

„Das stimmt", antwortete Pola und drückte ihre Freundin ganz fest an sich. Am liebsten hätte sie Alissa nie wieder losgelassen.

Nachdem sie eine Weile stumm in ihrem Kummer verharrt hatten, fing der Boden unter ihren Füßen leicht an zu beben. Erschrocken lösten sie sich voneinander und schauten beunruhigt um sich. Das Beben nahm zu und ging dann in ein tiefes Rumoren über. Hastig sprangen die beiden hoch und schauten auf den Berg, dessen Gestein zu schwingen und zu zittern begann. Ein beängstigendes Mahlen und Stampfen, ein Dröhnen und Knirschen erfüllte die Luft. So laut wurde es, daß sie sich die Ohren zuhalten mußten. Ein Erdbeben, vermuteten sie und waren sicher, daß sich im nächsten Moment ein klaffender Schlund vor ihnen öffnete und sie in eine namenlose Tiefe stürzten. Doch dann, wie von Zauberhand, brach statt dessen der Berg vor ihren Augen auseinander und ein mehrere Fuß breiter Spalt, der ins innere des Berges zu führen schien, wurde sichtbar. Wie betäubt starrten die Mädchen auf die dunkle Öffnung und rührten sich nicht. Jeden Moment erwarteten sie, daß ein Ungeheuer daraus hervortrat und sie mit Haut und Haar verschlänge.

Aber nichts dergleichen geschah. Alissa, die die Spannung schließlich nicht länger ertragen konnte und auch nicht wollte, ging zuerst darauf zu. Neugierig betrachtete sie das aufgerissene, scharfkantige Gestein und schob ihren Kopf vorsichtig ein Stück in den Spalt.

„Komm", sagte sie ihrer Freundin zuwinkend. „Hier ist ein Licht."

„Ein Licht?" fragte Pola aufgeregt. „Kannst du was erkennen?"

„Nein, nichts. Oder? Warte! Ich glaube, da hinten sind Stufen."

Und tatsächlich. Da waren wirklich Stufen. Grob gehauen zwar, aber ohne Zweifel Stufen. Das war mehr als seltsam. Das war so verlockend geheimnisvoll, daß sie der Versuchung nicht widerstehen konnten. Schritt für Schritt folgten sie der sich abwärts windenden Treppe und gelangten schließlich in eine dreißig Fuß breite und ebenso hohe Höhle. Die zu einer Kuppel gebogenen Wände waren aus reinem, geschliffenem Kristall erbaut, und sie konnten sich fast wie in einem Spiegel darin betrachten. In der Mitte des Bodens war ein rundes Becken eingelassen. Sein gewölbter Rand war aus einem tiefviolett schimmernden, ebenfalls geschliffenen Edelstein erbaut. Die helle, bernsteinfarbene Flüssigkeit darin begann sich im Uhrzeigersinn zu drehen, schneller und immer schneller. Und ehe die beiden sich versahen, formte die Flüssigkeit sich zu einer in gleißendhelles Licht getauchten Gestalt. Voller Furcht schlugen die Mädchen die

Hände vor die Augen und wagten nicht, sie herunterzunehmen.

„*Dal Axãm. Ischt nuha.* Weilet in Frieden", sagte eine Stimme, die so rein und klar war, daß sie jede Faser ihres Herzens zum Schwingen brachte. Und obwohl die Mädchen glaubten, der wunderbare Klang wirke von außen auf sie ein, war er gleichzeitig auch in ihnen. Ein sanftes, elfenbeinfarbenes Glühen erfüllte die Höhle bis in den letzten Winkel. Und dann trat Sie daraus hervor, deren Name die Große Mutter ist. Obwohl sie nichts sahen, neigten die Mädchen ehrfürchtig den Kopf. Ihre Gegenwart war überwältigend. Sie war die Eine, aus der alles erschaffen war und niemand durfte sie sehen. Keines Menschen Auge konnte diese Schönheit ertragen, ohne sich auf immer darin zu verlieren.

„Streckt eure Hände vor und laßt die Augen geschlossen", sagte die Stimme und die beiden taten, wie ihnen geheißen.

„Hier in meinen Händen", fuhr sie fort, „halte ich das Feuer des Lebens. Das, wonach ihr so mutig und sehnsuchtsvoll gesucht habt. Eure unerschütterliche Freundschaft war es, die euch am Ende ans Ziel geführt hat. Vergeßt das niemals. Ich werde zwei kleine Flammen davon an euch weiterreichen. Dir, Pola, überreiche ich die Flamme der Seele. Hüte sie wohl. Und dir, Alissa, überreiche ich die Flamme des Herzens. Schließt nun eure Hände darum und öffnet sie erst, wenn ihr vor dem Vogel der Unsterblichkeit steht. Wartet noch einen Moment, bis ich gegangen bin. Dann öffnet die Augen und geht. Noch habt ihr nicht gesiegt. Ruft den Boten der Wahrheit, wenn ihr den Berg verlaßt."

„Was ist mit Geerdina?" wagte Alissa noch zu fragen.

Ein sanftes Leuchten umhüllte die Gestalt, als sie antwortete: „Es geht ihr gut. Macht euch keine Sorgen. Sie hat die Freiheit gefunden und ist in die andere Welt gegangen."

Dann war es still.

Sie verharrten schweigend und wagten nicht, sich zu bewegen. Die Flammen tanzten in ihren Händen und ihnen war, als leuchte etwas gleichzeitig unvorstellbar Sanftes und unzerstörbar Machtvolles in ihnen.

Nach einer Weile öffneten sie die Augen. Die Höhle war genau so, wie sie sie vorgefunden hatten. Nichts hatte sich verändert. Für einen Augenblick meinten sie, alles nur geträumt zu haben. Dann fiel ihr Blick auf ihre geschlossenen Hände, und sie spürten die Wärme der

Flamme darin. Andächtig verneigten sie sich noch einmal vor der bernsteinfarbenen Flüssigkeit und kehrten schnell an die Oberfläche zurück.

Als sie aus dem Dämmerlicht des Berges in den grellen Sonnenschein hinaustraten, waren sie geblendet. Aber sie gewöhnten sich schnell daran. Die bleigraue Wolke gab es nicht mehr. Sie hatte sich aufgelöst und würde niemandem mehr den Tod bringen.

Die Mädchen wandten sich nach Osten, der Richtung des neuen Tages zu und riefen gemeinsam mit klarer lauter Stimme den Boten der Wahrheit. Einen Augenblick später hörten sie ein weiches Schnauben in ihrem Rücken und drehten sich um. Das schwarze Einhorn stand dort. Mehrmals hob und senkte es seinen schönen Kopf und die lange, seidigschimmernde Mähne flatterte dabei im Wind. Dann kam es langsam auf sie zu, blieb stehen, sank anmutig auf die Knie und lud die Mädchen ein, auf seinem Rücken Platz zu nehmen. Sie gingen darauf ein, und wenig später waren sie auf dem Weg zum Vogel der Unsterblichkeit.

Bald trafen sie auf Nandur. Als er auf sie zukam, wankte er leicht. Die Begegnung mit dem Boten der Wahrheit, brachte ihn aus dem Gleichgewicht. Nur unter Aufbietung all seiner Kraft war er fähig, den Kopf zu heben und dem schwarzen Einhorn in die Augen zu sehen. Der perlmuttfarbene Glanz darin sog ihn auf wie das Licht einer Sonne. Der Blick in unvorstellbare Tiefen wurde ihm gewährt und innerhalb weniger Minuten durchlebte er Welten, die keines Elben Auge zuvor gesehen hatte. Er tauchte in die Ewigkeit ein, dort, wo alles, was lebte, geboren wurde und am Ende hin zurückfand.

Als Nandur in seine eigene Welt heimkehrte, glitzerten Tränen der Freude in seinen Augenwinkeln. Eine Weile war er wie betäubt. Ein gütiges Lächeln kräuselte seine Lippen. „Daß ich das noch erleben durfte“, sagte er und schaute zu den Mädchen hinauf. „Dank euch beiden. Dank auf immer.“ Zärtlich strich er dem sagenhaften Wesen über den schlanken Hals, und die Berührung entfachte ein loderndes Feuer in seinem Herzen.

Das schwarze Einhorn stieß sanft mit den weichen Lippen seines Mauls gegen die Schulter des Elben, und dann war seine uralte Stimme in Nandurs Geist. „*Dal Axãm. Ischt nuha*, Nandur. Weile in Frieden. Sei eine glückliche Seele.“

„Dal Axãm. Ischt nuha“, antwortete der Elb mit funkelnden Augen

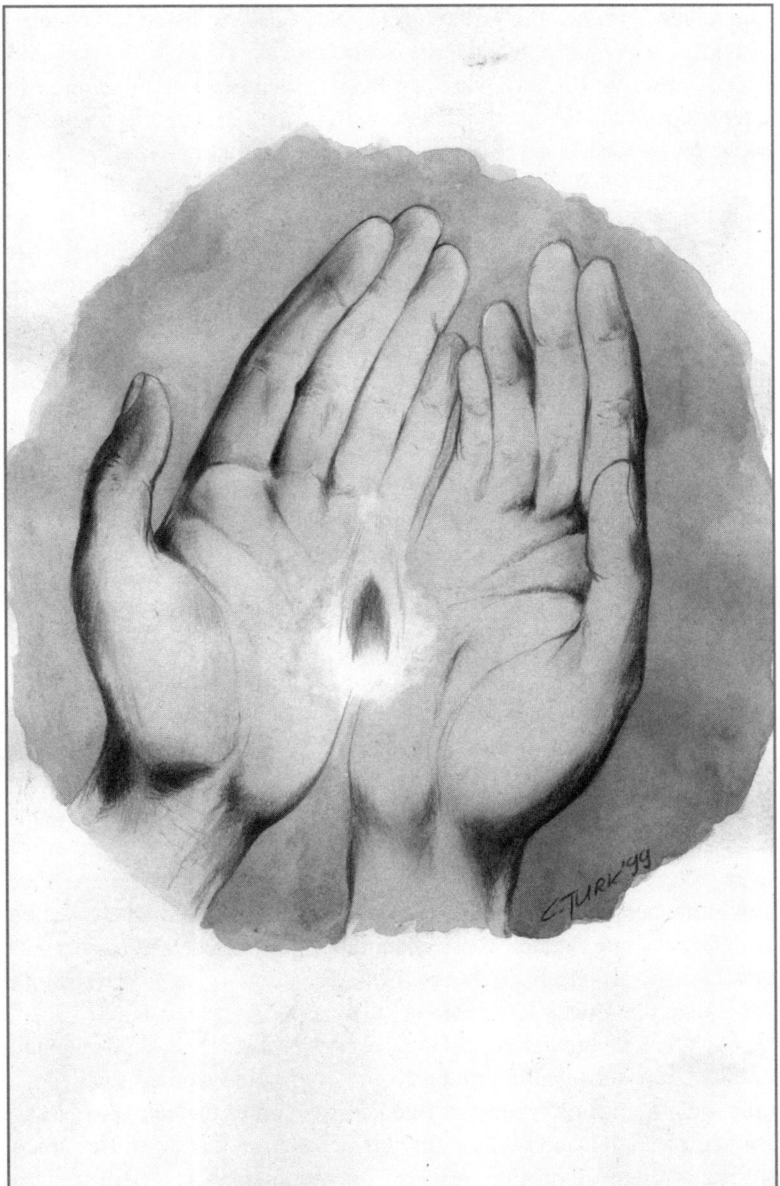
C.TURK'99

und einer Stimme, die friedvolles, gelassenes Selbstvertrauen ausdrückte. „Ich bin eine glückliche Seele."

Das schwarze Einhorn warf den Kopf schnaubend in die Höhe. Ein letzter Gruß der beiden Mädchen, und sie ließen den Elb allein zurück, der sich zu Fuß auf den Weg in seine Heimat machte.

Was ist mit dir, Agomar?" Grimbart war der einzige, der noch bei klarem Verstand zu sein schien. Er griff nach dem Arm des Zauberers. Doch der schüttelte seine Hand ab.

„Verdammt, Agomar", grollte der König der Zwerge, „der Feind ist da. Wir müssen uns ihm stellen und zum Angriff übergehen."

„Wozu?"

„Wozu?" wiederholte Grimbart fassungslos. „Bist du von allen guten Geistern verlassen? Oder was soll das schwachsinnige Gerede?"

Agomar lachte. Doch es klang hohl und leer.

Entsetzt schaute der Zwerg zu seinem alten Freund. Was ging hier vor? Natürlich. Der Feind war übermächtig an Zahl, und auch er hatte die Angst gespürt, die über dem Elbenheer lag. Aber jetzt mußte die Zeit der Furcht ein Ende haben. Jetzt mußten sie kämpfen. Verzweifelt sah Grimbart sich um. Die feindliche Linie aus schwarzen Leibern war höchstens noch eine halbe Meile entfernt und niemanden berührte das. Alle hockten auf ihren zugeteilten Posten und wirkten völlig teilnahmslos. Nicht der Hauch einer Erregung war zu spüren, kein Sichaufbäumen oder gar der Wille, dem Gegner bis zum letzten Atemzug Widerstand zu leisten. Was ist nur aus den Elben geworden? fragte er sich. Sie können doch nicht all ihren Mut verloren haben. Aber genau danach sah es aus. Hinter den Linien der feindlichen Armee konnte er seine eigenen Leute näherkommen sehen. Zumindest auf uns Zwerge ist Verlaß, dachte er. Einmal glaubte er sogar, Hraban an der Spitze des Zuges zu erkennen.

„Gut", schnaubte der König der Zwerge und strich Fulk, der neben ihm saß, mit der Hand über den Kopf. „Wir beide werden uns jedenfalls nicht kampflos ergeben." Bedächtig nahm er die schwere Streitaxt in die Hand. Dann kommt, ihr verfluchte Brut, dachte er. Bevor ich sterbe, werden wenigstens einige von euch ins Gras beißen. Das schwöre ich bei meiner Seele. Grimbarts Mund verengte sich zu einem schmalen Strich und alle Freundlichkeit verschwand aus dem Gesicht des Königs. Hart und scharf, wie die aus Kristall geschliffene Schneide seiner Axt, war der Glanz in seinen Augen, und zum ersten Mal seit vielen Jahrzehnten war er wieder bereit zu töten.

Zehn Minuten später stand die breite Front des gegnerischen Heeres vor ihnen; an seiner Spitze das Schattenwesen, das mit lautem angriffslustigem Gebrüll seine Ankunft kundtat. Über den Köpfen der Bardoks und Gnome kreisten die Sturmdämonen und gepanzerten Flugechsen, schrille Schreie ausstoßend und jederzeit bereit, über die Elben und Zwerge herzufallen.

Gemessenen Schrittes trat das Schattenwesen vor. Jeder Muskel geballte, geschmeidige Kraft. Seine giftgrünen Augen funkelten in der Gewißheit des endgültigen Sieges, und es machte keinen Hehl daraus.

Nicht weit entfernt, am Rande eines kleinen Waldes tauchte das schwarze Einhorn unter den ausladenden Kronen der Bäume auf. Anmutig und stolz verharrte es in der Bewegung. Seine Flanken bebten kaum merklich. Pola und Alissa starrten gebannt auf die sich gegenüberstehenden Armeen. So mächtig und groß hatten sie den Feind nicht erwartet. Allein die bedrohliche Ausstrahlung, die von ihm ausging, raubte ihnen den Atem.

Dann stieß das Einhorn ein weit über das Land hallendes Wiehern aus und stob davon, schneller als der Wind.

Für einen Moment schien das Schattenwesen verwirrt. Es warf den Kopf zur Seite, und sein gehässiger Blick folgte dem davoneilenden Wesen. Ein drohendes, langanhaltendes Fauchen war das Zeichen für die Sturmdämonen, die Verfolgung aufzunehmen. Im Angesicht der Übermacht konnte es sie leicht entbehren. Dann wandte es sich wieder den Elben zu, die noch immer unter der Angst verharrten. Nur Grimbart trat einen Schritt vor.

„Weiche, du verdammte Satansbrut“, sagte er mit fester Stimme, „und kehre dorthin zurück, woher du gekommen bist!“ Der König klammerte die Finger um den Schaft der Axt, bereit, dem dunklen Herrscher entgegenzutreten. Doch bevor es dazu kam, begann Fulk ein tiefes Knurren auszustoßen. Mit gesträubtem Nackenfell und gesenktem Kopf bewegte er sich auf das Schattenwesen zu.

„Bleib hier“, sagte Grimbart verärgert. Aber zum ersten Mal verweigerte der große Hund einen Befehl. Den Kopf auf die Vorderpfoten geduckt, schlich er vorsichtig um das Schattenwesen und suchte nach einer Möglichkeit zum Angriff. In dem Moment, als es sich drehen mußte, um Fulk im Blickfeld zu behalten, sprang er vor. Der Augenblick war gut gewählt, aber er hatte keine Chance; hatte niemals eine gehabt. Trotz seiner Kraft war er viel zu langsam. Grimbart stockte das Herz, als er hilflos mitansehen mußte, wie die scharfen Krallen des Schattenwesens ihm den Körper der Länge nach aufschlitzten und die dolchartigen Reißzähne sich in den Nacken des Hundes gruben. Ein letztes herzzerreißendes Winseln und er war tot. Das Schattenwesen packte ihn und schleuderte ihn wie ein gewichtsloses Blatt durch die Luft. Mit einem dumpfen, häßlichen Aufprall schlug der leblose Körper auf den Boden. Kalte Wut packte den König und doch konnte er nichts unternehmen. Diesem Wesen war er nicht gewachsen.

Aber Fulks Tod war nicht vergebens. Auf unerklärliche Weise erreichte sein Sterben Agomar und durchdrang den Knoten der Angst, der den Zauberer noch immer unter seiner Knute hielt.

Und dann war die Stimme wieder da.

„*Dal Axãm. Ischt nuha*, Agomar."

Der Zauberer sagte nichts. Er spürte nur, daß sich etwas in ihm regte; etwas Unbekanntes, Machtvolles, das ihm endlich die Gelegenheit bot, aus dem Gefängnis der Furcht hinauszutreten. Die Hand fest um seinen Stab gelegt, lauschte er aufmerksam.

„Sieh endlich hin, du Narr", sagte die Stimme.

„Aber wohin?" fragte Agomar.

„Zu deiner Angst, du Dummkopf. Sieh ihr geradewegs ins Angesicht. Auge in Auge, anstatt zu einem würdelosen Geschöpf zu entarten. Mach deine Augen auf! Sei, wer du in Wahrheit bist!"

„Aber ich bin blind. Das ist die Wahrheit. Was also soll das?"

„Mach die Augen auf, sage ich! Jetzt!"

Agomar, der mit gesenkten Lidern dagestanden hatte, hob sie und versuchte etwas zu erkennen. Zuerst war da nur undurchdringliche Schwärze, die sich aber nach einer Weile zu hellen und dunklen Schattierungen veränderte. Er spürte eine starke Erregung durch seinen Körper strömen. Etwas bahnte sich an; etwas, das ihn mit einer ungestümen Kraft zu überrollen drohte. Plötzlich fühlte er es, heiß, wie brodelndes kochendes Wasser stieg es aus seinen Eingeweiden aufwärts, erfüllte sein Herz, stieg höher, durch seinen Hals, bis in die Augen. Dort verharrte es. Jetzt fand er auch einen Namen dafür. Es war Zorn. Zorn, der wie ein Aufschrei war, der verlangte, daß er seine

Würde nicht länger von der Angst treten ließ. Als reinweißes, durchdringend klares Licht tanzte er vor seinem inneren Auge und wartete darauf, daß Agomar ihm erlaubte, nach außen zu treten. Und endlich gab er dieser nach Gerechtigkeit strebenden Macht den Weg frei. Und indem er es tat, kehrte die Sehkraft schlagartig zu ihm zurück.

Zuerst war es ein kaum zu ertragender Schock, als er aus der gewohnten Dunkelheit in das Licht der Welt hinausblickte. Vor ihm, nur wenige Schritte entfernt, stand das Schattenwesen, den böse funkelnden Blick auf Grimbart gerichtet. All seine Aufmerksamkeit sammelte sich auf den König der Zwerge, um ihm als ersten den Garaus zu machen.

„Sieh genau hin", war die Stimme in Agomars Kopf wieder da.

„Aber ...?"

„Sieh genau hin! Erkenne! Durchschaue die oberflächliche Form. Sieh mit dem Herzen! Sieh mit der Macht, die das Leben selbst ist. Sieh mit der Macht der Liebe!"

Hraban, der an der Spitze des Zwergenheeres stand, war ratlos. Warum griffen die Elben nicht an, damit sie den Feind gemeinsam in die Zange nehmen konnten? Er zog das Schwert, das Ratbod ihm vermacht hatte und wandte sich Frodwolf zu. „Blas das Horn."

Der Zwerg setzte es an den Mund und laut hallte der durchdringende Klang über das Land. Die Armee der Zwerge setzte sich in Bewegung. Die Nachhut der Bardoks und Gnome drehte sich ihnen zu - und lachte, als sie sahen, wie wenige sie waren. Diese Schmähung weckte die Kampfeslust der Zwerge und sie stürzten kopflos und wutentbrannt auf den Feind zu, um so viele wie möglich zu vernichten. Hraban versuchte vergebens sie aufzuhalten. Die Zwerge rannten los und trieben den Feind vor sich her. Doch das Heer der Finsternis hatte ihnen eine Falle gestellt. Indem es zurückwich und seine Mitte öffnete, schloß es gleichzeitig einen engen Ring um die Zwerge.

Als die ihren Fehler erkannten, war es zu spät.

Die Sonne brannte hell, und unter den weiten Schwingen der Flugechsen fielen die Schatten des Todes dunkel auf die Erde. Hraban stand still, stolz und würdevoll. In seinen Augen leuchtete das Feuer des Kriegers, der weiß, daß er verloren hat und trotzdem bis zum letzten Atemzug kämpft. Langsam ließ er das blutbefleckte Schwert aus der Hand gleiten, griff nach dem Bogen und legte einen Pfeil auf die Sehne. Doch er kam nicht mehr dazu, ihn abzuschießen. Ein schriller, grauenerregender Ton zerriß die Luft und ein riesiger Schatten senkte sich auf ihn herab. Ein widerwärtiger Gestank breitete sich aus, als die Flugechse niederstürzte und ihn zu Boden riß. Der Bogen entfiel seiner Hand. Blitzschnell drehte er sich auf den Rücken und tastete nach dem Schwert. Doch die abscheuliche häßliche Brut war bereits über ihm. Todesmutig sprang Frodwolf von hinten das Ungetüm an und wollte sein Schwert in dessen Leib stoßen, doch die Klinge glitt an dem Panzer ab und blieb wirkungslos. Die Echse hob ein Bein, um seine langen Krallen in Hrabans Brust zu schlagen.

Plötzlich fiel es Agomar wie Schuppen von den Augen und er sah alles mit durchdringender Klarheit. Das Schattenwesen war nichts anderes als die unmittelbare Verkörperung der Angst. Der Angst zu Versagen. Der Angst vor Unsicherheit und Schmerz. Der Angst vor dem Sterben, dem Tod. Es lebte durch die Bündelung dieser nach Einengung und Erniedrigung strebenden Macht. Es erzeugte sie. Nein. Das stimmte nicht. Alle anderen, Elben, Zwerge, Menschen, ja sogar die Bardoks und Gnome erzeugten sie durch ihren übereinstimmenden Glauben daran. Sie selbst waren es, die Gorodin unumschränkte Macht gaben. Niemand erkannte, daß das Schattenwesen genau das war, was sein Name sagte. Ein Wesen aus Schatten. Nicht wirklich. Ein beklemmendes Trugbild. Eine Sinnestäuschung. So wie die Angst selbst.

Der Zauberer war sprachlos. Mehrmals schüttelte er den Kopf.

Doch als die Erkenntnis bis in sein tiefstes Inneres vorgedrungen war, begann er zu lachen. Laut und befreit hallte sein Lachen über das weite Grasland. Er erinnerte sich, wie er blind und furchtlos durch den Wald gerannt war, an den rauschhaften beglückenden Zustand. Das war nur der Anfang gewesen. Dies hier war die Krönung. Aller Augen wandten sich ihm zu, als er die Arme hob und seine Hände gen Himmel streckte. Ein flirrendes helles Licht hüllte den Zauberer ein und schwarze Wolken ballten sich über ihm, aus denen Blitze auf das Heer der Finsternis herabschoßen und viele vernichteten. Das Schattenwesen zuckte wie unter einem Peitschenhieb zusammen. Sein Gesicht verzerrte sich vor Verblüffung und Wut. Sein Maul geiferte, und ungestalte Laute kamen würgend aus seiner Kehle

Losgelöst von jeglicher Furcht, getragen von der reinen Flamme liebenden Zorns, trat Agomar auf das Schattenwesen zu. „O Gorodin", sagte er. „Wie inständig habe ich gehofft, daß du es noch einmal bitter bereuen würdest, mir deinen wahren Namen genannt zu haben. Und nun ist dieser Augenblick gekommen."

Das Schattenwesen, das erkannte, daß es den Zauberer in seiner maßlosen Überheblichkeit unterschätzt hatte, duckte sich ins Gras und fauchte wütend. Seine Augen glommen wie das schwelende Feuer des Todes und es bäumte sich auf. Den Rücken gerundet wie ein gespannter Bogen, zerschnitt es mit den ausgefahrenen Krallen die Luft. Aber es war nichts anderes als der klägliche Versuch, Agomar noch einmal zu beeindrucken. Doch der lachte nur. Aufrecht und stolz stand er da und die Kraft des Lichts machte ihn unangreifbar.

„Verschwinde, Gorodin!" sagte er mit seiner neugewonnenen und unwiderstehlichen Machtfülle. „Kehre zurück zum Ort der Verdammnis, und wage nicht, noch einmal deinen Fuß in unser Land zu setzen. Verschwinde!" wiederholte Agomar mit einer Stimme wie Donnerhall. „Kehre zurück in das Reich der Schatten, wo du hingehörst!"

Das Schattenwesen heulte auf und wich zurück und seine Heerscharen erschauerten, als sie das sahen. Zweifel nagte an ihnen, ihr Gelächter verstummte und ihre Glieder zitterten. Lauter Jubel brach unter den Elben aus, als sie das sahen und endlich fiel die Umklammerung der Angst auch von ihnen ab. Sidhara richtete sich auf und gab das Zeichen. Sekunden später regnete ein Pfeilschauer auf den Gegner herab. Gorodin stieß ein letztes drohendes Grollen aus. Doch dann verlor das Wesen, das sie so sehr in Angst und Schrecken versetzt hatte, mehr und mehr seine Form. Es stemmte sich wutentbrannt dagegen, fauchte und riß mit den Krallen die Grasnarbe auf. Doch es war in seinem tiefsten Innern erkannt und entlarvt worden. Seine Macht, die lediglich auf einer geschickten, durchtriebenen Täuschung beruhte, schmolz wie Eis in der Sonne. Grelle Blitze zerschnitten wieder die dunklen Wolken und ohrenbetäubendes Knattern und Krachen erfüllte die Luft. Ein heftiger Windstoß packte das Schattenwesen wie die Hände eines Riesen, schüttelte es, wirbelte es wie ein Blatt hin und her, bis sich auch die letzten schwarzen Wirbel im Wind auflösten.

Als seine Helfershelfer das sahen, schrien sie vor Entsetzen laut auf.

Wie eine Meereswelle wogte die Angst in ihrer Mitte, stieg auf und schlug über ihnen zusammen. Hraban griff geistesgegenwärtig nach dem Schwert, stieß es der Echse, die den Blick abgewandt in der Bewegung verharrt hatte, bis zum Heft in die ungeschützte Brust und rollte sich zur Seite. Mit einem entsetzlichen Schrei sank das Ungetüm nieder und war tot. Kopflos sprengte das Heer des Schattenwesens in alle Richtungen auseinander, rannte sinnlos hierhin und dorthin, floh schreiend, um sich in dunkle Löcher zu verkriechen. Unzählige verfielen dem Wahnsinn oder metzelten sich gegenseitig nieder. Schon bald war der Kriegsschauplatz von Leichen übersät. Ein starker Wind wehte, das Kriegshorn der Zwerge sang ohne Unterlaß und Pfeile schwirrten.

„Haltet ein! Haltet ein!"

Agomar stand mit erhobenen Armen und rief noch einmal mit klarer Stimme: „Haltet ein! Die Schicksalsmächte haben entschieden. Dies ist die Stunde des Lichts und der Freiheit."

Aller Augen wandten sich dem Zauberer zu. Eine sonnenhafte Ausstrahlung war um ihn. „Die Macht des Schattenwesens ist zerstört", sagte er, als die Kämpfenden innehielten. „Darum laßt uns mit dem sinnlosen Töten aufhören. Setzt den Feind gefangen und laßt uns später entscheiden, was geschehen soll."

Dann drehte er sich um, und ging schweigend davon. Niemand wagte ihn zu fragen, wohin er wollte.

Es war noch nicht einmal eine Minute vergangen, da waren die Armeen aus dem Blickfeld der Mädchen verschwunden. Mit unglaublicher Geschwindigkeit jagte das Einhorn über das Land, und gleichzeitig schienen sie sich wie in einem luftleeren Raum zu bewegen. So, als hülle sie eine unsichtbare Aura ein, wie bei Verliebten.

Mit bangem Klopfen in der Brust hielten Pola und Alissa die Flammen in ihren Händen und beteten darum, daß sie noch rechtzeitig ankamen. Die Vorstellung, so weit gekommen zu sein und am Ende erkennen zu müssen, daß alles umsonst war, ließ die Angst wie Eis durch ihre Adern rinnen.

Zwei Stunden später kamen sie an Agomars Haus vorbei, das windschief wie eh und je im Tal lag. Mit traumwandlerischer Sicherheit bewegte sich das Einhorn die schroffen und zerklüfteten Hänge der Berge hinauf, und schon bald standen sie vor dem Eingang der Höhle, wo sie erst vor wenigen Wochen den Phönix zurückgelassen hatten.

Das schwarze Einhorn ließ die Mädchen absteigen. Sofort machten sie sich auf den Weg in das Innere des Berges. Es dauerte einige Minuten, bis sie sich an das schwache Licht gewöhnt hatten. Dann aber kamen sie schnell voran.

Als der Vogel der Unsterblichkeit vor ihnen lag, fuhr der Schreck ihnen in alle Glieder. Seine Krallen waren eingerollt und das Gefieder noch stumpfer und ausgebleichter als damals. Ein scharfer, bitterer Schmerz durchfuhr die Mädchen. Die Hoffnung, ihn noch retten zu können, zerrann. Mit fast andächtiger Wehmut setzten sie einen Fuß vor den anderen, bis sie nur noch einen Schritt vom Vogel entfernt waren. Er lag auf der Seite. Sein Schnabel war geöffnet und ein Stück der schwarzen Zunge hing heraus. Die Augen schauten blicklos in eine erstarrte Ferne. Sie waren zu spät gekommen.

Pola sank auf die Knie. Die Flamme der Großen Mutter tanzte zwischen ihren Händen, doch sie schenkte ihr keinen Trost mehr. Ihr schlanker Körper begann zu zittern und schließlich, als all die vergangenen Ereignisse und Anstrengungen durch ihren überforderten Geist zogen, war sie dem Ansturm der Trauer nicht mehr gewachsen und begann zu weinen. Zuerst waren die Tränen nur ein Rinnsal dünner Linien auf ihren Wangen, aber dann brach die ganze angestaute Sehnsucht, das Wissen, ihr Bestes gegeben zu haben und es hatte nichts genutzt, aus ihr heraus. Ihre gequälte Seele schrie die Ohnmacht und Hilflosigkeit angesichts der unerträglichen Wirklichkeit hinaus. Sie wußte, wenn sie jetzt nicht schrie, würde sie in ihrem eigenen Kummer ertrinken.

Als der Fluß der Tränen schließlich doch abzuebben begann, glaubte sie mit einem mal etwas zu hören. Und tatsächlich.

„Pola“, flüsterte Alissa eindringlich. „Pola. Komm. Er lebt noch.“

Er lebt noch? Das konnte nicht sein. Das konnte Alissa doch nicht tun. Gerade jetzt, wo sie anfing sich mich seinem Tod abzufinden. Pola öffnete die Augen und wischte sich mit der Ellenbeuge über die tränenfeuchten Wangen. Ihre Freundin hockte ganz nahe beim Phönix und hielt ihre Flamme an die Stelle, wo sein Herz war.

„Nun komm“, drängte sie und ihre Augen leuchteten vor Freude.

„Bist du sicher?“ fragte Pola immer noch zweifelnd. Noch einmal so enttäuscht zu werden, das würde sie nicht verkraften.

„Ja. Jetzt komm und halte ihm deine Flamme entgegen."

Pola ging auf den Vogel der Unsterblichkeit zu und hielt die Flamme an seine Stirn, genau an dem Punkt zwischen seinen Augen. Sie wartete. Und während sie wartete, betete sie mit aller Hingabe um seine Erlösung und Befreiung aus der Umklammerung des Todes.

Nach einer Weile fühlte sie Gewißheit durch ihr Innerstes strömen. Sie hob ihre Lider und sah, wie das Leben in den Phönix zurückkehrte. In ihrem Bauch gluckste es vor Freude, und voller Ehrfurcht und Staunen schaute sie dem Wunder zu, das sich da vor ihren Augen abspielte. Wie auf ein abgesprochenes Signal hin ließen die Mädchen die Flammen frei schweben und zogen sich ein Stück weit zurück. Die Arme umeinander geschlungen, wurde ihnen klar, daß all das, was sie geleistet und geschafft hatten, auf ihrer unerschütterlichen Freundschaft beruhte. Einer Freundschaft, die ab diesem Tag unzerstörbar war, denn sie hatte die beengenden Mauern der Angst gesprengt.

Gesammelt und völlig losgelöst von der alltäglichen Wirklichkeit sahen sie zu, wie das Gefieder des Vogels seinen perlmuttschimmernden Glanz wiedergewann und die Krallen langsam zu alter Beweglichkeit zurückfanden. Bis er sich schließlich erhob und in voller Größe und Erhabenheit auf sie hinuntersah.

„Wie konnte es so weit kommen?" fragte Pola ihn. „Wie kann ein Vogel der Unsterblichkeit überhaupt sterben? Das verstehe ich nicht."

„Wenn die meisten Wesen", antwortete er mit einer Stimme die Sidharas noch an Schönheit übertraf, „und es spielt dabei keine Rolle, ob Menschen, Elben, Zwerge oder wer auch immer nicht mehr an die Unsterblichkeit der Seele glauben, dann siecht sie dahin. Und mit der Seele stirbt das Herz. Denn diese beiden gehören zueinander wie Sonne und Mond, Tag und Nacht. Niemand kann sie trennen, nur der Tod. Verstehst du jetzt?"

Pola nickte. „Du hast im Sterben gelegen, gerade weil du das Sinnbild der Unsterblichkeit bist und weil kaum noch jemand an dich geglaubt hat."

„So ist es. Und diesen Umstand hat das Schattenwesen ausgenutzt. Doch es hat nicht mit der Macht des Zauberers gerechnet. Aber jetzt bin ich wieder da. Ihr habt mit unerschütterlicher Kraft an mich geglaubt und das Feuer des Lebens neu in mir entfacht. Darum laßt mich jetzt der Welt meine Neugeburt und meinen Dank mitteilen. Der Dank an euch beide wird in alle Ewigkeit währen. "

Gemeinsam traten sie aus der Höhle an das Licht des Tages, wo das Einhorn auf sie wartete.

„Ich werde mich jetzt in mein ureigenstes Element hinaufschwingen", sagte der Phönix. „begleitet mich auf dem Rücken des Boten der Wahrheit zu euren Freunden."

Damit begab er sich an den Rand der Felsenkante, schlug mehrmals die mächtigen Flügel und schwang sich mit einem herrlichen Gesang in die Luft. Das Licht der Sonne glitzerte auf seinem perlmuttschimmernden Gefieder, als er in weiten Schleifen höherstieg. Den Mädchen stockten für mehrere Sekunden Herz und Atem. Die Schönheit seines Anblicks war kaum zu ertragen.

Lange bevor die Abenddämmerung hereinbrach, waren sie wieder bei ihren Freunden, die sie überschwenglich willkommen hießen. Die Sorgen der Vergangenheit waren verflogen, und alle strahlten eine heitere Gelassenheit aus. Nur eines stimmte sie traurig, nämlich daß Geerdina, die Hüterin der Schwelle, und Fulk, Bardulfs vierbeiniger treuer Gefährte, nicht mehr unter ihnen waren. Außerdem vermißte man Agomar. Niemand hatte ihn gesehen, seit er fortgegangen war.

Der Zauberer hatte sich in den Wald zurückgezogen. Wieder saß er an einem Bach und lauschte den Klängen des Wassers. Zuviel war in den letzten Tagen geschehen, als daß er sich um Dinge wie die Beendigung einer Schlacht kümmern konnte. Das überließ er lieber Sidhara und Grimbart.

Mit der Zeit wurde Agomar ruhiger. Die vergangenen Ereignisse, die Schlacht, das Ende des Schattenwesens, die rätselhafte Macht, die ihn ergriffen hatte, all das verblaßte und sein Geist wurde still. Aus der Stille stieg Trauer auf. Eigentlich müßte ich voller Freude sein, dachte der Zauberer, denn alles ist gut.

Doch der heraufziehende Abend verdunkelte sich zur Finsternis. Bis tief in die Nacht saß er schweigend, hörte nur das Seufzen und Murmeln des Baches, und sein Klang senkte sich tief in sein Herz. Er wußte, etwas war gewonnen und etwas war wohl unwiederbringlich verloren. Ich bin der Letzte in einer langen Linie, dachte Agomar, und Wehmut befiel ihn. Mit ihm würde die lange Reihe der Zauberer seiner Überlieferung ausgelöscht und der Kummer darüber war doch stärker, als er erwartet hatte. Gerade jetzt, auf dem Höhepunkt seiner Entwicklung fiel es ihm schwer, die Dinge zu nehmen wie sie waren.

Und noch etwas gab ihm zu denken. Ohne das Schattenwesen, musste er sich eingestehen, hätte er niemals seine wahre Macht gefunden. In gewisser Weise war er diesem Wesen zur Dankbarkeit verpflichtet. Rätselhafte Wege geht das Leben, dachte er.

Plötzlich spürte er eine Berührung. Überrascht drehte er sich um und blickte in die Augen des Einhorns, die perlmuttfarben schimmerten und in denen winzige silberne Punkte leuchteten, wie ein Kranz aus Sternenstaub.

„*Dal Axãm. Ischt nuha*“, Agomar. Erinnere Dich. Du wolltest meinen wahren Namen wissen.“

„Dal Axãm. Ischt nuha“, antwortete der Zauberer, und die Sehnsucht entflammte aufs neue in seiner Brust. „Wie ist dein Name?“

„Sieh in meine Augen.“

Und Agomar tat, wie ihm geheißen. Er überließ sich dem Sog der sagenumwobenen Welt und wurde eins mit ihr. Und er erkannte, daß hinter dem Ruf des Einhorns eine andere Macht stand. Ein sanftes, elfenbeinfarbenes Glühen erfüllte sein Innerstes. Und dann trat Sie hervor, deren Name die Große Mutter ist. Ihre Gegenwart war unvorstellbar, überwältigend. Unmittelbar verstand der Zauberer, was das Leben verlangte, wollte man es ganz erfassen – Selbstvergessenheit. Er war im wahrsten Sinne des Wortes über sich selbst hinausgegangen und das hatte ihm neue Horizonte der Wahrnehmung, neue Möglichkeiten des Handelns eröffnet. Das sanfte Glühen verblaßte, und er dachte an Gerwulf, seinen Lehrmeister. Wie oft hatte er von diesen Möglichkeiten gesprochen und doch waren die Worte bis zum heutigen Tag nicht auf fruchtbaren Boden gefallen.

Als Agomar zurückkehrte, lächelte er. Die Welt war nicht mehr die gleiche und würde es auch niemals mehr sein.

„Danke, Bote der Wahrheit“, sagte er.

„Und“, fragte das Einhorn, „hast du gefunden, wonach du gesucht hast?“

„O ja“, lachte der Zauberer. „Nun weiß ich, die Wahrheit hat keinen Namen. Die Wahrheit ist eine Schwester der Ewigkeit. Und das ist ihr Geheimnis.“

Ausklang

Vier Tage später, nach ausgiebigen Feierlichkeiten und Tagen erholsamer Ruhe, nahmen die Mädchen Abschied. Unendlich viele Hände wollten geschüttelt werden, und der Dank nahm kein Ende.

Aber schließlich war auch dies geschafft, und nur Agomar, Nandur, Sidhara, Grimbart, Bardulf und Hraban standen noch bei ihnen.

„So", sagte der König der Zwerge, „wir werden uns dann auch auf den Weg machen. Ich wünsche euch Frieden und eine gute Heimreise", sagte er Pola und Alissa zugewandt. „Und wir, denke ich, werden in nächster Zeit viel miteinander zu tun haben. Unsere Völker haben einiges nachzuholen", lächelte er Sidhara zu. Dann trat er vor und reichte Nandur die Hand. „Es war mir eine große Ehre, dich kennengelernt zu haben. Wann immer du willst, sei Gast in meinem Haus. Die Betten der Zwerge sind berühmt für die angenehmen Träume, die man in ihnen hat."

„Und die Küche erst", warf Hraban ein, „ein Genuß."

Alle lachten.

„Diese Einladung gilt natürlich für jeden hier", betonte Grimbart noch einmal. Ein letztes Lebewohl, und die Zwerge machten sich auf den Weg ins Gebirge.

„Und was hast du vor?" fragte Pola Hraban.

„Ich werde in mein Land gehen und berichten, was geschehen ist. Ich werde von den Heldentaten zweier Menschenkinder erzählen und dann in Agomars Fußstapfen treten."

„Was meinst du damit?"

„Agomar hat sich entschlossen, seine Zaubererlinie nicht untergehen zu lassen. Und Sidhara und ich werden seine ersten Lehrlinge."

Pola und Alissa staunten, als sie das hörten.

„Du auch, Sidhara?" hakte Alissa noch einmal ungläubig nach.

„Ja", nickte der schöne Elb. „Ich werde meine Königswürde niederlegen und mich der Erforschung der geheimnisvollen Welt widmen, um ihr hoffentlich einige ihrer Rätsel zu entlocken."

Dann zwinkerte er den Mädchen zu und lachte.

Und dann, die Sonne stand bereits hoch am wolkenlosen Himmel, zog der Vogel der Unsterblichkeit noch einmal weite Kreise. Seine dunkle Silhouette war wie eine Mahnung des Lebens selbst, und sein wunderbarer ergreifender Gesang erinnerte alle an die letzte Wahrheit, eine unsterbliche Seele zu sein.

Das schwarze Einhorn kam noch einmal zu Alissa und gewährte auch ihr einen Blick in seine Augen. Doch sie erinnerte sich der Worte Nandurs und senkte die Lider. Manchmal kann es mutiger sein, den Verlockungen eines Abgrundes zu widerstehen, als blindlings in etwas Unbekanntes hineinzutappen, hatte er gesagt. Sie wußte, sie war noch nicht reif dafür. Das Einhorn hob seinen schönen Kopf, stellte sich auf die Hinterhand, und sein Wiehern hallte weit über das Land. Dann wirbelte es herum und stob schnell wie der Sturmwind davon.

Gemeinsam kehrten die beiden Wesen heim in die sagenumwobene Welt, der sie entstammten.

Agomar, Sidhara und Hraban begleiteten Pola und Alissa bis zur Schwelle, dem Ausgangspunkt ihres Abenteuers.

Die Reise dauerte sieben Tage, und Pola mußte höllisch aufpassen, daß sie sich nicht hoffnungslos in den jungen Krieger verliebte. Sie war gar nicht begeistert von der Vorstellung, erneut ein Gefühl der Sehnsucht in sich zu tragen. Diesmal in ihrer eigenen Welt.

Als die Zeit des endgültigen Abschieds kam, schaute Agomar auf sie hinunter und sagte: „Berichtet den Menschen davon, daß der Spalt zwischen den Welten wieder geöffnet ist, und sagt ihnen, daß Elben, Zwerge und Zauberer euch wieder besuchen kommen werden. Erzählt euren Schwestern und Brüdern auch, daß sie jederzeit zu uns kommen können. Sie sind von Herzen willkommen."

„Das werden wir", antworteten die Mädchen wie aus einem Mund. Mit feuchten Augen drückten sie noch einmal die drei so unterschiedlichen Männer und gingen los.

Pola spürte einen wehmütigen Schmerz und wußte, sie hatte den unseligen Kampf gegen die Liebe bereits verloren. Sie drehte sich ein letztes Mal um, und als sie den jungen Krieger, der stolz und lächelnd dastand noch einmal betrachtete, schwor sie sich wiederzukommen. Und zwar bald.

„Dal Axãm. Ischt nuha", rief Agomar ihnen noch zu. „Geht in Frieden. Und kommt wieder."

„Das werden wir", riefen sie. „Ganz bestimmt."